XINBUMANYIN 信步漫吟

信步漫吟

◎何其山 著

山西出版传媒集团

山西经济出版社

图书在版编目(CIP)数据

信步漫吟 / 何其山著. -- 太原：山西经济出版社,
2024.3

ISBN 978-7-5577-1268-6

Ⅰ. ①信… Ⅱ. ①何… Ⅲ. ①诗集－中国－当代
Ⅳ. ①I227

中国国家版本馆 CIP 数据核字 (2024) 第 027786 号

信步漫吟 Xin Bu Man Yin

著　　者： 何其山
责任编辑： 司　元
封面设计： 骁　雅

出 版 者： 山西出版传媒集团·山西经济出版社
地　　址： 太原市建设南路 21 号
邮　　编： 030012
电　　话： 0351-4922133(市场部)
　　　　　　0351-4922085(总编室)
E - mail： scb@sxjjcb.com(市场部)
　　　　　　zbs@sxjjcb.com(总编室)

经 销 者： 山西出版传媒集团·山西经济出版社
承 印 者： 山西雅美德印刷科技有限公司

开　　本： 787mm×1092mm　1/16
印　　张： 25
字　　数： 370 千字
版　　次： 2024 年 3 月　第 1 版
印　　次： 2024 年 3 月　第 1 次印刷
书　　号： ISBN 978-7-5577-1268-6
定　　价： 68.00 元

心血绽花溢馨香

——写在《信步漫吟》出版前

◎ 武正国

五月，正是百花争艳、万紫千红的季节。何其山诗友把准备付梓出版的一部诗稿交我审阅，并问我能否给写个序。

对其山，我还是比较了解的。不光是我俩都曾在公务员岗位上共事多年，而且我们都还有着共同的兴趣和爱好：对文学特别是对诗词的钟爱。记着早在20世纪90年代初，时任省委办公厅副主任的温祥在厅里创办《诗词小报》时，就曾指定由其山担任常务副总编。小报办得很有特色，诗图并茂，很受大家欢迎。我从公务员岗位退下来后，担任山西诗词学会会长，其山当选为理事，知道他在一以贯之地坚持业余创作并颇有收获。真正较完整地看到其山的文学才干，是在他退休五年间连续出版了两本个人文学作品集《漾舟掬澜》《泊舟听潮》。这百万字之多集各类文学体裁于一体的鸿篇巨制，让我对他的认识更加深了一层。而手里这本厚厚的诗集，更是凝聚着其山多年的心血汗水，展现着他的艺术才华。浏览之后感触颇多，遂提笔为诗集欣然作序。

生活的有心人，大众的代言人。从事业余文学创作，特别是从事诗歌写作，必须做生活中的有心人。这种心，并不是个人情绪的随意宣泄，而要坚持以人民为中心的创作导向，为人民抒怀，替人民代言，唱响同心共筑中国梦的时代主旋律。爱莲先生生前曾在报刊上就何其山诗歌创作以《让民声化作诗句从心底进出》为题撰文，称赞其诗作"发于心，源于义，激荡起人们情感的浪花和民众的共鸣""既是个人感悟的荟萃，更是家国历程的实录"。原省作协主席杜学文先生也充分肯定过其山这种"不受功利性因素影响"的创作是一种"真正的纯粹的创作"。原省文联副主席、著名诗人郭新民先生总结出何其山的创作特色为"饱满而真挚的情感、细腻而丰富的抒怀。看似平凡琐碎的日常生活,却无不散发着大千世界的人生况味;看似舒展散淡、行云流水的笔调,却于清静平淡之中见奇崛,蕴含着人生哲理"。郭先生尤其把这一切归结于作者作为一个机关领导干部,"始终牢记着自己身上流淌的是工人、农民的血。这种情愫在作品中自然而然显现出来,而不是无病呻吟。实乃情感、心血和汗水的结晶"。我非常赞同以上几位诗友的评价,因为我阅读其山作品也有同感。他的政治自觉决定了他的文学走向,决定了他的素材取舍。他数以千计的诗作中,全是心怀道义,笔端生情,可谓与国家和人民同命脉、共悲欢的。其对国家发展,对百姓生活的关注、关心、关爱无不闪烁在字里行间,一种自觉的时代承担精神跃然纸上。"不以物喜,不以己悲",整个作品充满正能量。特别是疫情防控期间,他连续创作了20多首诗词,"寅虎莅临华夏,丑牛卸轭回宫。疫枭再度出樊笼,形势日趋严重。世界谈瘟色变,国人应对从容。东南西北挽强弓,誓要毒魔命送。"(《西江月·战"疫"枭》)"红甲投身奉献,白衣奋力争先。乡村城市战凶顽,剿疫不辞疲倦。 检测亦需防范,抗原切莫松延。浪尖风口党团员,志愿徽章灿烂。"(西江月·咏志愿者)但凡国家政治生活中的大事在他的诗集中都有表现。嫦娥五号探月、大军抢险、国家公祭日、整体脱贫、戍边英烈、登陆火星、百年庆典、奥运盛会、南海阅兵、飞船回返、东航空难、俄乌战争……可见其山无愧是位生活的有心人,大众的代言人。他把自己的喜怒哀乐与国家和人民的喜怒哀乐融为一体,休戚与共。他能巧妙地处理好寓情于诗词之中,娴熟地运用文学技巧抒发胸臆。他的三十多首咏物诗,抓住各个物种的特点予以了特殊的寓意,寓情于物,借物写人,读后让人沉思顿悟。此外,其山感情十分丰富、笔触也非常细腻,特别是表现在对古今女性的同情、怜悯、痛惜和赞美上,这在他的这本诗集中多处可见。"梅岭茅山合传记,爱成绝唱丰碑立。"(《蝶恋花·悼陈毅张茜》),"大爱国殇无憾事,千秋唱和起笙箫。"(《悼刘思齐》),"慧眼韦皋空难荐,爱憎元稹痛披裳。"(《咏才女薛涛》),"温侯吕布千钧力,何及裙钗一袖风。"(《鹧鸪天·咏女杰貂蝉》)"娇容落雁叹昭君,远嫁和亲止战纷。一曲琵琶千古唱,树碑青冢罩氤氲。"(《咏王昭君》)他缅怀父母养育之恩,"坟前垂柳经年绿,诀后相逢乃幻求。"(《鹧鸪天·怀旧忆双亲》);他既同情又怜悯时下一些中高考生父母的迷信做法,"可怜父母痴心爱,宁舍尊严掷品操。"(《鹧鸪天·咏考生家长》);他痛惜失足女官员,"囚徒深感牢窗冷,祸在奢财贪欲膨。"(《鹧鸪天·美女沦囚》)我省著名文学评论家张厚余曾撰文这样评价其山,说他"有无限的同情心、怜悯心。这种同情怜悯之心基源于爱。爱是人道之源、文学之源。作者以满溢的激情、典型的事例、感人的细节、生动的叙述给我们托现了一系列感人、难忘、下泪的形象,同时也显现了作者深厚的人道主义素养。"在今天,热爱生活、热爱人民不仅是诗人的生命,也是诗人创作的源泉。因为在茫茫诗海中远航,离不开罗盘来把航定向,一旦失去罗盘,毫无疑问:不是搁浅,就是沉沦。

承继古典传统风格,探索当今诗改新径。通览何其山这本诗集,有一大半是古风、古词和律诗绝句。从中不难看出何其山对古诗词是下过一番苦功深钻细研的,具备了较扎实的基本功。不少诗词文润意切、格正体雅,而且读起来朗朗上口、赏心悦目。譬如他针对官场腐败大声疾呼"倘若初心今尚在,焉需缧绁缚贪囚。"(《雪夜偶思》)"质本无瑕绝欲念,心灵净化洗纤尘。"(《大雪》)"两袖清风拂世尘,金钱美女致沉沦。东墙祸起皆贪欲,桎梏从来锁宦臣。"(《沉沦》)以此启人心智,荡人魂灵,在富有哲理的诗句中给人启迪和警示。闻听袁隆平院士逝世后,他深情讴歌"杂交水稻惠苍穹,梦幻成真去腹空。旷世奇功书史页,盖天丰绩载袁公。年年赤足研科技,岁岁蹲田灭害虫。可口米香怀伟业,家家户户祭英灵。"(《痛悼袁隆平院士》)。许多源自生活的诗句,让人读来倍感亲切"月夜银河眼际横,情人团聚鹊桥逢。妪翁摇扇言神话,童稚聆听豆架藤。诚笃休谈蚊嗜血,好奇焉悸黔遮篷。母亲笑问闻何语,约定明天逛老城"。(《七夕童趣》)"喜憨哥,嗔憨哥,俏妹芳心游爱河。意深掀碧波。"(《长相思·咏月季花》)寥寥数字,描绘出一幅幅妙趣横生的生活画面,让人从平淡优美的叙事中获得特有的精神享受,进而达到愉悦人心、快乐人生之目的。

他的这本诗集中,有几十首是以家乡的母亲河——汾河为背景写景抒情的。"风柔柔,雨柔柔,河水清清载小舟。春光溢满眸。 鹳悠悠,鸭悠悠,紫燕喃呢鸣不休。草萌花掩羞。"(《长相思·汾河公园晨景》)"佳朋稀客野天鹅,优雅纯清数百多。远道飞来贪景美,中途迁徙憩汾河。"(《汾河赏天鹅》)"汾河赏景醉眸中,静水微澜映碧空。三月每寻堤柳绿,几多鹳鹤喜重逢。"(《早春赏汾河》)诗词中充满着对家乡,对母亲河的深情厚爱,才能观察如此

信步漫吟

Xin Bu Man Yin

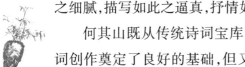

之细腻,描写如此之逼真,抒情如此之自然。

何其山既从传统诗词宝库的丰厚资源中汲取了充足的养分,为从事诗词创作奠定了良好的基础,但又不墨守成规,陷入死搬硬套的窠臼,而是努力开拓创新,苦心孤诣地寻找古典诗歌与现代诗歌的交汇点和切割点,借助传统诗词的载体,将其注入现代理念和情趣,从而充分发挥出了诗以载道、诗以传情、诗以冶性之目的。这在他的现代诗中多有体现。《尊严》《无言以对小悦悦》《青蛙对着岸边索求回答》那愤懑至极的人性拷问;《明斯号航母下的沉思》《一记耳光的感喟》《南海怒潮》那发人深省的世情警悟;《别宅泣》《卖菜妪》《静夜沉思》那如泣如诉的陈情道白,不仅能窥见凝重典雅、清新明丽的古风古韵的影子,而且状物描事中无不内含着生命律动的当代赤子情怀。正是这种难能可贵、憎爱分明的主人翁精神,才能使他在诗词艺术的孜孜追求上痴迷、执着且自觉自愿、不离不弃;才能心里装下那么多的世情、人情、友情;才能素材多多,灵感多多,触景生情,厚积薄发,取得眼下这些成就。诗人马旭先生对何其山在诗歌创新上的努力曾十分赞赏并予以充分肯定:"几组讽喻诗关注社会现象、弱势群体,并诉诸笔墨,殊为不易。《慰妻谣》是一首夹叙夹议的长诗。夹叙夹议本宜于为文,写诗就难了。作者不畏中断叙事,探索新的表现方式,甚是难得。该诗包含了反思、悔悟、交流等多个层面,有情有理,情理共茂,且用语通晓、佳句迭出。如:'产房坟地一眼收''爱炬长燃须加油''福祸终须夫妻兜'等,提炼到位,表达精准,不失为警语良言。"

天道酬勤不负有心人,任重道远尚需再加鞭。这本诗集收录了其山数千首诗作中的1000多首,分成了十多个部分,从不同侧面撷取了生活海洋中的些许浪花,经艺术加工后奉献给大家的一道精神佳肴,阅读后会从中受益匪浅。作为一个业余作者,能够持之以恒地笔耕不辍,特别是在商品社会,面临文学惨淡、诗人清贫的现实,如果只从功利出发,是绝对不会在这片孤岛上坚守不懈、锲而不舍,甘当一辈子苦行僧的。田同旭教授曾撰文赞扬何其山对文学创作的酷爱为"义无反顾地选择了它,锲而不舍地坚守了它,潜心默化地钻研了它,不惜血本地成全了它"。我认为这个评价很是到位。当今的文苑诗坛并不是风清气正、艳阳高照,而是鱼目混珠、良莠不齐,甚至还不时有雾霾笼罩,亟待廓清。但应当坚信天道酬勤,成功就在再坚持一下之后。还应当看到,诗词在今天还没有更广泛地走进大众之中,市场还不够宽阔,还有太多的空间需要开拓和延伸,这是每一位诗人义不容辞的责任。而且诗无止境,许多难题还待攻克,许多高峰还待攀登。其山出版诗集可喜可贺,尤其是他最近的诗作被全国五大微刊共同编撰出版的《中国当代作家诗人精品集》一书所选入,获得21世纪文学骑士奖章一枚,并荣获"中国当代作家诗人精品集·当代文学奖"和"中国当代作家诗人精品集·精品工程奖暨全国最受读者喜爱的十大作家(诗人)"等荣誉大奖。他的多首诗词被中华诗词导刊、中华诗词学会会刊选用,标志着他的创作达到了一定的高度,可喜可贺。但前边还有更多的挑战,相信其山能够以此为新的起点,继续用自己的心血和汗水浇灌出更加鲜艳夺目、馨香四溢的艺术花朵,来丰富我们新时代的精神家园。

谨以此为序。

2022年5月23日

(作者系中国作协会员、中华诗词学会顾问、山西诗词学会名誉会长,著有诗集多部。曾任中共山西省委常委、秘书长,山西省人大常委会副主任。)

新步漫吟

Xin Bu Man Yin

钟灵者其山

◎ 杨俊明

"聚散若云烟,月有亏圆,惟存思绪久潺潺。莫憾相逢时短暂,交往长年。"《浪淘沙·同事情》

在读其山同学的诗歌文本时,首先触动我的就是上面这两句词。因为寥寥两句词却像一缕春风荡起我思念的涟漪,勾起我太多的追忆,也促使我写下这篇小文。

浏览《信步漫吟》,言简而意赅,清澈而芬芳,不禁令我回忆起风华正茂的大学时代,也从中看到了其山同学与国家民族同呼吸共命运的家国情怀和胸纳万千气象的精神境界。亦可以说,这些诗歌囊括了一个诗人的全部情爱——那是在天平上计量出来的宝贵灵魂。它道出了诗人人生旅途中聚与散、亏与圆、逢与别的阴阳造化的玄机以及探微索隐的沉思,描绘出了短暂人生中情与爱相对永恒的瑰丽图景。世间万物、人间万事皆可入笔端,诗人或讴歌,或鞭挞,善恶美丑昭然可见,喜怒哀乐尽在其中。可以说是生活的真实记录,是时代的自然缩影。从而也体现了中国文化的源远流长和无穷的生命活力,其中热爱生活、崇尚自然的理想情怀是诗词创作的不竭源泉,也是历代诗人的共同之处。

诗如其人。我和其山是志同道合的贴心挚友。喜欢其山而未得其门,亦即说不清究竟是什么缘由让我们不是兄弟胜似兄弟,情投意合,患难与共。或许是他才华横溢的诗文让我敬佩,或许是他风度翩翩的儒雅给我好感。反正我从他的人格中品读到双肩挑明月的光明磊落,就像他的名字一样,一座高耸入云的山峰,钟灵毓秀,逶迤伸展,像飞龙、像卧佛,千姿百态,神秘通灵。而且从他的诗文中还可以品读到儒雅的基因里甘心如饴,决然没有匠气、傲气与媚粉气,只有美的具象,真的化身,善的结晶。其间古典文学的厚积薄发清晰易见,充盈着温馨的人间情趣,爱之深,恨之切,均源于他的憎爱分明。无论是旧体诗词，还是现代诗歌，包括几十首咏物诗，寓情于物，寄情于诗，情景交化，思绪遄飞，构思奇巧，真切感人，即使在针砭时弊的讽刺诗中，也能够让你从一粒水珠中窥看到浩瀚的宇宙和闪耀的星穹。这，正是这本集子的艺术特色之一，也是优秀诗词的魅力所在。

"诗人好句从何得，只在波光树影中。"是的，其山同学虽在政界多年，但他心恋自然，并没有被官场仕风所异化。诚然，也只有吸天地浩然之大气，餐人间温暖之秀色，才能写出将自然化为自我的自由自在的诗，才能写出文辞典雅、不落俗套的诗，才能超脱物界化作美好心界的诗。

一个儒雅的人是很矜持的。在其山同学儒雅的风范里蕴含着爱人民、爱自然、爱生活的激情。正是这种激情使他创作出了那么多"烂若天文之布耀，蔚若锦绣之有章"的高水平诗词。好的诗词并不是华丽辞藻的简单堆砌，而是以深厚的内蕴使之升华的。特别是诗词中自然而然流淌着与人民同甘共苦的赤子情怀，"柔柳艳花无逸兴，狂风骤雨有伤神。终生情系庶民根。(《浣溪沙·诗魂》)"正是他忧民爱民情怀的真实写照。"时临四九正天寒，院里离奇看玉兰。"平易、平实，形同口语，"素雅含苞花欲绽，教人纳闷起疑团。(《七绝·冬日奇观》)"观察之细腻，探求之奇妙尽在其中。全诗可以长吟低唱，深远轻盈，有声有色。这里尤其值得肯定的是其山那双睿目，并不是只停留在对大自然生物的观察上，而是延伸到社会的大舞台上。他的《金错刀·反差》近仲秋，月初头，连绵阴雨总难休。村姑怅叹蛾眉皱，唯恐成灾稼减收。迷酒肆，逛歌楼，情哥俏妹乐无愁。珍馐舞曲酣然醉，惬意何生半缕忧。一颗热爱生活的心肠，跳跃出了文人的雅致：仗义正派，富于博爱，既对千夫指嫉恶如仇，又对真善美珍爱有加。这，就是其山同学积极入世的文人情怀。因为只有当一个诗人怀着美好的心态，通灵山水，通灵宇宙，才会写出自成高格的诗。只有把自己植根于高天厚土的人民之中，才会感到太阳每天都是新的，作品也才会散发出玫瑰般的沁人馨香，也才会一首诗词有破7万的点击量和近百人点赞的。

这里还值得一提的是，其山退休融入老人群体后，非常关注老年人的生活，和市井老人促膝交谈，以捕捉生活中的典型事例进行艺术加工，对他们的喜怒哀乐表现出极大的关心和同情，通过鼓与呼，期盼社会各界予以足够的重视和关照。无论是他写的叙事诗《别宅泣——一个独身老人离家前的

信步漫吟

Xin Bu Man Yin

道白》《吻》,还是古体诗《诉衷情·老年写生两首》《诉衷情·痴心父母吟两首》都催人泪下,发人深省,如果没有融汇与共的情愫,是决然写不出这样细腻逼真的诗句,难怪被一些诗人誉之为"现实主义杰作"。尤为可喜的是,他的诗词作品在由省委老干部局、省文联、省作协主办的"喜迎二十大,银龄心向党"全省离退休干部诗书画影作品大赛中荣获一等奖。在2023年中华诗词导刊官方认证春季"最佳作品"赛中获一等奖。其实,其山自己在诗中也已经明确表达了创作的宗旨和意愿:追寻伊甸苦寻卿,求索偏多雾雨生。几本拙书含血汗,数千残稿录行程。诗弘良俊真廉美,词蔑奸魔丑恶狞。莫哂无聊闲咏赋,只言片语尽关情。(《兀自道白》)

读其山的诗文,在精神享受之余,有诸多的美感想抒发。其山诗集即将付梓出版,有必要写几句话表示祝贺。感慨多多,挂一漏万。以上,充其量也只是作者和诗集给我带来诸多认知中的一丝一缕而已。

是为序。

2022年夏至

(杨俊明,高级公证员。中华诗词学会会员、中国楹联学会会员、中国徐悲鸿画院特聘书法家。著有诗集《秀容撷翠》等多部专著。)

目　录

毫端风雨　纸上烟云

信步漫吟

Xin Bu Man Yin

信步漫吟

Xin Bu Man Yin

信步漫吟

Xin Bu Man Yin

信步漫吟

Xin Bu Man Yin

信步漫吟

Xin Bu Man Yin

人间至爱　凤凰涅槃

掬汗耕耘　烟柳晚晖

赋界巅松　匠笔明眸

思骥暮霭　古魂骚客

新步漫吟

Xin Bu Man Yin

信步漫吟

Xin Bu Man Yin

信步漫吟

Xin Bu Man Yin

019

信步漫吟

Xin Bu Man Yin

缅溯追抚　绝唱丰碑

花凋水流　骤雨飓风

信步漫吟

Xin Bu Man Yin

诗坛圣河　玄机画皮

墓茔红伶　英魂碧血

新步漫吟

Xin Bu Man Yin

朝晖夕霁　峦翠涧幽

信步漫吟

Xin Bu Man Yin

附三:书法家馈赠墨宝荟萃

毫端风雨　纸上烟云

——七律369首

七律·示己

一

经年潜梦爱诗文，荡尽浮华感悟存。
名利随辰风卷欲，仕途挟岁雨伤魂。
一生秉义奉诚逊，毕世崇仁守朴惇。
成败盈亏何足计，只留漫笔录潮痕。

二

韵海词山苦觅求，时轮飞转几多秋。
倾情拙笔歪诗爱，沥血低吟敝帚留。
水淼烟濛瑶殿逝，云浮雾缈缪斯休。
斜阳西下童真在，冷月苍颜黯匿忧。

三

仄平格律苦思谋，字韵辞玑费眼眸。
身潜诗洋寻彩贝，神游伊甸觅源头。
风花雪月聊无趣，国是民情虑有忧。
总悸才匮灵感少，痴心殉岁志难酬。

七律·自嘲

仿效希文上古楼，也曾忧乐也曾求。

年萌暗立功名志，老骥空怀家国酬。

尘海苍茫弥雾里，仕途艰险泛中流。

才微技匮难兼济，独善其身自哂羞。

七律·咏梅

梅雪交融密如兄，香妍补缺义缔朋。

绽馨偏在隆冬会，吐沁专期数九凝。

飞雪滋梅梅俊俏，蜡梅偎雪雪摩登。

素红巧配迎春早，入画题诗意蕴腾。

七律·咏兰

幽兰国傲誉寰球，四季依然艳未休。

两万同科妆世界，一身正派贵千酋。

花姿各异赢精品，芳色非凡踞上流。

荣赐香妃心淡定，默陪人类共春秋。

七律·咏竹

宜将竹笋视龙孙，质本超群翠誉园。

喜爱幽娴崇静谧，生来洁傲厌奴媛。

青躯覆雪怀如谷，宏志凌云势若鲲。

不美花房闲摆设，民间实用利轩辕。

七津·咏菊

北雁南飞避季凉，百花枯萎惧寒霜。
惟逢秋日菊金灿，蕊绽姿舒溢馥香。
封号赐名从不妒，贵妃圣母概轻飏。
民间视若真君子，富邸穷家共吐芳。

七津·咏松

青松世代受尊崇，质朴刚强气贯虹。
数九严寒无所惧，暑天酷热愈葱茏。
诗家笔墨讴原态，画匠丹青颂劲功。
雪压冰封昂首立，巍然坦荡傲穹窿。

七津·雪中五君子

璇花梅蕊韵谐成，瑞叶兰馨趣自生。
玉屑菊黄相映衬，琼妃竹翠互缔盟。
风和日丽芳容匿，地冻天寒铮骨呈。
最是雪中松劲挺，诗人画匠取材盈。

七津·咏荷（二首）

一

十大名花享盛名，文人偏爱圣莲卿。
不枝不蔓品高尚，亦淡亦浓赢美名。
西子仙池萦绝代，杨妃佚事话倾城。
红黄紫白遍天下，涟淖污侵永葆清。

二

绿莲粉蕊水盈盈，馥馥馨香溢古城。
昼夜悠悠无喜怒，阴阳淡淡有娴清。
昵称菡萏入诗美，雅号荷花寄恋琼。
足立淤泥身不染，文豪画匠爱卿卿。

七律·红枫

丹阳十月染秋枫，二度经霜色更红。
精择一枚燃火旺，硬收千念寄存中。
窗前坐赏山巅寺，榻上欣观月半空。
喜晒耐阴仍本色，微纤广入百诗丛。

七律·惊蛰

雷鸣惊蛰扫疲乏，冬匿春归草发芽。
大地暖回鸠燕舞，农民勤勉动犁耙。
鹂声婉转犹天韵，花絮娇娆胜粉霞。
赏景徜徉心荡漾，放情吟诵效诗家。

七律·清明吟（两首）

一

丝丝柔雨润清明，缕缕氤氲绕墓茔。
祭奠抚今思热炕，燃香念故忆甜羹。
追怀生养齐天爱，转愧安危满地情。
人世琼台遥距远，诀离再聚梦中萦。

二

清明春雨似油贵，滋润良田绽花卉。

沥沥不停表恸哀，纷纷持久致安慰。
墓碑陵冢沐甘霖，孝子贤孙浴隽蔚。
化蝶纸钱飞九天，瑶池先辈馈祥纬。

七律·重阳

中秋国庆续重阳，菊蕊金丝兆寿康。
云淡风轻珍晚岁，妻贤儿孝佑安详。
公家入户新锅赠，亲眷登门鲜蟹尝。
酒猛人狂邀月老，吟诗作赋交流觞。

七律·霜降

霜降风寒感体凉，白天见短夜嫌长。
枫红柿灿金黄艳，柳瘦河清蟹味香。
瘟疫未消添怅惘，洪灾尚在惹忧伤。
阖家老少翻衣柜，冬袄棉被赈济忙。

七律·夜宿绵山

绵山游览兴犹浓，夜宿云端听梵钟。
昔慕天台沉幻影，今登仙境瞰风松。
万般喧闹归于静，千缕烦忧不见踪。
冥想无眠禅乐响，悄然旭日透窗彤。

七律·雪夜偶思

茫茫雪地觅白鸥，冰带汾河水下流。
寂寞抒怀无景眺，焦烦观霓乱思谋。
休闲难撂国家事，老朽易添庸杞忧。
倘若初心今尚在，焉需缧绁缚贪囚。

七律·五秩述怀

宦海痴呆泛逝流，光阴虚度又辞秋。
世风日下回无力，道义摒除颜有羞。
五秩恍如三界晃，双杯绵似九重游。
惟余笔墨吟诗句，留与儿孙笑老俦。

七律·公祭日感怀

每逢今日撞铜钟，愤懑填胸怒火冲。
无数冤魂悲切切，几多殇魄恨重重。
国家羸弱豺狼啖，科技贫穷虎豹凶。
民众齐心驱恶寇，屠城卅万罪难容。

七律·咏汾河

汾水汤汤南北流，日披朝霞夜衔钩。
溉田排涝功无量，妆点三晋靓并州。
净化尘空天碧碧，改良生态云悠悠。
微漾涟漪游船稳，鹳唳鸭鸣雁啁啾。

七律·咏双塔烈士陵园

凌霄双塔十三层，满院牡丹场面宏。
九色嫔嫱超度媚，紫霞天子异常盈。
贵妃酣卧留佳话，君主扩园赢美名。
花衬忠魂更艳丽，寺游情炽祭殇英。

七律·悼扶贫英雄

北京张彩荟群雄，整体脱贫惊世功。
克尽艰辛驱恶困，熬干血汗践初衷。
忠魂殉国无余憾，壮志酬民有志崇。
复兴中华圆凤梦，英豪业绩贯长虹。

七律·贺整体脱贫

脱贫夙愿果成真，震撼全球泣鬼神。
年受饥寒年历苦，日奔富裕日趋臻。
思源莫忘革新好，追昔常怀创业辛。
畅诵诗篇歌盛世，满斟美酒犒功臣。

七律·咏戍边英烈

戍边将士尽枭雄，虎口狼崖御印攻。
寸土阿三休想掠，丹心热血斗顽熊。
赴汤蹈火何言惧，陷阵冲锋建伟功。
雪域悲哀悼英烈，关山肃立默哀中。

七律·慰边黎星友

老来至悸生死离，地陷天崩恸丧妻。
花甲方过骑鹤游，元宵未出赴瑶席。
一生患难风霜迷，六秩恩情濡沫惜。
我劝边君权忍悲，珍疼晚辈度余夕。

七律·习酒冠天下

名河赤水溯源悠，大娄巍峨耸九州。
黔北仁怀多玉液，香浓烈酱踞头俦。
国中客热诗乡会，域外宾兴酒邑游。
最数醇醪三两美，开怀益寿化烦忧。

七律·沙尘天偶见

黄沙弥漫罩天空，蒙古沙尘来势汹。
对面楼群窥难见，隔河景苑少禽踪。
街人互助避生祸，路警从容守要冲。
市内文明微细看，太原遍地是雷锋。

七律·沙尘天遐思

阳春季月草花萌，孰料沙尘蔽古城。
咫尺难观汾水秀，极眸勿见太行宏。
隔窗骤诧日呈白，俯瞰嗟叹苑落英。
莫是天公行法力，尽扫冠疫惠苍生。

七律·五一放歌

欣逢五月百花妍，劳动光荣唱主弦。
党领人民驱恶疫，国匡世界出危悬。
脱贫迈上康庄道，筑梦书成富裕篇。
使命初心添效力，三英并驾又巡天。

七律·焦裕禄

贫穷兰考把根扎，使命初心本色嘉。
改地换天寻妙策，顶霜冒雪访农家。
数株泡木拦尘暴，半病身躯治碱沙。
喜现宏图君逝去，万民跪祭献鲜花。

七律·咏七一（两首）

一

旗帜鲜明主义真，农工挽臂力千钧。
推翻旧制除妖孽，创立新宇泣鬼神。
铁打江山先驱荐，和平盛世后人珍。
今逢百岁欢欣日，一曲心歌感喟淳。

二

开基创业党英明，引路驱霾向锦程。
史上饥寒天地悯，当今富裕鬼神惊。
龙兴焉许豺狼噬，狮醒岂容枭霸狞。
舟器扬威航母靓，三军持剑卫和平。

七律·母亲节咏慈母

人间至善是母亲，舐犊纯情胜赤金。
历尽艰辛存本色，久经霜雪葆仁心。
贫穷嘱咐争豪气，富贵叮咛戒赌淫。
教子相夫四邻敬，温良恭俭阖家钦。

七律·贺天问登陆火星

疾行稳降火星中，再贺新神访宇穹。

百险千辛国人造，惊魂天问九州红。

精寻壤土研含质，细觅岩层破瘴蒙。

月里嫦娥遥舞袖，琼浆玉液犒群雄。

七律·护士节赞白衣天使

白衣天使缪斯神，笑靥如花圣母仁。

门诊答询关照细，病床护理技能新。

扶伤不惧身疲倦，救死何辞道挚真。

抗疫缚魔前线女，飞琼旷世靓阳春。

七律·贺省城新建滨河自行车道开通

白天数里降霞虹，夜晚金龙卧水瀛。

喜见汾河增异景，恭迎便道惠民生。

枭男亮技赢夸语，靓女妍姿获彩声。

最是老翁升雅兴，骑车上路显年轻。

七律·新著《泊舟听潮》完稿夜抒怀

风弥秋夜月垂钓，止键关机润涩喉。

目倦隔窗凭远眺，神怡倚柱近回眸。

休闲撰著桑榆老，寂寞耕耘骐骥咻。

撷浪掬澜俱往矣，且听潮唱泊扁舟。

七律·次韵步张娟女士

登船之后作诗奴，一片痴心置玉壶。
平仄权当针线绣，韵辞只做菜肴厨。
织罢社稷神奇变，绘就青春异彩涂。
笔下人间烦恼事，借兹化闷百忧无。

七律·观网课随感

疫狂无奈校门关，网课随机又获源。
童趣笑颜封宅内，愁容倦目囿家园。
昔年体育遭轻视，今日出操成妄言。
减负之谈何处觅，验光配镜不嫌烦。

七律·痛悼袁隆平院士

杂交水稻惠苍穹，梦幻成真去腹空。
旷世奇功书史页，盖天丰绩载袁公。
年年赤足研科技，岁岁蹲田灭害虫。
可口米香怀伟业，家家户户祭英灵。

七律·观汾河舟游随笔

汾河夏季觅欢愉，岸柳依依水漫渠。
远睹金澜晖日下，近观青苇跃鳅鱼。
轻舟漂泊舒无忌，快艇穿梭乐有余。
鹳雀低翔鸢畅舞，帅哥长裤妹裙裾。

七律·咏习酒（三首）

一

茅台冠世若璆①镠②，习酒仁怀系列畴。

赤水河纯香漾溢，大娄山峻窖藏茜。

诗乡雅韵酿良液，酒苑甘醇解缱忧。

跻誉百强根脉广，文明城市果真牛。

二

红城③习酒人皆闻，产域仁怀质地真。

佳酿赢名八方赞，琼浆蕴誉赛金银。

膳香毋忌衔门小，液正焉虑河谷岣。

史上歌咏英烈美，馨融诗境罩氲氤。

三

创业曾经力克艰，卓然傲立日臻全。

茅棚两处起家早，鏖战几秋终踞巅。

浓酱俱佳味奇特，技工优细馥长延。

酒中文化品高尚，壶净杯空④悦若仙。

七律·为父之难

少年不晓父亲难，有子方知日涩酸。

照料阖家神力愈，关怀妻小体疲殚。

爬坡载重强为笑，沥血呕心苦作欢。

老态龙钟添拐杖，屈腰弓背步蹒跚。

---

①璆：美玉。

②镠：贵金。

③红城，指著名的遵义城。

④习酒喝干后空杯仍能延放香味。

七律·缅父之恩

家睦人康倚靠山，终生劳累却心安。
白天单位忙工作，晚上伙房帮佐餐。
往日峥嵘尝涩苦，今朝闲逸悸孤单。
逝前嘱我需牢记，体恤平民做好官。

七律·高考现感

时逢六月日高悬，数万考生排障籓。
政府超前行便利，厂家跟后避嘈喧。
爱心车队随机上，志愿成员即刻援。
服务细微人性化，古城绽现溢馨园。

七律·端午节感怀

人间世代祭忠良，粽叶青青米枣香。
浩作离骚传万载，大夫屈子启端阳。
忧民殉难书芳韵，赴义捐躯谱楚殇。
感慨而今圆凤梦，休拿正气化黄梁。

七律·答谢刘维静部长十次赠诗鼓励

尊兄十赞让愚羞，弄斧班门眷晚秋。
壮志未随花甲淡，余生偏访缪斯州。
著书执意贴钱送，作赋惟求步履留。
当谢恩师扶弟子，躬耕进取做回酬。

信步漫吟

Xin Bu Man Yin

七律·诗贺高福林老师

夫妻五秩手双牵，伉俪完成革命篇。
风雨同舟齐步履，初心犹在共硝烟。
鬓斑印证资元老，苍履标明意笃坚。
堪赞凤鸾比翼鸟，徽章闪耀并头莲。

七律·学党史有感

巨轮航海靠罗盘，党破迷霾眼界宽。
半世纯真崇马列，终生赤胆信如磐。
誓言铭脑躬身干，使命萦怀跨骥鞍。
学史激扬强国志，中华奋斗不蹒跚。

七律·赏刘老古城游照片

尊师执杖老城游，鹤发童颜步履悠。
晋水风清含景韵，行仁蹈义耀门楼。
署衙故址安然在，文庙石碑古今酋。
谁道年高玩心减，月恒匾下乐呵叟。

七律·诗贺24位功勋党员

鞠躬尽瘁撼苍穹，灿灿徽章奖众雄。
舍己惠民无寸怨，毕生奋斗有奇功。
征程险恶迎难上，路径峥嵘忘我冲。
使命在心人未老，赴汤蹈火党旗红。

七律·观天安门建党百年庆典有感

人山旗海汇洪流，宛若神州舞赤虬。

讲话春雷惊宇宙，蓝图细雨沐全球。

开基惠众无旁骛，创业强军有远谋。

史页恢宏功在党，非凡建树续千秋。

七律·庭院党校一瞥（二首）

一

劲松公寓院廊中，草郁花香喜气盈。

鹤发童颜老前辈，青春四溢小书生。

凝神观看宣传剧，注目萦怀双烈英。

君宇评梅人仰敬，献身使命最忠诚。

二

长廊布展史辉煌，岁月峥嵘党指航。

历尽艰辛同抗日，赴汤蹈火撼天苍。

眼前重现惊心事，耳际欣温旷世章。

观剧学员含热泪，红歌高唱激情昂。

七律·总书记寄语青年要有"三气"

光辉讲话细研读，寄语青年璀璨珠。

志气萦怀生骨气，还留底气作支扶。

时时谨记民为上，事事需拿党纪箍。

奋斗常思宗旨在，投身一线展宏图。

七律·七七事变84年生感

卢沟事变几多秋，国难民殃人类羞。
倭寇滋非吞九域，生灵涂炭血横流。
贼枭天性凌良主，恶鬼从来嗜顺牛。
今有雄师持利剑，东洋休再祸全球。

七律·暑天即景

赤日炎炎入暑天，打开电扇热难眠。
阖家老少宅前坐，更有池清映月泉。
乖女吹箫添爽意，淘孙戏水弃衣穿。
香茶冷饮西瓜大，安逸无忧乐似仙。

七律·仲夏收麦忙

暑热偏逢割麦忙，一年劳作欲归仓。
云蒸霞蔚呈金海，日晒风吹溢馥芳。
开刃撷收镰上喜，把茶斟获盏中香。
太平盛世多欣乐，华夏飞腾更富强。

七律·暑天雨

倾盆大雨落今天，骤止无休炎热连。
密柱交叉空际黯，湍流汇拢路汪然。
近观闹市绝喧嚣，远眺群山罩雾烟。
堪敬当推防汛队，随时排险在前沿。

七律·八一颂

节前慰问犒功臣，炫目花篮意挚真。
剿匪驱倭书战史，排洪抢险灭顽菌。
半条棉被传佳话，一堵人墙力万钧。
百炼成钢称劲旅，工农本色誉军神。

七律·赞大学生从军

学子争相入戎营，宏图夙愿始成行。
有心岁月弘天日，不负韶华弃利名。
掌握高能何所惧，精通绝技势能赢。
谁说尔等笼中鸟，无逊雄鹰暴雨迎。

七律·观奥运赛直播

东京奥运引期求，强手交锋战未休。
注目荧屏难早睡，牵魂赢输莱忘油。
一球失误长嗟叹，半点丢分久怅惆。
心系健儿常助力，激情喷涌汇江流。

七律·勉励失利女排

未料女排两战输，初怀热望半悬殊。
十分冷静休急躁，百个缘由堵漏窟。
勿以挫折颓斗志，誓将逆转寄鸿图。
小过难掩功劳著，不败球王世上无。

七律·鼓劲乒乓混双

混双决赛痛丢金，直教粉丝情趣沉。
大将许昕多懦气，诗文妙旋少重心。
连连出错抛胜算，屡屡失衡生败窘。
且有绝招留再战，翻盘夺冠底功深。

七律·贺女子四人双桨摘金

崔吕张陈赛艇飞，喜赢大奖耀金辉。
最佳组队皆强手，数次出征含笑归。
碧水平添风采靓，赤台正衬女神威。
一行热泪悄然落，幕后谁知汗浸菲。

七律·贺智勇举重破纪录

智勇夺金丹气沉，一声大吼蕴功深。
毫无悬念排榜首，抓挺超常奏凯音。
壮志为民恒使命，红心向党践初心。
摘金折桂真豪士，体育贤才人共钦。

七律·女将四人泳池夺冠

泳池女将四枝花，绽现英姿艺足嘉。
战术有方松懈弃，技能无隙奖牌拿。
健儿搏取中华傲，巾帼赢来世界夸。
强手面前毫不惧，巅峰竖立绚云霞。

七律·观女乒冠亚决赛

乒乓奥运女单决，陈梦颖莎桂孰撷。
传统技能功毕全，龙争虎斗劲充憋。
一番鏖战汗难干，五度交锋力未竭。
喜在金银同入囊，国旗共举映双杰。

七律·贺气步枪双人夺金牌

二雄联袂夺金牌，气步枪声报喜来。
杨倩老成环点准，浩然冷静靶心开。
环环闪烁非凡苦，分分隐含别样哀。
更喜国歌重奏响，健儿微笑上高台。

七律·蹦床包揽金银牌

蹦床包揽猎双樽，动作高超一併吞。
系列空翻无缝隙，雪莹王者有余垠。
幼年鹏志飞如雁，韶岁雄心跨若鲲。
二女腾霄惊世界，中华红艳靓家门。

七律·苏炳添首开黄种人百米决赛历史

东京奥运近终端，短跑枭雄聚五环。
田径超常破前例，黄肤跻入在其间。
初临预赛荣居首，赢获决名非等闲。
完毕披旗往来转，炳添飞将撼人寰。

七律·贺奥运健儿载誉凯旋

惊心动魄虎龙争，折桂摘金才艺呈。
纪录频频连打破，国歌屡屡傲东京。
老将新秀相辉映，泳道田径荟体英。
盛世健儿添异彩，奖牌踞首享殊荣。

七律·七夕童趣

月夜银河眼际横，情人团聚鹊桥行。
妪翁摇扇言神话，童稚聆听豆架棚。
虔敬休谈蚊嗜血，好奇焉悖黯吞琼。
母亲笑问闻何语？约定明天逛老城。

七律·贺泽泽机器人大赛获奖

酷爱编程血汗多，七人组队战群舸。
静心技巧常锤炼，潜意细微勤琢磨。
几度破关赢对手，一朝得胜奏铙歌。
钢刀淬火增锋利，笃志前行再越坡。

七律·毛主席逝世45周年祭

伟人仙逝五洲悲，百姓缅怀衰泪飞。
吃水寻源开创苦，和平湖本捍权岿。
公民守法政基稳，官吏清廉国体巍。
领袖位高抛物欲，千秋万代熠光辉。

七律·志愿军烈士遗骸回国

抗美援朝撼世章，英雄喋血在邻疆。
弹痕遍体黄沙卧，烈士遗骸返故乡。
鲜艳国旗灵柩盖，溢香花束祭公殇。
吉祥更晓和平贵，莫负亡魂韶岁郎。

七律·痛悼徐宝德仁兄

仁兄乘鹤杳然行，脑际长萦淡定容。
权蘸伤情书腹语，再盟下世作同宗。
人生知己终难觅，患难挚朋何易逢。
徒奈瑶台离万里，空垂恸泪意浓浓。

七律·咏沁源一线天

才惊绝谷舞岚烟，又叹峭岩一线天。
龙母银簪终子爱，金虬石洞释亲缘。
松涛阵阵轻呜咽，云海翩翩重圣贤。
传记焉遮民众口，自成神话历千年。

七律·咏沁源圣寿寺

灵山笔峙傲苍天，古寺匾珍源御銮。
坐化皇儿轻圣位，善男信女拜香坛。
凡尘缥缈庵门遁，世事空蒙佛地安。
莫羡龙庭经脉广，多舛李侃后人寒。

七律·悼马世豹同学

同窗三载一生情，秉性桀骜增爱明。
笔借甄人蕴品位，不躬权贵蔑虚荣。
才华横溢匠工慕，文采飞扬高手惊。
只在瑶台聘良俊，俨然辞世赴仙城。

七律·悼恩师刘思奇（五首）

一

惊闻噩耗泪涟涟，执绋辞君赴热筵。
八秩春秋葆清气，一生仁义耀青天。
笔尖勤勉奉佳作，胸际至宽师圣贤。
德艺双馨人仰慕，文坛痛失栋梁椽。

二

名利轻抛藐仕奸，倾呈心血乐开颜。
文联坐镇惟崇业，乡土主编非等闲。
晋剧玉英精立传，长篇赤子颂民间。
春蚕丝尽君方去，锦著千秋耸泰山。

三

宽仁仗义品行端，见俊思齐留美篇。
秉笔匡正赢敬重，朴淳祛诈得人缘。
倾心授业冠三晋，呕血传经生九千。
临县之骄名气在，汾河呜咽哭刘贤。

四

恩师仙逝百余天，诀别恍逾几十年。
通昼慈容长相忆，彻宵睿语久无眠。

信步漫吟

Xin Bu Man Yin

生前懿德同仁敬，卒后华章知己研。
梦赴瑶台琼苑处，阴阳两界手难牵。

五

适逢祭日总回眸，尘海苍茫岁月稠。
师赴瑶台恩永驻，魂游天界道长留。
四旬春蕊香犹在，八秩金英绚晚秋。
骄子荣归黄土地，一生磊落后人讴。

七律·哀悼诗友杜守京

独租陋舍雁幽单，夜半孤魂拜圣仙。
磨难辛酸随鹤去，炎凉坎坷化青烟。
徒精韵律空怀志，枉炼诗词病久缠。
惟有诸多追念友，千楹万阕悼才贤。

七律·腾冲骨乞赞

腾冲浴血战东瀛，数万国殇栖墓陵。
倭寇六千抛冢内，死尸万世罪天膺。
石雕败将膝双跪，坑葬亡兵手缚绳。
几亿重金行交换，断然遭拒必吹灯。

七律·闻空警生感

惊心警报裂长空，卅万冤魂控薮凶。
日寇侵华多惨案，屠城恶贯罪难容。
杀人有瘾绝人性，饮血成疯嗜血浓。
战败至今无忏悔，欲吞世界霸王封。

七律·贺孟晚舟劫后归来

世人敬仰女中英，历尽劫波终至赢。
笑靥饱含豪迈志，倩姿毕现坦然情。
无端羁扣戮纱幕，蓄意栽赃曝黑盟。
孟氏晚舟真勇士，当今江姐获雅名。

七律·双簧

美加狼狈演双簧，无理拘羁近病狂。
小丑受唆龟脚露，主谋底裤尽撕光。
图穷匕见黑招损，折戟沉沙缓计张。
惯以独裁撑老大，人天共愤必生殃。

七律·喜贺国庆72周年

适逢国庆赏神州，秋意阑珊亮眼眸。
溢彩流光呈盛世，银花火树贺丰收。
航天助兴三英秀，奥运添晖万口讴。
喜看东方朝气旺，华轮过后笑啼猴。

七律·咏长津湖"冰雕连"

三天三夜卧冰川，为阻敌逃经酷寒。
肚饿硬吞凉土豆，口干强咽雪抓团。
舍捐忠骨书青史，倾献红心染赤丹。
烈士冰雕千载矗，和平浴血路危难。

七津·烈士纪念日抒怀

祭奠国殇怀烈英，几多前驱作牺牲。
花篮敬上云天穆，哀悼鞠躬哀泪盈。
先辈开基捐命去，后人承志举旗行。
繁荣回看来时路，铭记初心航向明。

七津·假日游太原古城

祖孙三代古城游，晋韵汾风溢眼眸。
百味长街过足瘾，魁星孔庙聚人流。
城头巍矗唐尧帜，衙署端存社稷瓯。
最是独车昕泽驾，遍观县貌细瞻楼。

七津·暴雨成灾（两首）

一

暴雨猖狂下四天，决堤溃坝淹农田。
多间房塌交通断，一片灾情殊可怜。
省府筹钱批转快，市民捐物不迟延。
山西受涝八方助，骨肉同胞血脉连。

二

四天暴雨涝成殃，山体滑坡淹进庄。
险讯在先民撤早，生灵至上仕担当。
救援火速排查细，安置及时无病伤。
大难袭来弘本色，老醯自古性刚强。

信步漫吟

Xin Bu Man Yin

七律·咏曾勇

半世烟云浪里漂，援疆支外显英骄。

抛家舍子终无悔，弃利鄙名难过桥。

莫道超凡销六欲，休言忘我拒折腰。

曾君实乃真男士，雪域天池共弄潮。

七律·喜贺俊明《秀容撷翠》诗集付梓

秀容书院①多灵韵，匡世群英续艺文。

脉发源流终未断，径通撷翠俊明君。

毫端风雨真形在，纸上烟云绕指闻。

一缕诗香山水绿，三关②热土芰荷芬。

七律·贺神舟十三成功发射

银河浩渺奥玄藏，赤县神舟又启航。

半载驻留烹小菜，一朝宇宙筑星房。

首都睿语情融暖，壮士忠言血沸扬。

更有美眉添靓彩，三雄再续傲穹章。

七律·贺我省十二次党代会胜利召开

太行汾水沐秋晖，三晋欣然喜讯飞。

数载辛劳排百障，五年奋斗沁千菲。

举旗不忘征程险，蹚路长存使命巍。

铭记初心开伟业，再添史页耀金徽。

①秀容书院：始建于清乾隆四十年，当时忻县称秀容县。

②三关：历史上著名的山西"三关"指宁武关、雁门关和偏头关。

七律·大雪

银装素裹饰寒檐，飞屑飘摇泥土霑。
恬静冰河呈谧静，丛林灌木露尊严。
驻足四眺讴歌雪，俯首沉思恪守廉。
质本无瑕绝欲念，心灵净化洗尘纤。

七律·为12岁爱孙开锁

年龄十二锁当开，怀揽乖孙蕴意赅。
昔日老娘亲手戴，而今作古在泉台。
思恩睹物先人去，耀祖弘宗后裔来。
岁暮衰翁期晚辈，家门世代续英才。

七律·摩崖造像

摩崖造像马陵山，刻技超凡东汉延。
完好洞群存至宝，分门别类透惊玄。
菩罗佛士雕工湛，蟾象龙禽塑艺专。
考古意深毋价估，敦煌壁画让它前。

七律·造访孔望山

孔圣曾经访此山，诸多景物隐渊玄。
结盟夏启飞天处，出海渔夫祭露莲。
龙洞庙庵钟鼓响，摩崖壁画匠工镌。
蟾蜍石象祯祥兆，儒道相融笕溯泉。

信步漫吟

Xin Bu Man Yin

七律·观图生感

妪翁陋舍木条桌，小酒双盅露睦和。
两碗青汤煮茶蛋，苍颜红屬胜弥陀。
满头银发死生过，一把山胡濡沫磨。
世羡佛提真惬意，相形见绌怍羞多。

七律·送寒衣

但逢腊月送衣棉，最是哀凄这半天。
焚纸氤氲迷泪眼，燃香碑冢叩双先。
空怀梦里一时短，徒憾寰间几世圆。
谁解痴情相忆苦，惟收悲怆寄诗笺。

七律·大雪抒怀

时逢大雪旱情催，霾重弥空罩日微。
疫酿天灾凶未减，霸操人祸弹横飞。
拍天骇浪如磐稳，掠地狂风似岳岿。
华夏从来豪气在，辉煌苦难绽芳菲。

七律·公祭日生感

国家设祭在南京，笛响钟鸣代泣声。
卅万冤殇仇啸海，九州义慨怒冲棚。
屠城犯下滔天罪，注菌撺成恶满盈。
拜鬼招魂窥伺动，霸凌世界灭苍生。

七律·纪念毛泽东诞辰128周年

五洲四海仰豪英，世榜排行列首名。
松栉寒霜依旧翠，荷淋垢水照常清。
国家至上开新宇，大众崇高废旧程。
绝后空前难诋毁，从来泾渭两分明。

七律·元旦

一元复始岁衔年，月有盈亏日续天。
寅虎携春华夏至，丑牛裹疫去无边。
怀仁从善神机佑，作孽行凶鬼索牵。
且看寰球多少事，颓衰鼎盛理当然。

七律·腊八粥

天冷地寒冰挂檐，一锅热粥暖心尖。
当年父母三更起，土灶长熬细火黏。
大枣豆沙红艳艳，花生黄米味甜甜。
悉听典故痴迷久，岳帅朱皇脑际添。

七律·迎新春感赋

金牛玉虎喜相逢，旧岁新元互替充。
瑞霁祥光滋九域，银花落絮兆年丰。
太空漫步三姿靓，雪域逞英群健雄。
抗疫除瘟功告日，飞觞舞袖沐春风。

休步漫吟

Xin Bu Man Yin

七律·悼念周总理辞世46周年

一生奉献志弥刚，几度关头挽骥缰。
大略雄才扶社稷，丹心慧眼辨奸良。
强军愿景谋奇策，富国宏图出妙方。
尽瘁鞠躬标党史，丰功伟业谱华章。

七律·哀悼刘思齐仙逝

思齐驾鹤赴瑶筵，毅魄英魂会九泉。
燕尔新婚别濡沫，白头偕老化云烟。
小家有眷国为重，大爱无疆世获全。
最是悲伤追忆久，京城平壤脉相牵。

七律·周韵和朱益标老师《访李汝珍故居》

奇才椽笔写缠绵，文苑芳名荟圣贤。
宝镜光涵谁解爱，汝珍韵力孰齐肩。
一章一页皆心血，一字一言均锦篇。
百载千秋桑海变，惟留著巨贯凌烟。

七律·迎春曲

春归大地破冰封，燕雀婆娑衬碧空。
举目瞻观冬色褪，开怀吟诵景情融。
瘟魔毙命阴霾散，百姓出游明媚充。
九域柔风催秀丽，千红万紫待闰中。

七律·冬奥会抒怀

帅气冰墩俏雪融，北京冬奥日趋红。
千将百国怀高技，靓妹枭哥显绝工。
命运相联战争止，福灾同牵目标同。
未来寰宇阖家乐，人类祺祥圆梦中。

七律·元宵节

银花火树耀龙城，冬奥元宵共袂荣。
国盛民安财气旺，年丰人寿疫魔薨。
汤圆滚滚甜如蜜，笑靥盈盈美似琼。
雪道冰川添惬意，隔屏举酒犒群英。

七律·观冬奥会生感

京城冬奥雪皑皑，圣火熊熊向未来。
虎跃龙腾圆凤梦，摘金折桂耀擂台。
鸟巢傲见国旗舞，冰道欣逢蓓蕾开。
体育今诠华夏盛，千年耻史化尘埃。

七律·贺女足夺冠

实力连拿两届杯，美眉靓彩显神威。
红颜绿地添春色，逆境重关振翅飞。
妙射一回分胜负，灵传几度破拦围。
男足败北休言愧，斟酒端茶候女归。

七律·同韵步朱会长贺伊甸园年会

虎来牛去吉祥临，年会元辰喜互融。
诗界贺辞诗浪涌，网群箴语网信鸿。
破冰穿雾添生力，奋斗扬鞭唱大风。
伊甸神园沐甘雨，新桃更比旧符红。

七律·咏秦岭太乙峪

太乙修行故猎名，唐宫汉殿见恢宏。
石崩洞穴千岩美，地陷天池万瀑清。
望月雄狮仙兔醉，出山猛虎巧鹦惊。
游完谷隘总回味，九域争琼此峡赢。

七律·题张吉玉山水画《扯袍峪》

群峰险峪妙含奇，帝扯龙袍史作迷。
顶上人头思惑事，峰间寺庙解疑题。
飞天石外留玄念，舍利僧前蕴奥蹊。
漫舞琼花神谷寂，画屏有限景无倪。

七律·题曹英信山水画《西涧峪》

奇峰异谷景迷眸，壁峭层峦曲径幽。
巨掌平伸腾雾霭，神鹰俯视绕纤楼。
溪呈海子七颜布，洞吐龙泉九米绸。
无限风光西涧峪，沉游画境意难收。

七津·题马晶山水画《涧峪》

奇峰秀谷雾盘旋，涧峪漫游最憩缘。
落瀑幽潭峦叠嶂，凌霜傲雪径连绵。
东瞻水库湖光美，西睐长安古瑟弦。
画匠神工挥妙笔，花香鸟语乐如仙。

七津·题冯德龙山水画《沣峪》

峭壁悬崖擎柱托，山高谷阔壑槽多。
劲松栈道百神洞，激瀑清潭九鼎坡。
三面菩提凭远眺，六和圣塔律宗歌。
沣河草甸销魂处，鹤下观音恋峪峨。

七津·题崔涛山水画《白石峪》

引路白光帝赐称，怡然美景野山莹。
清幽寂静禅堂穆，伟岸嶙峋雨雾晶。
煦日祥风驱恶疫，茅棚圣水洗尘行。
飞禽走兽无相扰，喜看人天共惠生。

七津·为新入厅公务员讲课有感

退休六载露苍颜，应召新临培训班。
漫忆旅程诠展史，回瞻路径品辛艰。
铭心践诺无毫怨，敬业崇行有百悭。
赓续弘扬连血脉，青春永葆再登攀。

七律·龙城春来晚

七九汾河料峭天，风筝两岸舞蹁跹。
雁丘孑立缺诗赋，夕渡孤横杳瑟弦。
日沐阁楼存古韵，月悬水榭缔良缘。
莫嫌晋域春来晚，鹳雀欣然抢在先。

七律·咏龙城春雨

春雨如丝润土无，冰河半化柳烟疏。
天高气爽添柔意，雁唱鸭鸣孤寂除。
东苑西园伞花绽，北街南巷客流纡。
古城一夜靓新屐，翠袖冬眠始出庐。

七律·同窗聚会

相聚时难别亦难，凝眸对泣泪涟涟。
昨天童稚怨年慢，今夕苍颜盼岁延。
老迈孤单长念旧，体衰寂寞总思缘。
人生苦短如过客，逐浪扬帆遂梦圆。

七律·"三八"赋

时代红颜众口夸，驭风碾浪气堪嘉。
博才多艺绝千古，娇色姝容艳百花。
雪地凌空雄世奥，穹天驻宇耀天涯。
谁持彩练书青史，锦状当归裙衩家。

七律·贺三八赞巾帼

谁言女性太柔绵，豪杰当中半个天。
寰宇出舱圆凤愿，球场破网续奇篇。
饱经生死初心灿，历尽艰辛本色鲜。
美黛温馨多靓丽，爱河亘古共婵娟。

七律·植树节抒怀

三山五岳沐春光，万马千军种树忙。
绿岭青峰生态好，黄莺翠鸟自然良。
荒郊成荫景观美，旷野建林沙暴祥。
喜看神州今胜昔，国安民富奔康庄。

七律·原玉和张成杰师兄《八秩抒怀》

张翁八秩话沧桑，笑傲须臾鬓染霜。
诗伴韶华行岁月，词牵骥枥记时光。
扬帆韵海浪痕录，攀顶辞山跬步量。
莫道晚年苍面老，人间至美在重阳。

张成杰先生原玉：
静心无意话沧桑，岁月蹉跎早鬓霜。
未得才华思梦鸟，偏多愚钝学偷光。
读书千卷天天悟，万里山河步步量。
更爱晚晴云水乐，置身天地笑斜阳。

七律·三月赏春光

沙道柳烟呈嫩黄，白鹅红掌戏河央。

煦风撩燕生亢奋，暖水偎舟惹猖狂。

遥看青山云霭淡，近观绿圃雨霖香。

瑶池仙境何需觅，紫气氤氲罩故乡。

七律·共除瘟魔

瘟疫疯狂露狰狞，全球讨伐济苍生。

五洲一体齐防范，千国万军并出征。

狡诈菌王存变异，聪明大圣有金睛。

人天共愤除魔害，朗朗乾坤贺太平。

七律·赏春放歌

青帝趋风播丽芳，一宵九域换新妆。

桃花灼灼媚人眼，细雨霏霏泅土香。

柳飔邀莺朝放浪，河漪伴月暮清狂。

心神荡漾情宣泄，即兴抒怀诗几行。

七律·斥霸凌

霸凌暴戾属寻常，惯耍淫威逞大王。

经济严封国羸弱，武装干预政沦亡。

台前佯似施恩主，幕后分明食肉狼。

不共戴天人类害，贪婪本性酿灾殃。

七律·柳堤赏景

垂柳万株鹅淡黄，倒投倩影水汤汤。

柔绦摇曳呼春燕，秀干摆飔接旭阳。

鹤发翁公舞刀剑，少年童稚戏鸳鸯。

风光无限公园里，生态惠民增寿康。

七律·步韵郑会长惊闻梓里突发疫情

早春二月踏青时，无奈疫魔生痛思。

访友探亲当止步，宅家闭户应羁篱。

全员意识严遵纪，独个需求莫皱眉。

待到明天霾散去，抒情唢呐放怀吹。

七律·同韵赓和曹广国先生

春靓公园耀眼红，湖光樱色弥香风。

双莺戏水声清脆，百卉争妍馥郁葱。

无意情来寻妙句，有心躁去索飞鸿。

寿翁游玩生童趣，笑碰茶杯代酒盅。

七律·牡丹

天香国色兆琪祥，赏赐花王震洛阳。

繁艳芬妍姿妩媚，雍容华贵貌端庄。

刘皇藏匿成宏业，武后发威生佚章。

富丽妖娆非世故，豪门贫宅美如常。

七律·二月兰

晋阳春暮赏贞兰，浅翠青蓝耀碧天。
林海扎营皆怒放，草丛布阵并争妍。
巧枝亭立多娴秀，纤蕊矜开少缠绵。
无愧享名诸葛菜，幽香冷落古今延。

七律·恭贺五大微刊创办六周年出刊10000期而作

五雄共办六周星，万辑纷呈荟百英。
老幼刷屏文友众，俗雅共赏粉丝盈。
八方博采收编快，九域通观定稿精。
诗苑花丛今绽放，登攀开拓正年轻。

七律·悼乔羽

声名遐迩艺堪夸，仙逝哀伤百姓家。
双桨荡开童岁乐，良宵唱遍贺年嘉。
长江两岸歌三姐，地北天南看杏花。
情爱中华赢世界，牡丹万代绽奇葩。

七律·庆祝中国共产党成立101周年

开基创业党英明，引路驱霾向锦程。
史上饥寒天地悯，当今富裕鬼神惊。
龙兴焉许豺狼噬，狮醒岂容枭霸狞。
舟器扬威航母靓，三军持剑卫和平。

七律·吟珠林园

珠园丰韵荟诗篇，小巧玲珑别样天。
月季花团迎日绽，蔷薇锦簇沐风跹。
竹林青翠黄鹂叫，荷水清凌黑鲤穿。
云霭烟波馨馥溢，分明绝色美貂蝉。

七律·敬贺张成杰老师从艺六十年

命端多舛世途艰，矢志不移茹苦攀。
酷爱缪斯通笔墨，亦知著作耀文斓。
五湖咏尽龙神往，十岳歌完人动颜。
贵在老枝呈靓蕊，胸襟浩瀚纳穹寰。

七律·暴雨倾盆

乍雷惊耳裂长空，天宇乌云黯眼瞳。
四野八荒风暴里，千楼万院雨帘中。
暑蛮顿退周身热，飓戾瞬添盈地红。
水位骤升平坝岸，鸭鹅鸟雀匿窠丛。

七律·贺巴黎文学苏沪浙分社成立暨创刊

诗词刊物若星罗，只憾平庸赝品多。
田瘠苗稀徒怅叹，语穷意淡少雕磨。
生机贵在抛羁套，活力务求除旧疴。
分社新鹏腾羽翼，群英荟萃奏笙歌。

七律·贺巴黎文学苏沪浙分社创刊号阅读量突破廿万

跻身列刊沪苏浙，红杏出墙博彩铄。
读者粉丝荟数英，高才妙手集仙鹤。
花妍醇馥活泉浇，树矗翠青金凤落。
首战赢来众口夸，尚需鼎力再开拓。

七律·慰钟国才诗兄

钟兄诗韵列头鳌，总让同仁尽折腰。
小恙病床挥巨笔，大家艺苑绽新骄。
先生暮岁凌云志，老骥耆年揽月枭。
康复扬鞭催战马，破关斩将犒功尧。

七律·与领袖扮演者张瑞奇合影

霓灯辉映丽华区，惊现毛公伟岸躯。
举止言谈风度靓，音容笑貌性情歟。
吟诗演讲皆神似，泼墨挥毫堪妙枢。
离别难分存彩照，回家细赏乐无虞。

七律·军威仪容

神舱浩宇建琼宫，航母汪洋碧浪艟。
天眼时时睁睿目，东风秒秒挽强弓。
三军亮剑声威壮，九域操戈胆气雄。
世界和平添劲旅，真功震慑害人虫。

信步漫吟

Xin Bu Man Yin

七律·剜野菜

朱颜乌髻短裙妆，手握剜刀提小筐。
地垄田间添倩影，堤梁坝下曳芬芳。
野葱甜苣宜包饺，齿苋公英堪拌凉。
美味舌尖皆品尽，珍馐难媲溢绵香。

七律·贺诗海西南诗社创刊

诗海西南多俊杰，新枝绽蕾傲群钗。
文坛吐蕊含香馥，书苑开篇蕴谷怀。
韵美词工多点赞，风清气正少阴霾。
点燃薪火冲天旺，勠力经心共捧柴。

七律·赴宴偶思

欣赴婚筵犒胃肠，七盘八盏一通忙。
爱荤酱肘肥羊美，喜素灼虾青菜香。
快乐三盅舒意酒，忧悲半碗释愁汤。
味随情绪迥然异，适度循规益寿康。

七律·贺吕述尧社长荣入中华诗词学会

诗海翱翔傲宇茫，锦篇问世溢馨香。
耆年未减廉颇勇，暮岁仍添诸葛良。
笔下情怀赢敬佩，辞中愿景获弘扬。
谦恭诚挚扶新秀，望重德高步殿堂。

七律·立秋感赋

万千才俊写金秋，歌遍风光吟尽愁。
举笔凝神无亮点，凭栏注目有惭羞。
眼前绮景难裁取，脑后沉思逐逝流。
诗海辞坛深莫测，余年苦涉再行舟。

七律·立秋随感

晨风紫燕舞岚烟，园碧鸟飞河水湲。
银杏有心宣夏去，金蝉无忌曝秋愆。
花期半季落黄土，人世一生归九泉。
万物争雄纯属性，随缘认命顺天然。

七律·哀四美

沉鱼西子浣青纱，落雁昭君泪洒琶。
闭月貂蝉灯影灭，羞花杨玉颈绳加。
红颜倩体何成害，聪睿才华焉获嗟。
史上丽人虽入剧，悲哉空赐四仙葩。

七律·自嘲自慰

诗山韵海路蜿蜒，静坐沉吟若定禅。
半世潜心攀峭壁，一生笃意涉深渊。
守灯熬夜多忧绻，舍月消时少逸眠。
千阕成书终夙愿，苍颜老态自垂怜。

七律·秋夜赏雨

连绵秋雨弄琴弹，卧榻聆听坠乐泉。
才赏独歌平地起，又闻众唱绕梁旋。
炽柔嘈杂音谐律，急缓错交声切弦。
心物相融成一体，陶然憨睡梦乡眠。

七律·遂愿难

仰慕诗仙逆浪前，汪洋颠沛逝流年。
启航宏志腾空越，折返苍颜体半蜷。
童向天真多梦幻，暮趋沉稳少虚玄。
古今才俊都悲愿，吾等草根宜坦然。

七律·梦醒独嗟

诗心似梦恣扶摇，遍览五洋巡九霄。
电闪雷鸣无惧色，惊涛骇浪不抛锚。
总嗟邳下拾遗履，常羡天河架鹊桥。
尘世匆游残日坠，缪斯伊甸未曾邀。

七律·赏秋景

金风绵雨送秋凉，竹翠枫红果溢香。
庚暑收芒匆遁匿，巧云舒屦慢梳妆。
小船偎水汾河漾，大雁伴歌三晋翔。
剜菜村娘田旁憩，闲哼乡曲乐悠扬。

七律·咏花椒

矮小凡姿远靓盈，虽含花字却非英。
甘从厨主当调料，无意嘉宾受宠惊。
倾尽功能遭摒弃，焙糊躯体作牺牲。
几多舌蕾赢夸赞，一缕椒香孰记名。

七律·秋染故乡太原

清秋气爽九霄天，别样风光荟锦篇。
北域唐槐金色染，老城晋柳舞蹁跹。
峦青水秀古都靓，味美价廉名食鲜。
最是宜居真宝地，驱炎绵雨好催眠。

七律·秋游闲赋

大雁凌空作队翔，小舟棹水滞河央。
风摇柳乱蝉声响，亭踞池清晋韵扬。
一抹情思烟雨罩，千般怅惘雾霾装。
世途缘酿休奢望，且看孤鸿融落阳。

七律·菊花

莫叹秋来百卉残，喜看八月菊花煊。
金光璀璨如潮涌，银韵馨香似浪掀。
斗艳争奇堪旺族，呈娇亮媚靓公园。
令人陶醉驱瘟瘴，心旷神怡化郁烦。

七律·彻悟

人生一世究何图，结发夫妻莫寡孤。
少壮舍家凭砺苦，老来厮守赖搀扶。
千钧财富如浮土，半缕情缘似宝珠。
倘若氤氲遮慧眼，且看卒后骨灰炉。

七律·庆云寺吃斋饭

秋游肇庆洗征尘，寺院食斋堪绝伦。
悦耳梵歌祈灭疫，赏心龛佛佑安民。
禅门古刹褒慈善，净果鲜蔬循朴淳。
喧世浮生多扰闹，袈裟僧侣亦劳辛。

七律·读《红楼梦》

闲时探究众婵娟，阅毕掩书潮绪翻。
心恸哀嗟三姐恋，神伤痛念美雯冤。
殉情颈饮鸳鸯剑，衔恨魂游寒舍轩。
垂暮章回多触动，倏然似悟雪芹言。

七律·咏白玉簪花

族归百合竞头冠，璀璨玉簪妆美娟。
碧叶形心茎壮健，花葶蓇果萼清妍。
异香九域栖银鹤，奇蕊三川踞圣仙。
林下草坡庭院里，夜间开放耐霜天。

七律·朝云墓前吟（二首）

一

惠州特意进公园，花簇石雕存爱篇。
谪贬岭南终日伴，客居异地彻宵眠。
栖禅山寺留诗序，西子坟茔有挽联。
豪放笔锋堪俊健，红颜偎尽倍缠绵。

二

红颜知己配才英，歌妓婢伶成妾卿。
随主流离吞困苦，侍夫颠沛守蓬茔。
恩深万滴千行泪，情挚三吟百媚生。
残黛余香碑冢立，诗魁苏轼艳其名。

046

七律·贺中秋节教师节（两首）

一

一天两节巧双呈，月饼佳肴馈众生。
斟酒对楹情溢沸，挥毫题字意恢宏。
国昌方享太平日，民富才登锦绣程。
玉宇嫦娥垂悔泪，暗嗟凡界媲仙城。

二

中秋月饼寄情谊，无限虔诚宜敬师。
终世汗珠滋百苑，毕生心血润千枝。
凝神砥砺开明智，勠力耕耘化陋痴。
双节巧逢真不易，犒功莫若献新诗。

七律·深情悼念毛主席逝世46周年（两首）

一

地恸天悲泪汇泉，人民崇拜媲神仙。

呕心沥血医贫困，帷幄运筹批霸权。

率挈清源严律己，领先正本紧绷弦。

百年功业谁超越，万世播名千古贤。

二

每逢九九缅情浓，领袖人民血脉融。

四海风云烹小菜，五洲烟雨斗狼虫。

千秋伟业惊天地，万代奇功耀太空。

贡献全球赢敬颂，赫然列首最称雄。

七律·编会刊有感

精编会刊忘休息，不取一镏甘倦躯。

苍岁鬓斑无获利，暮年体弱有帮需。

家多俊士多欣叹，族少庸才少愧吁。

何氏山西逾十万，齐心携手路通衢。

七律·白露吟

晨茫雾霭罩山峦，夜寂琼宫眺月娟。

南国雁归云澹澹，北方花谢水潺潺。

醇香茶叶驱潮气，馥郁丹仁益寝眠。

颜美姑娘龙眼啖，口馋帅弟品三鲜。

047

信步漫吟

Xin Bu Man Yin

七律·中秋吟

方辞白露又中秋，饭后凭窗酒上头。

仰望苍天蟾宇黯，俯瞻汾水晚舟游。

朝朝相伴诗吟颂，日日偎依赋咏讴。

岁至央端时紧迫，人生大半殉鸿猷。

七律·同事情深

应邀授课与时违，落日晚霞融暮晖。

三友门前长等候，六眸檐下久期归。

半杯香茗驱疲意，一块热巾除汗微。

同室著书情似海，良朋花璨绽心扉。

七律·贺《伊甸园诗话》创刊两周年

诗园伊甸有人缘，招引虔徒聚士贤。

圣果品完开睿目，灵泉饮后拓荒阡。

功高贵在深专业，艺粹精于挚释诠。

喜看花丛香四溢，千株万朵绽奇妍。

七律·山西偏关老营城保卫战遗址凭吊

三关虎踞帅旗扬，七百明军卫戍忙。

拱护京畿刀筑棘，守藩古堡体充墙。

几轮攻掠回回拒，一陷重围个个亡。

腊月雪飞哀壮士，崖巅碑矗祭英殇。

七律·喜迎国庆

国旗高挂满街红，民众开怀爱乐融。
曲韵绕梁歌盛世，舞姿漩地颂丰功。
神舟一跃遂宏愿，航母三翔挫霸熊。
两个百年开大道，辉煌史页傲苍穹。

七律·纪念孔子诞辰2573年

孔丘至圣庶民敬，千载文源始大师。
修订六经成典著，留传论语荟真知。
独开儒派多贤子，遍布书堂少白痴。
无必劳神游世界，全球共赏挹清池。

七律·重阳节抒怀

重阳九九喜今呈，放眼回眸触挚情。
浩叹韶华晨霁褪，倍珍暮岁落霞迎。
老人有幸逢昌世，晚辈无虞享太平。
再展宏图圆凤梦，日新月异惠苍生。

七律·悼视死如归的女交通员梁奔前

女英壮举入诗篇，身陷魔巢坠苦渊。
火炙鞭抽人笃硬，雪埋冰冻志弥坚。
青春殒逝无追悔，生命殇丢见至虔。
未满二旬慷慨去，凛然浩气寇惊挛。

信步漫吟

Xin Bu Man Yin

七律·宅居独吟

携家出外赏风光，孰料良畴坠梦乡。
河畔迷茫人落寂，林间慵懒雀凄凉。
方嗟愿景阴云蔽，复憾宏图骤雨伤。
三日核酸连续测，只缘瘟疫又猖狂。

七律·贺岭南诗联社幽刊200期

百花荟萃绽奇妍，点赞夺眸看岭联。
并茂图文音乐美，赏心悦目属精篇。
期期韵律推敲细，首首格牌斟酌全。
若道辛勤人尽有，主编本德最居前。

七律·七天长假吟

一周假日雨三天，温度无常太奥玄。
宅闲仍需连检测，外行尽化梦中烟。
沉迷电脑玩游戏，陶醉微群驱困眠。
闲下餐餐滋味好，火锅水饺海鲜全。

七律·翻阅相册生感

千张相片记时光，缅昔抚今情易伤。
风雨年华天灿灿，火红岁月水汤汤。
青春遽去焉回返，暮日掩来何悸惶。
雾散云移皆往矣，空余怅叹陷迷茫。

七律·恩爱老夫妻

长须白鬓老来依，小院梳头笑睨怡。
恍至良辰哥伟岸，犹逢吉日妹柔仪。
一生恩爱情无价，九世婚姻缘有期。
富贵贫寒终不弃，坚贞厮守永相宜。

七律·寒露吟

深秋寒露草添霜，枯叶残红日骤凉。
阡陌田园消旖旎，弥天霾雾著迷茫。
柳株兀自枝绦软，松木岿然主干刚。
万物生存皆有律，轮回绽谢亦寻常。

七律·慰诗友

千诗百阕汇源泉，悦目合心由选编。
彼刊冷眸遭屡弃，此台热臛获联翩。
甜酸苦辣舌苔异，优劣精粗尺码悬。
自做佳肴休自鄙，移盆换土喜开妍。

七律·喜贺党的二十大

红船远驶百余年，奋楫避涡排险玄。
党旨除贫开伟业，锤镰拓富续鸿篇。
强军重技国威壮，反帝驱魔霸主孪。
亮帜讴歌新跨越，中华飞速又超前。

信步漫吟

七律·逍遥乐

春桃秋柳雪梅骄，圆月夕阳云火烧。
绵雨柔风皆靓美，竹林古阁自妖娆。
时光荏苒休惆怅，霜鬓纷纭勿悸焦。
把握人生珍寸晷，诗觞伴我乐逍遥。

七律·仲秋吟

黑丝何日染银霜，逝水流云衬落阳。
秋气萧森山褪媚，笛声幽咽曲撩伤。
垂绦萎叶销青翠，谢瓣残英断艳香。
夜半加衾冬欲至，粼波碎月惹心凉。

七律·获省诗词一等奖感言

匠工才俊聚文苑，书画诗词喜荟前。
艰苦征程丹墨绘，火红岁月仄平荃。
半生沥血褒忠善，一世呕心贬恶专。
获奖赢荣非遂愿，余年满舵再开船。

七律·咏美女图

茵茵碧草映蓝天，竹翠莺鸣伴水涟。
何地美眉呈艳貌，谁家窈窕绽佳妍。
羞巧似蔷薇倩，飘逸神超茉莉娟。
粉色旗袍形体靓，回眸误作月宫仙。

新步漫吟

Xin Bu Man Yin

七律·兀自道白

追寻伊甸苦寻卿，求索偏多雾雨生。
几本拙书含血汗，数千残稿录行程。
诗弘良俊真廉美，词蔑奸魔丑恶狞。
莫哂无聊闲咏赋，只言片语尽关情。

七律·为海柱兄乡照所题

退休翁媪故园中，气爽神清老返童。
美味食多追粗淡，闹区乐够羡空蒙。
高梁地里畅怀笑，大坝渠边恣意疯。
斑鬓夫妻形影伴，俨然初恋爱交融。

七律·贺党的二十大胜利闭幕

金徽闪烁国欢腾，党帜高飘再启程。
航手导航方向定，罗盘正位路途明。
辉煌载史从头越，璀璨迎风破浪行。
凝聚民心赓续上，中华强大霸枭惊。

七律·纪念鲁迅先生逝世86周年

先生谢世九州伤，巨著鸿篇砥柱梁。
铁骨钢肩担道义，笔锋利刃勦魑魈。
横眉怒斥人间苦，俯首哀忧国势僵。
诺奖飞来甘舍弃，文丛史册熠辉煌。

信步漫吟

Xin Bu Man Yin

七律·送寒衣

敬献寒衣泪水滴，情潮泉涌忆痕迹。
生前囊涩颜羞惭，卒后钱多孝缺席。
大爱弥天补体虚，家风盈地济贫瘠。
祖恩庇佑惠儿孙，祭品高香氤罩夕。

七律·诗赠连云港书画研修院

连云直上九霄天，画卷诗篇尽绽妍。
来客开眸夸锦作，粉丝青睐誉真传。
研修工匠挥香墨，授业高师育俊贤。
艺苑梧桐招百凤，何愁志者梦难圆。

七律·纪念抗美援朝出国作战72周年

保家卫国腰何屈，正义钢刀锐有余。
华夏人民歌实力，丛林恶兽泣空虚。
迫枭停战军威壮，致美溃逃精备疽。
维护和平赢劲旅，霸魔胆怵变黔驴。

七律·秋末情伤

秋深野旷雾苍茫，园黯峦朦绿苇黄。
陈念嗟乎莺止舞，痴情怅叹雁终翔。
柳绦凋敝弃高树，云缕悬浮坠落阳。
满目清凄无韵律，何来灵感著诗章。

七律·编纂机要交通红色故事集有感

百年风雨暗烟硝，沥血艰辛命系梢。
探险甘拿躯体弃，守忠忍把爱情抛。
赴汤蹈火入魔穴，智勇双全闯鬼巢。
英烈献身慷慨去，史碑高矗省吾胞。

七律·冬日觅景

秋衣难御浸肤凉，绿去红消满目黄。
花靥香腮随季殒，湖光山色伴时殇。
气温骤下檐披雪，寒意倏来窗覆霜。
梅绽菊妍方露俏，雄姿傲骨笑群芳。

七律·空虔诚

石阶小径诣高僧，禅寺氤氲肃穆生。
古刹无言开睿智，菩提有意化愚铿。
琉璃宝殿弘慈举，彩塑天王惩恶行。
香客虔诚频许愿，经年梦断兑难成。

七律·寺庙香钱

佛门莫吝上香钱，德懿修功赐自安。
贡品如山虔未尽，金银似水敬无完。
神陀罕见分文享，和尚司空百万欢。
普度众生宜示范，休贪财色衰清銮。

七律·为高淳检察院、慈善总会诗词征文作

惠民倡善此征文，使命初心宗旨真。

济困扶贫赢壮举，排艰克险付艰辛。

解囊鼎力及时雨，送热驱寒大爱神。

联袂倾情今跨越，吟诗作赋赞高淳。

七律·立冬写意

千花百卉殒无形，冷月残星衬古亭。

举首犹悲峦岭黯，垂眉嗟叹水溪汀。

沾霜柔柳驱温意，泊叶清河著冽泠。

静默蓄芳春复艳，文人愁赋莫真聆。

七律·别样枫红炫眼瞳

百芳凋敞晚枫红，傲立苍穹向碧空。

沐雪凝霜惊画匠，凌风起舞乐诗翁。

情融翰墨丹青靓，志溢文坛韵律工。

莫叹冰来春意去，天然景色眩双瞳。

七律·棋悟

棋圆盘正若乾坤，楚汉双方势力匀。

帷幄运畴赢鼎盛，调军布阵败沉沦。

高瞻远瞩英明帅，寡断优柔惜愦臣。

炮马相兵均有用，旁观参赞亦功臻。

附：赵卫平和诗一首

棋分黑白若星辰，守拙通幽各不匀。
布局谋篇风渐盛，占边锁角势初沦。
争先尖顶大飞帅，断后腾挪远挂臣。
定式成规当效用，纹枰论道巧功臻。

七律·婚宴乐吟

帅哥靓妹缔姻缘，霞帔唐装宛若仙。
礼拜祖先弘孝道，茶呈父母表仁贤。
亲朋好友同恭贺，美味佳肴共品筵。
喜看阖家风水旺，举觞畅饮醉天然。

七律·暗羞

人生过客几多秋，何故终身苦觅求。
青壮猎名图破壁，老来醒梦悔随流。
乾坤浩渺舟樯短，尘世苍凉步履稠。
误入文园徒费力，收成不济暗含羞。

七律·贺叶江川棋坛执教20年

江川执教几多年，成就非凡功粲然。
博弈韶华金独揽，传经花甲冠联蝉。
楸枰驰骋经鏖战，黑白运畴除险玄。
辅助谢军成女后，潜心授业又绷弦。

七律·诗意人生

浮生余岁近阑珊，雅韵怡神寄锦笺。
诗沃七情长惬意，词滋六欲数流年。

露侵寒舍温馨续，酒醉愁肠寿诞延。
叶落花残何必叹，心空总是艳阳天。

七律·琴悟（两首）

一

七弦八律艺工琛，万籁千情妙自琴。
师旷仲尼聆运祸，武侯邹忌显胸襟。
相如揽获卓君爱，钟子精诠姜弟音。
倍赏春江花月夜，更崇悟醒孟尝心。

二

丝弦自古叩心灵，琴碎伯牙伤殁卿。
旋律囊全真伪貌，音符道尽爱憎情。
雷鸣海啸声訇烈，日丽风和调婉清。
万国千邦连命运，普天欣举太平觥。

七律·茶道

古今茶道内涵真，彻悟悠然坠气氤。
中外钟情赢圣水，市乡青睐誉神酚。
驱疲醒目滋寒体，舒肺怡心祛热瘟。
沏后翻腾香四溢，周身上下漾芳芬。

七律·园景

残阳隐没暮烟中，古苑风摇柳栢桐。
黑鹳栖身堤岸处，白鹅驻足荻花丛。
小哥牵妹激情美，大嫂携儿笑脸红。
更有老翁痴久立，斟词酌字韵诗工。

七律·看寻女广告怒斥人贩子

开车觅女十多秋，卖尽家私笃意求。
妻子失魂寻校外，老爹落魄跪街头。
歹徒造孽掳人去，亲眷衔悲催命休。
义愤填膺皆助力，早擒劫匪入牢囚。

七律·随缘

漫游人世惑双瞳，尘海苍茫悯断鸿。
诗苑撷花沦梦里，瑶池汲水困氤中。
徒愁笔钝失文采，空憾身虚缺武功。
丰满童心终骨感，随缘入定做凡翁。

七律·悟

人生逝去再难追，掠眼云烟忌悔摧。
花靥春颜终褪艳，蓝图夙愿自成灰。
从容轻觑鸿腾翼，冷静旁观卉谢颓。
过客焉忧身后事，悠然一桌酒三杯。

七律·雪

并州降雪报寒冬，工匠冰雕玉榭宫。
梅绽松青呈骨气，诗吟画绘寓豪雄。
白香互补人钟爱，柔烈双彰网走红。
更喜古今多巨作，俊才尽显笔端功。

信步漫吟

Xin Bu Man Yin

七律·幻影

故居不忍近前瞧，咫尺之间路径遥。
痛诀双亲暖家散，哀伤三代聚餐销。
依稀老爸包香饺，梦寐慈娘掌炒瓢。
暇忆恍然成幻影，空留怅惘泪空浇。

七律·贺张玉芬老师八十寿诞

欣然命笔吐钦情，八秩诞辰恭寿星。
艺苑耀今彰倩俊，汝州亘古烁才婷。
讲台高雅学生敬，诗海精湛弟子铭。
遥距迢迢何以奉，拙篇代酒寄心灵。

信步漫吟

Xin Bu Man Yin

七律·梅韵（二首）

一

冬梅覆雪傲苍穹，墨客骚人醉意浓。
玉茎峥峥呈烈性，琼花焰焰靓贞容。
凡尘霾裹纯真贵，世态庸缠挚洁崇。
辉映益彰成绝唱，千诗万咏汇长龙。

二

并州降冷入寒冬，工匠冰雕玉榭宫。
虬干千枝妆地秀，红霞万朵染天红。
白香具备赢人爱，柔烈双全靓眼瞳。
更喜古今多巨作，俊才尽显笔端功。

七律·深情感怀毛主席诞辰129周年

尊崇领袖挚情盈，功绩赫然泾渭清。

尽瘁鞠躬恩大众，多谋善断锁枭狞。

文才武略何追媲，远瞩高瞻孰可赢。

享誉东方名世界，人间处处赞英明。

七律·元旦抒怀（二首）

一

一元复始跨新年，三载疫终开福篇。

漫地祥风谱金曲，盈天瑞气伴银弦。

历经磨难君真健，饱受风霜国更坚。

梅雪迎春诗境美，嫦娥贺岁舞蹁跹。

二

一年猖疫虎都惊，福兔推门送暖情。

万里长空柔意漾，九州大地绿光盈。

喃喃燕贺民康乐，恰恰莺讴国瘟清。

才喜庚终辞旧岁，又欣元旦举觥觥。

七律·贺巴黎文学014期一期阅量破30万

金锣焉用重槌敲，货好何需吆喝高。

慧眼明眸识纯玉，文人墨客爱风骚。

蕊香涧谷冲三壑，木秀幽林溢九皋。

非是天公多助力，实因编辑太辛劳。

七律·年夜饭

迎新辞旧祖风衔，祥霁盈堂三世筵。
上等山珍开瘾味，出锅香饺惹馋涎。
举杯共祝毒霾散，许愿讴歌国梦圆。
春晚直听钟撞响，红包贺岁喜掏钱。

七律·喜迎玉兔贺新年

喜逢癸卯乐翻天，玉兔离宫访故川。
瑞雪祥云书画卷，红梅翠柏赋诗篇。
八方结彩礼花绽，九域悬灯爆竹燃。
隔月追星酬夙愿，国强民富福绵延。

七律·词牌戏汇（三首）

一

忆秦娥叹玉山颓，苏幕遮颜盼做媒。
三字令夸云雾敛，绿萝裙衩占春魁。
西江月影明儿媚，水调歌头一剪梅。
归塞北兮天下乐，五言排律凤衔杯。

二

凤凰台上忆吹箫，锦帐春寒望海潮。
乳雁飞来青玉案，翠楼吟后姹莺娇。
点樱桃处行香子，端鹤仙池透碧霄。
月照梨花留客住，翦征袍待贺明朝。

三

少年心愿瑞龙吟，踏碎巫山月下寻。
曲玉管弦三部乐，锦堂春苑献仙音。
暗香疏影钗头凤，柳絮朱亭一寸金。
芳草合欢良夜美，貂裘换酒恋情深。

七律·良言衷劝

转阴切记莫狂昏，危险随时血口吞。
锻炼超常人骤死，疲劳过度鬼勾魂。
山珍海味休撑肚，酒肆茶楼勿碰樽。
三月之间平稳后，全然康复上昆仑。

七律·痛悼刘江先生仙逝

蓬莱发束致尊翁，驾鹤赴筵辞寓东。
节亮才高香墨靓，德馨品隽政工通。
情怀战地舍生命，意眷文坛弃利功。
三晋衍悲哀俊彦，九州恸悼继遗风。

七律·韵和香港林峰会长《癸卯新年吟》

红灯瑞雪荟年头，万里风光咏九州。
虎啖妖魔存小憾，兔含福祉送丰柔。
泰来否去迎春乐，雾散云开弃疲愁。
国盛民安登癸卯，梅花绽放靓双眸。

香港林峰会长原玉：
壬寅岁晚虎回头，病毒究凶犯九州。
万里云山皆失色，三年天地不温柔。

迎来玉兔生灵气，盼得冰轮洗旧愁。

一纸乡书春苑暖，梅花伴我放吟眸。

七律·咏鳏夫

鳏夫慈善爱飞禽，四季精粮撒树林。

雨地风天无懈怠，冰枝雪叶有恒心。

黄莺切切鸣诚谢，灰鹊喳喳感厚荫。

可恨枭魔翁殒命，鸟啼雀恸觅回音。

七律·恭贺春明友父母白金婚

农家院落喜充盈，四代团圆聚小城。

结彩悬灯彰寿贺，丰餐美酒表虔诚。

儿孙叩拜拳拳意，祖辈叮言切切情。

树茂根深人气旺，一张合影记峥嵘。

七律·十五闹元宵

碧天皓月乐无央，焰火灯笼耀市乡。

靓妹伞开添绮丽，帅哥狮舞溢阳刚。

彩车驱疫炽情烈，笑靥迎春柔意煌。

玉兔拜年容态美，讴歌国泰久安康。

七律·偕同仁拜访文促会姜新文主席

登门拜访诣高人，盈室馨香仰慕真。

善目慈眉形貌美，诙谐幽默底功醇。

睿诚敏捷无官派，正气斯文有德伦。

副省台阶崇百姓，一生磊落葆青春。

七律·星火诗社五周年贺

五年将近两千天，欣喜回眸放眼观。
精荟百家诗韵美，巧连千社曲图全。
期期饱浸民生意，首首深含爱国言。
新颖厚醇赢盛赞，艺坛花苑绽奇妍。

七律·贺秀根友母亲九十大寿

人生至善孝堪嘉，九十高龄绚晚霞。
茹苦含辛延后代，栉风沐雨庇宗家。
族亲满座通天下，挚友盈堂遍海涯。
百岁诞辰君再聚，举杯共贺乐开花。

七律·暮年写照

退休舒逸乐陶陶，欲拜诗仙路径遥。
苦切词牌三热饭，精修妙句一寒宵。
曾悲脑钝空抛笔，亦喜灵来猎锦标。
桀骜何忧人笑傻，独摇舟楫斗狂潮。

七律·贺神州古韵精品诗社五周年（两首）

一

经年灌溉日芬芳，万马军中美誉扬。
唐韵撷精刚烈律，宋风集萃婉柔章。
百期靓品人皆赞，五载馨香刊广彰。
九域欣赢高手荟，四家分社续辉煌。

二

微群精品绽枝新，红杏出墙香九垠。
五岁年华彰美善，百期诗韵溢诚真。
贤良云聚雅风社，高手尊崇伯乐神。
今奏凯歌休懈怠，扬鞭催马越山岣。

七律·雷锋颂

雷锋二字不寻常，璀璨千秋耀史章。
道德崇高人格靓，作风过硬品端芳。
全军感召学英楷，万众追思敬隽良。
赓续初心抛享欲，无私奉献待弘扬。

七律·巾帼颂

人言妇女半边天，顺理合情纯自然。
清照木兰千古赞，竹筠一曼万年诠。
红颜尽绽真柔美，玉手巧呈香辣鲜。
今看须眉巾帼媿，神舟二杰属婵娟。

七律·太湖舟游

萦怀往日太湖游，摆渡渔姑亮玉喉。
举止含柔垂秀辫，言谈有韵转明眸。
长篙拨动涟漪水，一曲惊飞远近鸥。
赤足襟裾桃李簏，八分炽烈二分羞。

七津·年光飞度

年光飞度又添轮，岁近古稀尤恋春。
燕子归来悲逝友，桃花谢后忆亡人。
多情香火缅怀挚，善感雨丝追悼真。
旭日朝辉皆去也，晚霞暮霭雁低呻。

七津·两会抒怀

莺飞蝶舞艳阳天，两会召开光史篇。
国是共商方略好，民生同议运筹全。
热情接纳世朋贺，冷眼讥嘲枭霸愆。
今日绘成新愿景，鹍鹏振翅上云巅。

七津·和睦邻里

同楼共住有情缘，机要脉通爱顺延。
邻里和谐无隔阂，夫妻互谅戒挥拳。
谁家福寿赤诚贺，哪户祸灾真挚捐。
尊老育童修养好，文人点赞赋诗篇。

七津·贺野草诗社十二研修院创立

春来野草绿神州，诗苑葱茏养眼眸。
九域经寒花早谢，八荒青卉翠深秋。
唐风宋韵弘精粹，高俊良贤事研修。
骚客慕名欣会聚，几多才子立潮头。

信步漫吟

Xin Bu Man Yin

七津·节日馈品

欢欣鼓舞度三八，何物送妻宜靖嘉。

风雅流行双笨鸟，卖萌装酷俩生瓜。

数年爱子精烹饪，一世相夫勤理家。

珠宝珍馐焉表意，小诗馈赠抵千花。

七津·嘲贪官

无需点穴仕途通，利己拜金门道工。

百姓饥寒眸冷视，国家衰盛耳瘖聋。

醉心攫取狂如虎，恣意贪捞癫似疯。

公仆自封牛气壮，孰知转瞬入囚笼。

七津·痛悼恩师郭留柱教授

惊闻噩耗颤心惊，母校尊师赴玉京。

思入学堂聆党课，梦驰报界忆诗评。

慈祥博爱德宽厚，尔雅湛精才茂盈。

百日追妻泉下会，点香斟酒敬君卿。

七津·步韵和李殿仁将军《恭贺习近平同志全票当选国家主席和中央军委主席》

军心民意兑期盼，雨露阳光万木菲。

国际狼烟笼霾雾，九州凤翼映春辉。

战争本是霸枭导，崛起俱为众望归。

华夏扬帆排浊浪，乾坤共贺巨龙飞。

李殿仁将军原诗：
亿万军民翘首盼，春雷乍响草菲菲。
凤鸣气发山河丽，天顺时应日月辉。
风起云流主峰耸，绳拧沙聚众心归。
统筹伟业人为本，华夏梦圆齐奋飞。

七律·黄昏闲逸吟

田间疏影衬鸢飞，岭外斜阳迎暮晖。
伫看游船烟雾渺，坐聆花苑笛声微。
休叹一世空流水，勿惜七旬颓败菲。
尔等本来闲览客，阅完景致自然归。

七律·望故乡

乡关痴望总迷惘，嗟叹泪流倍恸伤。
恍若神归群宅院，依稀梦返小平房。
一锅炖菜同餐享，半罐腌姜共品尝。
双老诀离家解体，当年场景化云翔。

七律·韵和《李殿仁将军贺叶嘉莹先生百岁华诞》

女英雅士靓文苑，八斗五车韫道才。
桃李不言蹊脚下，经纶满腹踞诗台。
风雷四海皆评点，霞霭九天任剪裁。
百岁先生赢寿诞，万千辞赋尽飞来。

李殿仁将军原诗：
裙装名士别风采，饱历沧桑称圣才。
学贯中西添桂冠，视通今古跃高台。

百年传续文思远，万物纷纭诗意裁。
山海欢呼贺华诞，生辉日月庆将来。

七律·赏芳菲

古城四月赏芳菲，出户踏青恒忘归。
枝蔓香浓光色透，山峦日霁彩霞飞。
沉鱼落雁超姝秀，闭月羞花媲贵妃。
诗赞英魁超俊美，红肥绿瘦沐春晖。

七律·赞天津华厦建筑设计有限公司投资兴教

投资办学见襟怀，强国济民生俊才。
商品潮前抛现利，金钱身外弃尘埃。
甘泉浇溉滋千代，砥柱支撑惠九垓。
教育昌隆功业建，天津华厦靓琼台。

七律·咏王老吉凉茶

琼浆玉液唤神汤，富户柴门尽品尝。
止渴驱疲呈特效，护肝养胃保安康。
三花三草纯精粹，百岁百优超众芳。
冬夏皆宜名饮料，不虚老吉誉茶王。

七律·人生短剧

黄昏漫步柳绦堤，野外寂寥云雾低。
河内茫茫船隐匿，天端渺渺雁无啼。
惘然愁绪情牢系，何得风怀趣远西。
短暂人生宛若剧，尾终幕闭莫痴迷。

七律·贺梁同余会长新诗集《韵海情缘》付梓

诗山韵海靓苍穹，唐宋情缘见底功。
一部精华赢口颂，数编珠玉获心崇。
南疆婉格含书内，北阙豪风溢册中。
勤奋天才双拥有，满斟犒酒敬三盅。

七律·咏丽人

千姿百艳美婆娑，靓目夺眸佳丽多。
白领青衫梳短髻，红唇丹眼闪清波。
纤纤玉手端茶盏，袅袅香腮漾酒窝。
举止斯文荃淑媛，时髦雅典媲仙娥。

七律·咏苏轼

芒鞋竹杖敬文忠，人祸天灾路溃濛。
褒贬无常承不测，风尘弗义蔑诬攻。
踞身八隽才赢众，威震九州诗压雄。
青史千秋弘大雅，品尝香肉念苏公。

七律·贺太原地铁新线五一开通

龙城今日乐翻天，地铁竣工双线联。
经济腾飞添靓彩，交通横贯绽奇妍。
太原竭力扬帆上，三晋倾心策马前。
先烈瑶台多喜慰，生机无限谱新篇。

信步漫吟

七律·步韵和查忠华老师《空调工》

身怀绝技傲天涯，盛夏严冬度岁华。

白絮雪中排故障，黄尘风里衬烟霞。

脸端汗滚驱疲念，眉际霜凝绽玉花。

大宅小区皆享逸，空调师傅惠千家。

查忠华老师原玉：

空中羁旅半生涯，烈日寒霜染鬓华。

耸耸高楼何畏险，层层绝壁可观霞。

情怀但保三冬暖，汗水堪浇九夏花。

当喜平安归去后，一帘春梦入千家。

七律·步韵李殿仁将军《祝贺北京诗词协会第六届代表大会胜利召开》

京城尚是百妍开，词匠诗才九域来。

赴会共吟鏖战史，聚将复唤克坚雷。

锦篇佳隽增春色，律韵工奇涤瘴埃。

六届回眸添活力，挥师再上紫云台。

李殿仁将军原玉：

喜迎盛会伴春开，良友深情聚集来。

三十五年诗挂月，几千万里誉惊雷。

凤歌可化九霄韵，椽笔能清四海埃。

薪火传承文脉旺，今朝携手上层台。

七律·三晋夏季风光

北方春短夏时长，水秀山青光照强。
汾域舟飞偕伴侣，农田灌溉保禾秧。
鸭歌芦荡涟漪美，燕舞熏风旷野芳。
花苑柳堤人尽醉，绽开笑靥媲朝阳。

七律·读三国随感

神迷三国话孙刘，吴蜀抗曹精运筹。
远瞩高瞻人赞颂，文功武略史歌讴。
仲谋睿保江南域，皇叔姻成选婿楼。
一代英豪东逝水，名扬今古亦风流。

七律·母亲节怀念慈母

萱堂诀世几多年，夜半追思恸未眠。
乳液吮干滋子健，汗珠流尽保家全。
含辛茹苦恒持俭，沥血呕心久守虔。
隔断阴阳焉补孝，焚香跪拜泪涟涟。

七律·连云港建港九十春秋

连云建港耀中华，九秩春秋簇彩霞。
百舸万舟通海角，千家亿客览天涯。
鸥翔丝路和平颂，浪拍航程友谊嘉。
何惧霸枭狂堵塞，新开水道乐无涯。

信步漫吟

Xin Bu Man Yin

七律·专访吕梁临县孙家沟村中央后委机要旧址

篆书走访吕梁行，后委当年举世惊。

山坳电波音讯亮，石岩窑洞貌容英。

峰丛嶙峋筹谋妙，树海葳蕤情报精。

贡献非凡辉史册，赓续红脉踏新程。

七律·咏一代宗师孔圣人

孔丘至圣立儒家，列国周游走际涯。

功底深丰伦理炫，品端高雅礼仪嘉。

师尊传授铭青史，规矩推崇熠彩霞。

一代贤宗千载敬，流芳今古万年夸。

七律·讴歌母亲河

黄龙万里滤尘烟，掠地吞天汇百川。

日映朝霞宜水运，岚缭夕霁益良田。

声威南北民风朴，气贯东西母乳鲜。

血脉融通家国旺，吟诗作赋寄心笺。

七律·省委办公厅离退休处赴百团大战旧址
搞主题调研活动

退休老干主题明，喜赴阳泉①第一城。

使命在肩强党性，初心萦脑洞民情。

重温红史增生力，共表誓词添赤诚。

血脉贯通精气爽，青春焕发再长征。

①阳泉：阳泉有"中共第一城"之称。

七律·贺诗海选粹创刊七周年

西南诗海福盈渊，万玉千珠耀碧天。
七载筑成精品殿，一朝溉就米粮川。
八方高手擂台荟，九域佳篇艺苑妍。
馨溢城乡花靓艳，活泉清澈水涓涓。

七律·黄昏吟

沧桑缀脸鬓呈斑，默眺夕阳沉远山。
倦鸟归巢湖荡漾，游人离苑艇悠闲。
蹉跎岁月吟哦里，短暂时光笔墨间。
惆怅回眸多叹惋，蹒跚步履记维艰。

七律·喜贺野草十五院成立挂牌

奇葩一簇又添妍，香彻三川靓宇天。
福建又生芳草社，漳州再聚竹林贤。
唐风宋韵引骚客，晋骨舜韶滋会员。
北国南疆争庆贺，千诗万阕作丰筵。

七律·咏江南渔家舟宴

江南渔埠丽人多，船里惊眸出月娥。
粉襦素衫梳短髻，丹唇秀目衬双窝。
仓筵斟满犒宾酒，桌案上全迎客螺。
举止斯文诠质朴，水波荡漾映婆娑。

信步漫吟

Xin Bu Man Yin

七律·父亲节缅怀慈父

父亲节里泪盈盈，怀念常随抽泣声。
理外从来擎厦柱，持家依旧蔽阳棚。
躬腰拉套苦言乐，奋臂耕耘累道轻。
寒舍嘱儿勤发愤，白门造就本科生。

七律·外卖哥跳江救轻生妇

钱塘江阔去滔滔，一曲讴歌卷市嚣。
幸有龙儿潜浪底，终携溺妇出阴曹。
桥高谁作凌云燕，水险方知冠世豪。
休道当今贤士少，神州何处不风骚。

七律·咏万峰林景区

农耕园景贵州行，诗酒萦怀放浪情。
八卦福田银瀑靓，万峰石坝绿塘清。
星空音乐水帘洞，古堡鸭欢龙骨坑。
集市碾房呈妙韵，千吟百咏汇沧瀛。

七律·咏大美泰兴

一

南唐置县达千年，泰兴威名世纪传。
重教求贤赢美誉，创新开拓续新篇。
地灵辈辈才流涌，风正人人血脉延。
古寺园林游客悦，明珠璀璨炫云天。

二

长三角上嵌珍珠，独居鳌头泰兴殊。
经济循环荣市貌，科研进步惠民厨。
黄桥烧饼香天下，场域音泉醉五湖。
名不虚传功底厚，摘金折桂耀江苏。

三

江苏泰兴市名骄，大美之乡上九霄。
秀丽风光人睿智，悠扬琴韵物丰饶。
旧堂古寺飞仙鹤，银杏青山领大潮。
国泰民安圆凤梦，扬鞭催马逞英韶。

七律·建党102周年抒怀

党徽熠熠戴胸前，使命熊熊烈火燃。
老朽残年春自在，古稀痴岁路何偏。
毕生节俭抛奢望，一世清高蔑仕权。
竭力倾心书汇纂，甘呈余热亦欣然。

七律·内蒙行（二首）

一

内蒙六月最宜游，心旷神怡靓眼眸。
马背技能赢震撼，草原风貌溢风流。
怀幽叹睿昭君冢，拜佛祈安大召楼。
鲜奶油茶冰煮肉，青稞美酒洗尘忧。

二

乘车纵跨大青山，万朵云悬碧海间。
满目牛羊盈草甸，几多游牧映河湾。

信步漫吟

Xin Bu Man Yin

鹰翔燕舞人和睦，民富区安景雅娴。
展馆物丰诠巨变，吟诗作赋乐开颜。

七律·咏昙花

皎洁绽开一瞬间，雅姿毓秀冠千妍。
如珠璀璨映天日，似水柔绵媲月仙。
不屑群芳争娇艳，尤烦骚客咏哀怜。
崇真守道骨犹在，生就轻瞧献媚缠。

七律·咏小花园

小溪清澈鸟啾啾，惬意休闲园内游。
月季缀枝朱粉艳，丁香簇串紫兰稠。
假山鹊立疏林翠，古阁燕翔仙境幽。
尘世喧嚣人倦躁，痴情不舍爱淹留。

七律·生日感怀

回眸已近古稀年，过客匆匆意楚怜。
昨日风情随月落，今朝逸致伴星眠。
感叹光晷须臾逝，追悔韶华一瞬迁。
惟憾平生无遂愿，宏图梦断化云烟。

七律·咏华山

华山险峻耸云烟，独竖天梯诣众仙。
壑半溪流玄壁伴，峦间木栈彩霞翩。
摩崖石刻存悬念，痕道犁沟探史年。
游览三峰心寂静，凡尘信佛结良缘。

七律·涿州遭遇水害

恶枭肆虐祸神州，掠地吞天似野牛。
坝塌车翻房落架，桥坍路断客停留。
大军抢险英雄颂，民众排洪壮举讴。
四面八方伸援手，中华伟烈耀春秋。

七律·初秋吟

秋风摇曳柳绦缠，抱树金蝉啼叫欢。
野陌难寻芳卉艳，高天易见彩虹桓。
才悲紫槿花濒谢，又叹青莲叶欲残。
历代诗词书不尽，无非惜岁寄心阑。

七律·雾豹

南山雾豹百年罕，十日斑纹弃食餐。
一旦泽毛灵笔砚，须臾洒墨靓文坛。
平生未获北溟翼，今世无缘西岭盘。
沉淀深求方大道，虚茫只囿梦间欢。

七律·同韵敬和李殿仁将军
《庆祝野草诗社成立四十五周年》

喜观草萌日益强，沐风栉雨刊名扬。
诗如浩海激情盎，词若丛山韵味长。
首首美篇呈异彩，期期佳作溢芬芳。
小群深蕴大能量，满目生机靓碧装。

信步漫吟

Xin Bu Man Yin

七律·讴歌母亲河－黄河

黄龙万里滤尘烟，掠地吞空汇百川。
九曲金波宜水运，一泓甘露益良田。
化滋南北民风朴，诞育东西母乳鲜。
骨脉融通家国旺，生生不息续新篇。

七律·千古伟人毛泽东颂

人民自古有明眸，评价公平辨劣优。
饱食黄莲知涩苦，尽尝蜂蜜懂恩仇。
摧枯拉朽功劳著，改地换天成就遒。
绝后空前无可媲，文韬武略盖全球。

七律·教师节感怀

曾经授课许多年，亲历方能知苦寒。
心系学生添缱绻，梦悬分数舍清欢。
酷天补习衣衫浸，冬季加班腰骨酸。
高考才聆佳讯至，有人落伍又惶安。

七律·园丁颂

乐如蜡烛自燃烧，倾尽所能滋幼苗。
三尺讲台开眼界，一囊挚语架心桥。
满头银发寒霜染，五秩苍颜风雨浇。
群燕翱翔天际去，尊师敬业累弯腰。

七律·咏黄鹤楼

名楼黄鹤梦中游，骚客吟诗今古讴。
穿雾腾云翔万里，凌空矗立咏千秋。
拍天犹晓楚原廓，掠地方知江际酋。
把酒三樽搞崔颢，绝言阅览九州悠。

七律·斥日本溢排核污水

东瀛倭寇太猖狂，核水蛮排溢祸秧。
人性丢开私欲曝，天伦丧尽野心藏。
毒蛇吸血嗜纯朴，恶鬼缠身衰善良。
举世挥拳清罪孽，和平花绽五洲祥。

七律·咏趵突泉

赏心悦目水绵延，溅玉飞珠趵突泉。
双御碑文镌轶事，三喷银柱缅名贤。
大明湖内神龙舞，千佛山中仙鹤翩。
雄踞公园招众客，广赢美誉不虚传。

七律·赞优秀个体企业家何兵

山西女婿乃何兵，致富有方红爆屏。
煤矿苦筹开创币，萄园力克守僵型。
人贤迎娶妹容妹，业大跻身才俊星。
晋豫连姻双实惠，妻荣夫贵耀门楔。

七律·诗集自跋

漫穿世海数春秋，近抵港湾且系舟。
饱见风尘多体味，行闻霜雪久回眸。
少年欣慕凌云雁，晚岁空嗟沉月楼。
一本诗笺成履印，轻吟浅唱道情由。

七律·中秋吟

中秋团聚乐无边，异地打工归日延。
惦父面墙人缱绻，念儿对月泪潸涟。
名茶入口眷情涌，肉饺下锅忧绪涓。
梦里踏云回故里，阖家农院喜开筵。

七律·喜贺农业连获六个丰收年

中秋欣眺米粮川，一派丰收靓眼前。
南国稻田千垧灿，北畿谷地万仓圆。
瓜桃甜脆瓜农乐，蔬菜光鲜蔬户翩。
铺玉堆金天宇傲，六年汗水绽新妍。

七律·孙膑吟

兵书精悟世人罕，怎奈庞涓手段残。
横受膑刑承巨痛，蛮遭圄辱忍悲酸。
机谋神出歼追旅，智慧妙推亡魏官。
武略文韬青史列，功成卸甲自隅安。

七律·赏秋菊

平生酷爱赏秋菊，乐伴风霜花满篱。
姹紫嫣红赢隽秀，银丝金瓣媲神奇。
不图国色争名第，无复天香猎位仪。
纯朴谦恭坚韧在，凌寒斗雪自欢嬉。

七律·拜读康俊英社长诗词专辑随感

读君大作骤然惊，无愧天生俊且英。
刚毅完超鹏举气，绵柔尽媲易安情。
词工深荟千家萃，诗靓弘通万苑精。
更喜女才多玉照，帅旗帐下聚群兵。

七律·吟西湖

西湖今古誉天堂，凤翥龙腾兆瑞祥。
印月三潭谐柳浪，孤山四季壮钱塘。
舟游荡漾吟名句，塔祭氤氲烁佛光。
十里长堤欣驻步，凉亭久坐嗅荷香。

七律·法场写真

攫金舍命古今罕，利令智昏崇拜钱。
买卖昧心多伪劣，施工黑肺少安全。
坑蒙拐骗罪无赦，劫杀毒淫行逆天。
惊魄枪声春梦碎，惟存笑柄化尘烟。

信步漫吟

七律·霜降吟

夕阳坠落萼凋残，衰草披霜著岁寒。
遥眺码头舟荡漾，静瞻游客步蹒跚。
颓芦败柳萧条罩，枯木塞鸿沉寂阑。
四季轮回休愕惋，蓄芳春到再联欢。

七律·重阳乐

重阳银杏叶呈黄，枫树红颜沐早霜。
气爽天高人惬意，馐珍酒美日安祥。
辛勤换取丰收果，智慧赢来致富乡。
才喜山娃军校上，又闻憨妹作新娘。

七律·自慰

草根寒舍戒疏狂，本分谦诚守善良。
红利虚名多险恶，庸风陋习少安康。
尘烟滚滚休颓志，浊浪滔滔未泊航。
信步漫吟人笑蠢，恬然入梦乐无央。

七律·重阳情

今逢九九倍伤情，亦喜亦悲珠泪盈。
才贺同窗官位上，又哀挚友阆宫行。
机关慰问身心热，亲眷萦怀表里诚。
最是贤孙通事理，沏茶斟酒透聪明。

七律·咏野草总社赴连云港调研

港城彩霁掌声高，总社光临涌热潮。
百首诗词开喜宴，一行里手搭金桥。
座谈新拓阳关道，指导亲传穿越招。
野草饱经甘露润，飞腾直上九云霄。

七律·咏上海（二首）

一

红船破瘴党旗升，辟地开天步险程。
实力跻身超大市，内涵享誉富丽城。
浦江码埠观航运，外滩景区赏月盈。
经济腾飞伊领队，九州圆梦获功名。

二

外滩宛若镜高悬，全貌珍藏沪变迁。
西式旧楼存辱史，摩天新厦傲云天。
数年鏖战容颜美，半世腾飞实力坚。
都市名城赢赏眜，风光无限梦成圆。

七律·咏广州（二首）

一

华南首富聚才英，史誉商都非浪名。
世界公推文韵厚，物流火爆贸源盈。
休闲度假观光美，会友开怀餐饮精。
国际花园超圣境，明珠璀璨五羊城。

二

六期讲习去愚痴，破雾驱云靠导师。
火种点燃焚旧穴，课程融汇萃新池。
出山猛虎添双翼，觉醒睡狮靓四肢。
百万军民争奋起，广州功业谱红诗。

七律·哀悼李克强总理辞世

风悲雨泣悼忠良，四海九州皆恸伤。
两届尽心家国富，十年竭力市乡强。
清廉赢取官民敬，忙碌换来粮果香。
休道李君骑鹤去，瑶台俯瞰倍慈祥。

七律·深秋吟

红枫霜重报深秋，四野霾浓罩古楼。
河畔难寻舟荡弋，公园偶见雀喁啾。
几多树木枯黄叶，一队妪翁花白头。
寒气袭人年又逝，苍颜暮岁脸庞留。

七律·拜诣太原关帝庙有感

尊崇关羽数多年，三柱高香叩拜虔。
忠勇长存威武气，富贫不断弟兄弦。
放曹容道善生害，败北麦城骄致偏。
圣帝历朝成典范，亦留遗憾后人研。

七律·初冬观景

初冬花谢去生机，枯敝凋零满目凄。
园内冷清游客少，码头闲逸水禽栖。
冰轮空挂添寒意，星斗高悬伴霓迷。
松柏翠青增活力，霜侵风虐立河堤。

七律·自嘲

古稀华鬓竟痴狂，琢韵斟词废日光。
览世开怀言爱恨，倾囊出册舍薪洋。
遐游云海寻佳句，空拜缪斯觅锦章。
任性偏颇连弱稚，直钩企盼钓余阳。

七律·同韵步张雷诗《稀龄感怀》

少年睿智孕诗家，气透云霄摘彩霞。
风浪虽拦通畅路，聪明能御漫天沙。
真金坠海终生亮，莲藕沉塘仍绽花。
满腹书香赢敬佩，胸存韬略自升华。

张雷原玉：
七律·稀龄感怀
感叹当年九换家，梦中云步挽霓霞。
难忘祖铺成钞票，长忆征程卷石沙。
志远闺儿勤学业，情深父母绽心花。
而今不赋清词句，更待何时展韵华。

七律·初冬雨景

初冬烟雨景朦胧，远眺公园伤眼瞳。
柔意早随风荡尽，美颜亦伴雾吞空。
码头泊艇失游客，河埠栖禽守草丛。
忽见小舟湖内漾，一双情侣乐其中。

七律·初冬园景

初冬花谢去生机，枯败凋零满目凄。
园内冷清游客少，码头闲逸水禽栖。
冰轮空挂添寒意，星斗高悬伴霓迷。
松柏翠青增活力，霜侵风虐立河堤。

七律·初冬河景

蒹葭萧瑟舞隆冬，白鹭藏身鸭匿踪。
沉水昏天沙滩地，裸田败柳野山冲。
风行一夜松消翠，霜降半宵花御容。
惟见码头归寂静，泊舟无客苦忧浓。

七律·初冬赏芦苇

沿河漫步览西东，芦苇扬眉向碧空。
翠绿装潢沙滩地，俏颜弥补败花丛。
风侵纤叶无枯色，霜虐根茎倍郁葱。
独赏蒹葭能自立，严寒愈显尔真雄。

七律·初冬赏梅

皑皑冰雪衬红梅，灿灿花开映日晖。
直觑酷寒披白絮，冷窥娇媚弃琼妃。
生来素洁排尘垢，本性刚强蔑贱微。
历代文人多敬慕，千诗万阕普天飞。

七律·纪念毛主席诞辰130周年

黎民心里胜金佛，庇佑江山镇恶魔。
遍数枭雄穷史册，伟人功业赛星罗。
卓超武略服骁将，观止文韬导巨舸。
公者无私呈大爱，纵然对手也讴歌。

七律·有感湖南某地被移毛主席雕像重新回归

喧天锣鼓道衷情，雕像回归正义赢。
魑魅妖魔遮伟岸，工农民众祭精英。
一朝功业惊寰宇，万代丰碑镌圣名。
撼树蚍蜉不自量，跳梁小丑露狰狞。

七律·同窗聚

四年防疫聚成空，此刻欢欣宴晋通。
七秩苍颜浮笑靥，两瓶烈酒助谈功。
惜今心系同窗意，怀旧脉联兄妹融。
执手叮咛邀再会，专车相送至家中。

七律·咏哈尔滨

北方雅境在冰灯，景色妖娆醉客朋。
长白山中花鹿跃，雪川谷内俊鹏腾。
霜雕群塑匠工粹，火熨肥鹅厨艺弘。
栈道漠河多奥妙，探幽穷目险峰登。

七律·倾情诗苑

推崇仙圣苦追求，遣韵填词乐未休。
僻壤乡村吟野趣，红尘世海咏风流。
捻须只字合工律，辍笔诗笺逐上俦。
银鬓发霜非馈报，倾情文苑舍清幽。

七律·咏沈阳

北方重镇沈阳城，工业腾飞远景宏。
经济科研呈毓秀，卫生绿化靓瑰琼。
旅游胜境玩奇妙，特色佳肴择质精。
民族和谐撸袖干，鹍鹏展翅赴新程。

七律·参加葬礼生感

匆匆人世竟回归，转瞬惟余一把灰。
笑貌音容倾刻在，鲜花玉树骤然颓。
病床独卧愁肠满，家眷厮陪白发催。
逝者牟前休抱憾，儿孙祭奠酒烟堆。

七律·入冬首场雪

琼花瑞叶满天飘，万物镶银饰玉桥。
缓解旱灾墒利保，驱歼菌疫病宜消。
雪除污浊蚊虫灭，冰锁尘埃梅蕊骄。
笑看严寒猿唳叫，酷冬过后见妖娆。

七律·故乡亲

都言叶落必归根，夙愿成空莫怨人。
黄土封棺魂出窍，青碑镌纪体融尘。
权充半世周游客，欲做终生自在身。
百转千迴心未变，讫今惟念故乡亲。

七律·咏抖音

传媒怒放一丛花，叶茂根深媲彩霞。
形式缤纷呈巨霸，内容广泛靓奇葩。
阖家同乐交声赞，老幼皆宜矢口夸。
源自民间赢美誉，吐馨绽蕊耀光华。

七律·老愚头

夜空独嵌一金钩，积雪寒风凛冽飕。
河畔清寥闲独槁，霓灯闪烁乱双眸。
路途不畅车难走，孙子未归心泛忧。
安逸偏生多眷念，倾情孤诣老愚头。

七律·咏大连

海滨之市大连城，景致怡人物产盈。
特色珍馐开口胃，新潮餐饮获佳名。
虎皮鸡爪鱼丸煮，红烤全虾鲍蟹烹。
游客品完伸拇指，纷纷夸赞不停声。

七律·贺野草诗社36期阅量高达30万

一期阅量震文坛，卅万诗迷共赞欢。
轻觑奖牌如败絮，重抬民意似仙蟠。
楼高焉是瞬时建，学富须凭昼夜钻。
荣誉权当催化剂，长年绽放不阑珊。

七律·咏离休老干部

离休老汉八周星，一世功高上视屏。
晨霭映锹除积雪，暮光罩鬃理栏亭。
小区秩序勤巡视，大院事宜忙不停。
昨日军风今尚在，党徽闪烁耀心灵。

七律·清欢

人生有味是清欢，眼瞀蒙尘看不穿。
欲壑难填徒算计，贪心超限负诚虔。
福盈今日福嫌浅，幻缈明朝幻梦圆。
瞑目之时方彻悟，可怜无力再回天。

七律·词圣李清照

脱衣市易见馨香，清照佳名史苑芳。
斟校夫妻成典著，赌书茶泼入辞章。
流离颠沛历酸苦，婉约吟情惊殿堂。
词圣功高尊帅主，百篇绝唱诉柔肠。

七律·咏杭州

古都六个有杭州，媲美天堂作赋讴。
潋滟西湖随意漾，馨香乌镇畅怀游。
核心城市领头雁，三角中枢开拓牛。
科创走廊储动力，全球瑰宝靓丝绸。

七律·古槐赋

槐树经年陪老宅，遮阳挡雨貌巍然。
顶端喜鹊搭巢住，底部山羊束颈拴。
秋夜枝疏宜赏月，早春花灿作家筵。
虔诚敬主无邪念，德满功高堪圣贤。

七律·牡丹快递

洛阳快件送家中，国色天香一大丛。
花蕊半开呈俊秀，桠枝全挺现葱茏。
满堂倾刻馨芬溢，老少须臾悦意融。
节日无时邀聚会，且由名卉寄情衷。

人间至爱　凤凰涅槃

——排律13首

秋夜静思

秉性内向近乎迂，书斋做虫唶典籍。

一盏香茗六根净，九衢尘嚣五脏涤。

万籁俱寂神缥缈，穿越时空觅史迹。

见贤焉敢忘思齐，惟拜贤师解惑疑。

历代圣人皆同一，率真放达藐阿谀。

固守清高忍苦凄，出水芙蓉脱污泥。

君不见——

张潮卧眠乐听雨，超然物外得天机；

陶潜南山悠采菊，无弦抚琴蕴真谛；

梅妻鹤子林如靖，道风仙骨谁能敌；

空旷幽绝张若虚，秋江花月盖世奇；

庄周宁做泥塘龟，不随骥缰任东西；

通玄遨游驴倒骑，静似参禅悟有余；

傅山诗画复研医，远辞闹市深山居……

漫漫人生路崎岖，恬静难得空叹息。

悠闲宛若浮云去，物我合一谈何易？

凡夫俗子图破壁，上下求索修远兮。

掩卷熄灯遏狂绪，秋夜静思终受益。

吻

清明节，观军母南疆烈士陵园跪吻墓碑上儿子的遗照，止不住泪水横溢，激情难抑，即刻草就。

南疆陵园柏青青，英烈静卧花丛中。

古稀老母踉跄至，白发苍苍泪纵横。

碑嵌殇子生前照，无奈声声唤不应。

投笔从戎尚年少，舍孝离家尽国忠。

孰料一去不复返，为娘怎能不心疼。

万千追忆身颤抖，扑前跪地吻儿容。

诀别剜娘心尖肉，肝肠寸断放悲声。

满腔哀恸无言表，唇间相触血脉融。

一吻抒尽舐犊意，人间至爱慈母情。

别宅泣
——一个孤身老人离家前的道白

八旬鳏夫沉疴多，诀别旧宅泪滂沱。

"亡妻早我半年去，独留老朽好难活。

大限未至且偷生，孰料无力降病魔。

吃喝拉撒需料理，洗涮烹饪更没辙。

总劳邻舍非长计，儿孙国外顾不得。

思虑再三意方决，养老院里获解脱。

一生要强脸皮薄，难弃尊严与人格。

事到如今无奈何，索性随它要怎么。

当谢政府安排好，老有所养免漂泊。

积蓄足够缴费额，愿捐住房作义舍。

满屋家什无所用，存书千册谁人读？

都说破家值万贯，闲置等同一文多。

今别老宅从兹去，眷返除须亡魂唆。
吾等原本过往客，来去匆匆搭快车。
平生总憾聚财少，克勤克俭抠吃喝。
残烛燃尽终彻悟，生不带来死无托。
何若身前多义举，行善胜过空念佛。"
老汉抹泪别老窝，步履蹒跚任蹉跎。
秋风微拂稀疏发，夕阳轻抚满脸褶。
全部家当一提兜，檐下燕唱辞主歌。

沁源采风实录

久慕沁源非等闲，驰誉遐迩震九寰。
松林莽莽深似海，花坡璨璨炫斑斓。
古宅修旧还如旧，书院复原仍似原。
千年老槐兆吉安，凤翥龙蟠历沧田。
寻踪觅迹奔双泉，自兹识得沁之源。
掬水入口别样甜，消暑爽心逍遥仙。
徒步登越十八弯，奇景遍布灵空山。
百鸟争鸣悦耳畔，更有猕猴讨美餐。
百千苍鹭何处去，守巢母雏未南迁。
仰视悬崖九杆旗，俯瞰绝壁一线天。
祭坛缭绕拜诸仙，梵音盈耳香客虔。
义龙救母盖海洞，玉簪仙桥驻足观。
圣寿寺庙半空悬，皇子坐化脱尘凡。
史上征战多狼烟，生灵涂炭降祸端。
菩萨难祛黎民苦，几多冤魂徒喊冤。
幸得太岳红旗卷，喋血驱倭鏖战艰。
英雄人民英雄城，八年抗日留美谈。
八万民众坚如磐，绝无一个当汉奸。
发愤图强建家园，表里山河绽新颜。

恢复生态重科技，多元并举路径宽。

奋斗跻身百强县，勇蹚新路更超前。

秧歌演唱艺非凡，国家剧院上剧单。

全球共谱沁源赋，文化经济棋一盘。

人美景美咏不尽，如诗似画扑眼帘。

采风采得醉陶然，直把沁源作婺源。

休哂词白缺魅韵，只缘情挚留拙篇。

中秋念孙

2011年中秋节在晋中医院侍奉住院的老母亲入睡后，夜不能寐，思爱孙昕泽心切，草吟而成：

慈父仙逝三周星，天赐何家小顽童。

虎头虎脑惹人爱，一颦一笑透聪颖。

婴语甜似开心果，稚气胜品竹叶青。

下班疾步回家中，婉辞酒宴弃茶厅。

抱孙沐阳脚生风，热汗浸衣乐无穷。

千缕愁绪来且散，万般烦躁去无踪。

暮年骤添青春力，生活顿感趣味浓。

长子长孙长重孙，家族厚望寄名中。

昕映苍生才气旺，泽惠黎民求大同。

昔日娇儿苦不济，今朝疼孙达项峰。

休笑老翁不自重，天伦谁人能超空。

写给龙雨的诗

龙雨女士旷世才，万国风情揽进怀。

悉心潜研入诗句，一卷在手胜指南。

龙翔四海点春意，雨滋五州润田园。

疑是马良赠神笔，画龙点睛堪妙玄。

笔下写海海辽阔，笔下写山山耸巅。

笔下写人人性美，笔下写花花斑斓。

笔下写虎虎生啸，笔下写林林栖鸢。

笔下写泉泉飞瀑，笔下写云云蹁跹。

写物写景写历史，溯因溯果溯根源。

若非慧眼能穿越，必是凤凰又涅槃。

广洒爱意超圣女，和平使者却无冕。

呕心沥血成巨著，惊艳文苑撼诗坛。

忙时耕耘不歇笔，闲暇居所弄丝弦。

多才多艺奇女子，巾帼美眉胜儿男。

今吟拙诗馈龙雨，九分敬佩一分惭。

拜得高师多领教，艺海撷珠扬征帆。

进丁群有感

高师荐我进丁群，倏然惊艳耳目新。

潇潇诗雨身心爽，酽酽韵氲拂俗尘。

锦言妙语比比是，辞工句丽阕阕真。

诸英荟萃笔力逮，名手大师缪斯人。

男女老少本无类，繁星闪烁弃尊卑。

最赖总编真伯乐，不辞劳苦勤耕耘。

期期潇飏有创意，首首精湛无凿痕。

甘霖玉露滋苗圃，溉我微刊溢清馨。

为龙雨万国诗存点个赞（藏头诗）

为赏佳作细品研，龙腾艺苑耀文坛。

雨霁横空飞彩练，万千绚丽写宇寰。

国满两百称巨献，诗工韵律著鸿篇。

存得经典生雅蕴，点睛妙笔催花妍。

个中滋味谁人晓，赞罢倍将敬意添。

采风沁源感怀

采风正值八月天，高师妙手聚沁源。
太岳英杰丰碑耸，灵空古槐经脉牵。
名泉潺潺润福地，宝寺巍巍兆祥安。
石板小径通幽处，褐马灰鹳正悠闲。
魅力小城蕴魅力，新诗古赋汇文坛。
采风采得陶然醉，直把沁源作婺源。

血刃色狼

湖北巴东修脚女，艺湛得换腹中米。
不期偏遇俩色狼，倚财仗势施非礼。
为保贞操刀饮血，一死一伤乃自取。
谁说有钱磨推鬼，悍痞难敌柔俏体。
谁说千金能买笑，红颜一怒化雷雨。
抗暴自卫成壮举，畅快民心顺天理。

贺张飞曶先生书画评论集付梓

居士世家书香门，习医养殖善弄文。
"誉满乡里"赢匾挂，施舍济困仁慈心。
赡老恤幼作典范，勤俭持家赓修身。
命运舛骜无所惧，笔墨丹青苦耕耘。
六十功成论书画，大作付梓报国恩。
精品荟萃皆心血，经典绽蕊艺苑馨。
张公不负华甲岁，书贺寿诞瑰宝珍。

卖菜妪

卖菜妪， 推车卖菜为生计。
羸弱身躯苍白发， 一脸疲惫粗喘气。
尚未开摊遇城管， 五大三粗不乏力。
粗暴夺下手中菜， 扔进车内欲离去。
老妪乞求横遭拒， 扒车拦路带哭泣。
孰料城管出手狠， 一把拎起掼在地。
可怜老妪缩成团， 几欲爬起难站立。
一旁激怒过往人， 上前斥责匡正义。
城管严管本无异， 粗野行事触法律。
执法违法须严惩， 欺辱百姓非儿戏。
舆论谴责要回音， 南通处理不包庇：
除罢道歉付医费， 半月时间被拘役。

青青三晋览胜

中华人民共和国第二届青年运动会在山西太原召开，全国各地体育健儿和观摩宾朋相继汇聚三晋。我省的褐马鸡被二青会选定为大会吉祥物，命名"青青"。她将作为友好使者引领大家认识好客山西。特别是当好山西名胜古迹以及风土人情的传播者。故为之而写。

二青竞技三晋， 举国为之欢庆。
好客晋善晋美， 迎宾锣鼓擂动。
同贺青春约会， 共赏舞台搏拼。
青青遍撒吉祥， 伴随火炬传送。
沿途统揽景观， 引发激情四迸：

太行耸立扬威， 吕梁披彩助兴。
汾河柔情脉脉， 双塔交相辉映。

天龙群窟注目，晋祠雄踞悬瓮。

五台祥云袅袅，古槐渊源厚重。

大院中西融汇，西厢话本吟诵。

右玉林海莽莽，平遥古城穆净。

晋阳城市公园，峡谷百景上镜。

鹳雀楼立巍巍，尧舜建都有证。

壶口飞珠溅玉，芦芽天池冰洞。

万山宗祖恒山，长城石迹在宋。

黄河古道天成，明清风韵老城。

介休张壁古堡，藏山洞在平定。

永乐壁画至尊，琉璃塔矗广胜。

南禅雕塑绝技，秀容书院香沁。

悬空古栈空前，云冈石窟贵重。

应县木塔世罕，丁村考古觅踪。

精卫家喻户晓，共工触山殒命。

廉颇负荆请罪，相如社稷为重，

好问情为何物，张仪联横破纵。

貂蝉舍身报主，仁杰贤相居正。

王维红豆寄情，贯中三国轰动。

庭筠艳词惜玉，米芾书画出众。

迟恭门神供奉。关公故里称圣。

襄垣法显取经，傅山神医驱病。

昌龄冰心玉壶，介子情系清明。

女皇则天号令，杨门忠烈堪颂。

皇城相府延敬。苏三起解洪洞。

君宇喋血先驱，胡兰少女骨硬。

兰英金嗓玉喉，国仙晋剧扛鼎。

树理人民作家，双良渣污巧控。

信步漫吟

玉涛军旅歌手，　　纪兰巾帼人敬。
向前十帅其一，　　交城诞生国锋。
醋乡名副其实，　　汾酒香出国境。
八路总部武乡，　　大寨不衰久盛。
面食千种有余，　　品罢口舌生津。

山西人杰地灵，　　史上亮点纷呈。
饱经栉风沐雨，　　历尽酷暑寒冬。
从乱到治破冰，　　祛除肌体病症。
昨日虎蝇成害，　　而今风清气正。
焕发青春活力，　　再显英豪血性。
今领时代重任，　　试点能源革命。
欲借二青东风，　　开拓创新圆梦。

青青不负使命，　　伴您三晋览胜。
精彩表演之暇，　　顺览山西全境。
留下美好记忆，　　收获必定丰盛。

掬汗耕耘　烟柳晚晖

——一字叠10首

诗奴自吟

一旦痴迷一世憨，一泓苦水一生难。
一番求索一掬汗，一寸耕耘一把酸。
一首薄诗一缕乐，一次获奖一分甜。
一册出版一壶酒，一介诗奴一辈寒。

秋光雨夜

一场秋雨一场寒，一园果蔬一园鲜。
一身闲逸一身爽，一曲乡歌一曲弦。
一院和谐一院乐，一家团聚一家欢。
一壶老酒一壶话，一世平安一世甜。

秋宅写实

一院风光一美居，一池活水一群鱼。
一畦花卉一古榭，一苑飘香一树梨。
一曲欢歌一段舞，一对翁妪一盘棋。
一度秋意一番爽，一阵蝉鸣一鹊啼。

著书自嘲

一向守诚一向谦，一生本分一生端。

一心崇善一心净，一路爬格一路艰。

一世书虫一世啃，一本出版一本延。

一声嗟乎一声叹，一半才疏一半缘。

忆昔从教

一摞课本一教鞭，一腔心血一笑颜。

一分耕耘一滴汗，一惯求精一向严。

一世无争一夙愿，一园桃李一般鲜。

一张照片一生眷，一束鲜花一信笺。

中秋夜景

一岁中秋一岁添，一杯红酒一杯甜。

一桌佳肴一桌饭，一家团圆一家欢。

一盘月饼一盘果，一束丹桂一束言：

一缕贪心一缕害，一世清廉一世安。

囚窗深悔

一片叶落一片黄，一间牢狱一间光。

一介囚徒一介影，一腔悔恨一腔伤。

一双泪眼一双手，一辈污玷一辈脏。

一阵呜咽一阵泣，一脸羞惭一脸霜。

夕阳游记

一阵秋风一阵凉，一园菊绽一园香。

一曲悠笛一曲唱，一方佳人一方妆。

一路观光一路摄，一处名产一处尝。

一队翁姬一队俏，一样欢欣一样康。

汾河秋色

一片槁荷一片霜，一地落叶一地黄。

一堤烟柳一堤绿，一缕晚晖一缕光。

一帘诗萦一帘梦，一河柔水一河祥。

一叶扁舟一叶漾，一对情侣一对桨。

田野放眸

一季收成一季忙，一坡牧草一坡羊。

一园果树一园菜，一排农舍一排庄。

一路选景一路摄，一阵亢奋一阵狂。

一次秋游一次爽，一体松弛一体强。

赋界巅松　匠笔明眸

——咏赋界大咖10首

咏马建勋①老师

百闻一见暗诧惊，　果然贤达雅士风。

学识渊博言谈溢，　举手投足尽谦恭。

传道授业一课短，　咀嚼品味三春浓。

总叹赋界山路险，　今仰巅顶耸巨松。

咏徐建宏②老师

一

身轻似燕巧登攀，　擅将职责一肩担。

骨瘦如柴莫轻觑，　实乃道士下尘凡。

目中无人坦荡荡，　技艺多多笑语喧。

心怀鬼胎打诳语，　知音终须听琴弦。

二

高师妙手著瑰篇，　墨海书坛喜绽妍。

匠笔生辉携晚辈，　明眸识金荐赋贤。

---

①马建勋，全国著名词赋家。现为《中华词赋》杂志社副主任，荀社副社长。有多篇作品全国获奖，并被勒石刻碑。

②徐建宏，山西省作家协会全委会委员，山西文学院第三批签约作家。著有诗集、散文集若干。《文朋列传》为其代表作。其作品多次获奖。现为《支部建设》杂志编辑。他有自嘲诗：身轻似燕，骨瘦如柴。目中无人，心怀鬼胎。

文朋列列才华溢，　采风怡怡魅力添。
沥血护花真使者，　缘结道士不虚言。

咏丁宏宇①老师

南人北相气宇轩，　笑语声中溯契丹。
摄影频频图像美，　撰文累累续瑰篇。
潜心作赋多精品，　刻意创新非等闲。
离别一宿总惦念，　结师三世信有缘。

咏金所军②书记

懿德尔雅儒帅尊，　主政有方铁成金。
造福县城戒奢幻，　泽慧百姓赢民心。
文韬武略荟才智，　开拓创新建功勋。
喜将诗情化春雨，　心花绽放献所军。

107

咏陈庆莲③主席

巾帼女杰出沁源，　物宝天华非妄谈。
口若悬河话县史，　笑语喧昂意蕴含。
中伏同游无倦意，　数载遥思犹梦酣。
休道作赋苦中苦，　识君倍感甜上甜。

①丁宏宇，号青铜居士。中国词赋学院副院长、中国辞赋家协会常务理事、中国词赋网副总编，《中华词赋》杂志社常务理事，在古赋今用上颇有创新。
②金所军，中国诗歌学会会员、中国作家协会会员，著名青年诗人。在《诗刊》《人民日报》发表诗歌、散文、文学评论等100余万字。时为沁源县委书记。
③陈庆莲，沁源县文联主席兼作协主席。中国诗歌学会会员、中国散文学会会员、中国摄影协会会员、山西省作家协会会员。出版散文集《心雨嘀答》，诗集《我是一片羽》。

信步漫吟

Xin Bu Man Yin

咏何智勇①老师

初读误作老文豪， 会面方知少年骄。

矜持羞赧姿态低， 质朴通达貌才高。

才闻赋作摘金奖， 又报楹联斩首茅。

老朽今行无怨悔， 欣结辣宅忘年交。

咏高玉梅②女士

原籍晋域本同乡， 孔雀南飞赴浙江。

毕竟怀才难隐匿， 终究一鸣震八荒。

并州吟雪赢佳誉， 赋界抒怀彰书香。

妩媚娇柔如淑女， 文坛笔健技超强。

咏孟国才③老师

国才生就缪斯园， 溅玉飞珠簇锦团。

畅颂黎民申正义， 笑讽赃官曝黑肝。

诗坛屡屡膺杰作， 报端频频晒新篇。

悔与高师相见晚， 文山有伴共登攀。

咏钟茂荣④老师

青春妙龄正当年， 快手出炉烩精篇。

心路宽延思路广， 笔力敏捷魅力添。

---

①何智勇，号辣宅。安徽庐江人。唐社社长，中国楹联学会词赋研究院副院长，浙江省词赋学会副秘书长。佳作多次在全国获大奖。

②高玉梅，号并州吟雪。中华诗词学会会员，浙江省时代诗词研究院研究员，荀社十三子之一，作品多次获全国大奖。

③孟国才，中华诗词学会会员，重庆市江津区诗词学会理事，垫江县诗词楹联学会副会长。

④钟茂荣，中国楹联协会会员，广东楹联协会会员。年轻的多产作家，获奖频频。

摘花折桂寻常事，　作赋填词烹小鲜。

喜看八零成劲旅，　荣华茂盛绽奇颜。

信步漫吟

思骥暮霭　古魂骚客

——时事杂感31首

时事杂感六首

一

无常世事世无常，滥用公权饱私囊。
利令智昏法槌响，原来酣梦一黄粱。

二

寰宇自古民为天，历史规律焉可颠。
揽财不义殃来早，终究自毙溺贪泉。

三

人民法律护民安，打黑扫恶出重拳。
可笑昨日凶似豹，今朝宛若丧家犬。

四

奴颜婢膝枉自吼，嘴脸丑陋言作呕。
专褒外邦贬家人，十足汉奸乏走狗。

五

百年游子偎母怀，洗却国耻理应该。
港独打砸行暴乱，操纵全在黑后台。

六

宝岛大陆一线牵，世代同根血脉连。
挟洋自重蝇蚊叫，欺师灭祖罪滔天。

汾河公园散步随感

一

汾河绵延几多秋， 沧桑轮回岁月悠。
翠柳娇花一时艳， 叶枯蕊谢逐水流。

二

古城并州史续长， 人杰地灵龙虎藏。
一朝兴衰一朝续， 汾河照旧沐月光。

三

古渡依稀萦眼前， 盛唐繁华窥一斑。
尤敬当年晋商勇， 汇通天下非一般。

四

独立沙滩步蹒跚， 稚童嬉戏惹人欢。
倘若天性纯如水， 何以城府误少年。

五

雁丘故地久徘徊， 情为何物古今难。
势利戕杀纯贞爱， 缘在生存罪在钱。

六

金龙静卧涟漪间， 多桥横亘路径宽。
晋阳自古多才俊， 厚积薄发非等闲。

七

芦苇青处有鸭游， 珍惜黑鹳吸眼眸。
生态改良成效大， 喜看清波泛小舟。

信步漫吟

Xin Bu Man Yin

八

沉思久伫思绪绵，　堪叹人生短且凡。

世事洞明免抑郁，　淡然一笑胜泫然。

九

漫步汾河思绪繁，　夕阳西下步蹒跚。

万般感慨收思骥，　一帘暮霭化云烟。

退休杂感

一

人满六旬入晚秋，一世辛劳今退休。

向善行善多积德，守诚守拙少蒙羞。

寒门常思工农本，书海难驭仕途舟。

而今驰离喧嚣港，方悟陶潜采菊悠。

二

岁逾花甲胆气虚，残梦斜阳著伤凄。

空叹韶华如影去，长嗟凤愿化尘泥。

才悲街邻英年逝，又惊友朋驾鹤西。

人生苦短徒无奈，回眸儿孙倍疼惜。

三

一生艰辛何所求，绝壁攀岩忧且愁。

抬眼峰尖心惊怵，俯首涧漩寒气嗖。

维谷进退徒无奈，燕山未勒空自羞。

宁舍权利绝卑贱，甘做凡人不逐流。

四

人如过客走世间，历经沧海方看穿。

富贵名利有还无，过眼烟云聚亦散。

惟有亲情须珍惜，但同宗室全在缘。
百年一去东逝水，清心寡欲学做仙。

扶贫慰问感怀

一

扶贫慰问到老区，触目动情百感集。
茅棚矮矮地贫瘠。缺水少电路崎岖。
人均收入三百余，七分温饱三分饥。
进村忘记旅途疲，挨门入户访贫疾。
当年支前"老积极"，太行山里打游击。
光荣挂彩留残疾，劳苦功高不自居。
如今年迈近古稀，抱病卧床缺钱医。
闻听省里派人来，颤颤双手抹泪滴：
"这钱这面该救急，许多乡亲比俺需。
如今再无报国机，累赘国家心犯虚。
感谢党的总书记，响亮提出脱贫计。
老朽恨不减十岁，必当抢先倾全力。"
切切话语心头击，字字千钧光熠熠。
共产党人擎红旗，"三个代表"见真谛。
誓与人民同呼吸，不谋私利甘拉犁。
扶贫归来话桑榆，心潮澎湃荡涟漪。
再不疲软神萎靡，再不抱怨工资低。
挥汗开凿幸福渠，誓让老区奔富裕。

二

联企帮困涤纶厂，进门入户把贫访。
窗外寒风卷积雪，户内话暖笑声朗。
座谈会上老厂长，面露愧色把话讲：
"当年建厂正逢时，涤纶产品南方抢。

税利大户名气响，年年荣登状元榜。
可叹商场如战场，昨日辉煌瞬息亡。
产品积压成本高，科技匮乏滩难抢。
三年宏图志未酬，一夜溃败化梦想。
全厂职工千余人，如今几乎全下岗。
就业无门路难闯，一家妻小咋赡养？
年关临近难关饷，有病不医床上躺。
大家慷慨来解囊，联企帮困到俺厂。
雪中送炭情意重，感谢政府感谢党。"
仔细听罢厂长讲，百感交集思绪广。
身旁站起秘书长，态度坚定语调响：
"面对困境莫迷惘，团结群众依靠党。
改革没有避风港，勇敢出击对市场。
政企联通信息网，困难压顶共同扛。
科技扬帆济商海，高奏凯歌划大桨。"

耳光的感喟

——有感地委周书记自打耳光

山东菏泽原地委书记周振兴，
三十八年前亲赴革命老区慰问。
在被誉为"抗战堡垒"的曹县丰集乡红山村，
有位83岁耄耋高龄的烈属叫尹巧云。
这位共产党员对党忠心耿耿鞠躬尽瘁，
丈夫和三个儿子先后在战场喋血献身。
她几度揩去泪水挺直腰背，
让仇恨化作复仇的利剑刺向敌人。
当年她生活的红山村内，
房东就是威震敌胆的杨得志将军。

她自愿为部队竭心尽力吃苦受累，
赢得了"革命老妈妈"的亲切称谓。
为了将士吃饱肚子冲锋陷阵，
她毫不吝惜地变卖了家中值钱的所有物什，
甚至悄悄贴上自己出嫁时陪送的压箱财银。
为抗战胜利倾其所有，情眷眷，意深深，
奠定了共和国诞生的历史丰碑。
现如今，
她重病染身，
独卧旧宅孑然一人。
周书记闻听后火速赶来，
病榻前握紧老人枯瘦的手泪湿衣襟。
他问老人有何要求，尽管讲给我们。
老人迟疑片刻颤颤发音：
"就是想吃半碗肥中带瘦的猪肉。"
话刚出口，又骤生悔意急忙收回：
"我只是这么一想，周书记千万不必当真。"
周书记此刻早已泪水淋淋，
立刻掏空兜里的毛毛分分，
吩咐人火速去买肉，务必足量满足老人。
一切办妥后，他才姗姗离开红山村，
赶回县里听取各乡镇的成果汇报会。
会前周书记先讲述了上面这件事，
语调沉重，饱含着自责和羞愧：
"同志们，我们应该扪心自问，
我们可曾对得起这些革命老前辈？
一位尚未摆脱贫困的老区老人，
居然连病中吃半碗肉的念想都成梦寐，
我们还有啥脸占着这书记之位？"
言至此，周书记过于激愤，

竟抬手扇了自己一记耳光，
那么沉重，又是那么清脆。
县委书记俯桌痛哭失声，
与会人员个个抽泣抹泪。
纷纷检讨自己工作失职，
备好的成绩汇报全部作废。
重新认识自尊盲从的"官本位"，
汇报会开成了自我反省的生活会。
这记耳光振聋发聩，
胜过了自炫政绩千百倍。
一记耳光——召唤担当实可贵；
一记耳光——扇去奢谈摒浮媚；
一记耳光——对照宗旨深感喟；
一记耳光——承继传统细品味。

纪念婚姻30周年有感

岁逾半百方回眸，惊诧婚姻三十秋。
烛光晚会合家乐，追昔抚今泪暗流……

——一——

一九七九乐悠悠，大学毕业谢校留。
受荐太铁人事处，宏图远大胸绘就。
无奈碰壁忧复忧，釜底抽薪浪遏舟。
一波三折谷底丢，落户朝阳小山丘。
素面朝天不自惆，坚信男儿志未酬。
只身掩卷独运筹，惟有拼搏可洗羞。
冬雪飘飘风嗖嗖，日日大碗玉米粥。
夜半补课中贼风，嘴歪眼斜不肯休。
妻子生育前一周，货车滞停北合流。

独身夜跑十多里，汗浸棉衣结冰坨。
辛勤耕耘换丰收，成绩全县夺一流。
杂文荣载青年报，文学喜获路刊优。
三年义务没叫屈，返回榆次母校求。
投身教学苦钻研，不叫高考推光头。
省里荣立三等功，教学能手市里投。
中语研讨太阳岛，报社商调校挽留。
后备干部考察毕，提拔只在下一周。
路局召开劳模会，材料紧急领导愁。
华章赢得部长来，上门索稿频点头。

二

一纸调令到分局，连夜进京任务急。
组建文协办《笛歌》，好评如潮人才集。
榆次太原往返跑，不管日晒风雨袭。
披星戴月寻常事，抛家舍子愧对妻。
办刊精心又着迷，图文并茂特色齐。
部长会上称第一，局长亲笔把字题。
画册横亘三十年，踏破铁鞋觅史迹。
电务工务现场会，材料屡把掌声激。
基层调研开思渠，以点带面细分析。
全方位法闻全局，人民日报头版居。
一周编就电视剧，《铁道骄子》材不虚。
参赛夺得"杏林杯"，电视播放全山西。
五年奋斗有成绩，职务股级上科级。

三

省委信息处初立，同学荐文送简历。
领导召见话投机，三年商调不放弃。
诚心化得金石开，毅然决然不犹豫。
临行拜见杜书记，忍痛离路舍机遇。

感谢局长张光玉，辞别合影独饮泣。
三十五岁从头来，一切当从零起记。
上班骑车一小时，大雪路滑三倒地。
中午食堂一碗面，加班编校搁小憩。
尽职尽责当编辑，精发信息数万计。
余暇经心多留意，剖析事例作论据。
十年心血成一书，出版发行受赞誉。
延忠为书写前言，旺明热情又作序。
扎实工作弃名利，诚实做人聚人气。
仕途艰险吾不惧，十二年后当书记。
呕心沥血缕头绪，党建拓开新天地。
抱贫守清抛私欲，心胸坦荡捍正义。
八载苦心又孤诣，终叫党委赢美誉。
一荣俱荣同升迁，当上副巡也足意。

四

看今天，忆从前，夫妻婚姻三十年。
也有苦，也有甜，幸福得来更艰难。
百年修得夫妻缘，同舟共济苦亦甘。
人生短暂须臾间，几多感悟肺腑言：
一悟人生切莫贪，日行一善乐无边。
与人方便自方便，拙人天助信其然。
二悟奋斗莫等闲，不靠地也不靠天。
修得真功人自强，厄运休想打翻船。
三悟何必苦求官，健康更比钱值钱。
知足常乐不比攀，低调做人人胜仙。

一发白知不少年，半世辛劳化云烟。
岁月峥嵘做人难，聊以杂感自驱烦。
怀旧表明老生态，从此不会再少年。

休怪人老多絮言，留与儿孙作笑谈。

易州诣荆轲墓杂感

一

易水低徊衰草稠，古墓难觅筑声①悠。
义士化虹慨然去，火树②凭吊几千秋？

二

古墓寂寥浸寒秋，匕首难挽燕国休。
可叹荆轲一腔血，化作易水空自流。

三

义士一去不回头，轻掷性命挽狂流。
热血难去易水寒，反教吾辈多自羞。

四

古墓陵阙矗易州，西望平川涕泪流。
借问古魂今何在？留与骚客作酒酬。

明斯克号航母下的沉思

　　在先进性教育期间，我们一行4人出差到深圳，办完公事后，广东省委办公厅和深圳市委办公厅的同志盛情邀请我们抽空去参观一下我国首座航母军事主题公园，说那里有一艘俄罗斯著名的航空母舰——明斯克号，并说，也许对你们正在开展的先进性教育活动有帮助。于是，我们欣然前往。

　　我登上明斯克航母这个庞然大物，

①筑，一种古代打击乐器。传荆轲刺秦王出发前，送行的人皆白衣冠，击筑高歌："风萧萧兮易水寒，壮士一去兮不复还……"
②火树，一种如枫树一样深秋时节叶子经霜染红的树木，栽种在荆轲古墓山包四周。

遥望和平广场铸剑为犁的名人雕塑。
心田激不起半分临海游览的雅兴，
脸际却缀满无绪的迷茫和少有的肃穆……

一代名舰啊，明斯克航母。
你那海上"巨无霸"的雄姿
时至今日依然格外引人注目。
十万吨当量的炸弹弹库，
七架战鹰的依次摆布，
都依稀再现你当年是何等威风何等酷。
像虔诚的钢铁巨人，
日夜在浩瀚的海疆游弋卫戍。
远航战神的风云传奇，
也曾让战争狂人畏而却步。

时隔几何，东欧剧变，
莫斯科红旗坠地，
列宁缔造的社会主义联邦，
一夜间七零八落。
四十吨的马丁锚终究未能将你拴住，
如今服役期满却卖身在这异国他埠。
盛衰的变迁令人吃惊，
历史的悲剧悄然落幕。
英雄的史实已成明日黄花，
当年的辉煌谁人还去追溯？

海水拍舷，
似乎在呜咽哭诉。
大浪淘沙，
敢问谁主沉浮？

我久久伫立在舱内列宁铜像前，
耳际分明听见导师的临终嘱咐：
忘记过去就意味着背叛，
帝国主义存在就是最大的战争因素。
党是人民的中流砥柱，
党离开人民就是无源之水，无本之木。

今天我们进行的保持共产党员先进性教育，
就是全党最当紧的必修科目。
任何政党如果脱离群众
那无疑等于自掘坟墓。
只有把"以人为本"的方略贯彻始终，
才能做到全心全意为人民服务。

我仿佛看见，
我们的"中华号"航母，
以史为鉴，校正航标，
在胜利驶向共产主义的漫漫旅途中，
正破冰碾浪，穿云驱雾……

南海怒涛

七月南海，怒浪拍天，
风云密布，幽灵徘徊，
恶魔为虎作伥赤膊上阵凶相毕露，
小鬼有恃无恐上蹿下跳吐舌垂涎。
一时间，刀光剑影，危机四伏，
臭名昭著的"恐吓加打压"故伎重演。
犹如当年八国联军卷土重来，
仿佛狂妄的麦克阿瑟阴魂又现。

祥和的航行和飞越秩序被列强搅乱，
美丽的国门南海遍布战争的阴霾。
是谁公然叫嚣要对南海开战？
是谁在构筑封锁中国的双重岛链？
是谁昔日用导弹炸我驻南使馆？
是谁欺我泱泱大国高风亮节不计前嫌，
是谁忘恩负义得寸进尺恣意抢我地盘？

耀武扬威的航母编队来自遥远的美利坚，
穿着袈裟的海盗摆出"世界宪兵"的头衔，
为维护美国在亚太地区的霸主地位，
为让全世界的黄金白银流向美国家园，
越洋跨海来粗暴干涉别国的领土和领海主权。
唆使菲律宾等少数几个国家跳到前台，
他却打出"主持公道"的挡箭牌，
公开摒弃"在主权问题上不选边站队"的昔日诺言，
妄图全盘否定中国史上固有的海域九段线。
他们非法拼凑几人担任"南海仲裁案临时法庭"的法官，
抛出一纸荒唐而可笑的所谓"最终仲裁"。
无视南海的历史和基本事实，
曲解和滥用《公约》所赋予的权力，
胆大妄为地自行扩权、越权。
是谁在为这个山寨机构撑腰打气？
又是谁台前幕后充当导演？
狼子野心昭然若揭：
为了在全球维护美元的坚挺，
为了美国"永恒老大"超级霸主能持续连冠，
竭力遏制中国崛起并让她内忧外患，
紧紧绑住她腾飞的双翼，
让其停滞、疲软、窒息、溃败，

这才是黑老大骨子里的"天机"所在。

然而，掩耳盗铃的丑剧艰难上演，
谎言焉能遮住世界人民的慧眼。
美菲搬起石头砸了自己的脚，
请看70多个国家就南海问题的仗义执言。
联合国出面澄清更使真相天下大白，
被扯掉底裤的华尔街老板丢尽面颜。
站起来的中国人民义愤填膺，同仇敌忾，
愿用鲜血和生命捍卫祖国的领土领海主权。
沉睡的中国雄狮已经醒来，
三军亮剑扬我13亿中华儿女的威严。
洗尽百年屈辱，换来民族复兴的今天。
强盗上门掠抢的历史已成一枕黄粱难现，
城下割地赔款的条约更是一去不复返。
倭寇休想再以"东亚病夫"藐视我堂堂中华，
"美国不可战胜"的神话早成历史笑谈。
美丽的"中国梦"激励我们众志成城，奋勇向前，
先进的雷达、导弹、潜艇、战机、航空母舰，
为国门筑起坚不可摧的安全门槛。
让正义战胜邪恶，
让和平永驻人间，
让侵略者望而生寒。

让人迷惘困惑多

"厉害了，我的国！"这句感慨错在何？
有人闻听就暴怒，又是跳脚又撒泼：
"狂妄至极不自量，咱比美国差得多；
半个世纪追不上，痴人说梦瞎嘚瑟；

夜郎自大脑发胀，吹破大天闪了舌。"
此言初闻似有理，过后让人费琢磨。
中国强大世界认，突飞猛进开快车。
自从建立新中国，一路奋斗奏凯歌。
朝鲜战场神威显，将美逼上谈判桌；
西方封锁核讹诈，两弹一星震妖魔；
改革开放四十载，日新月异开新河；
航天登月惊世界，举国整体把贫脱；
构建命运共同体，全球抗疫贡献多；
三军强大技精湛，东风利器慑敌缩……
昔日我们不厉害，承尽欺凌却没辙：
华人与狗相并列，"东亚病夫"蔑国格；
屠城杀我三十万，战败拜鬼想复活；
炸我使馆殇记者，一句误炸就搪塞；
滥使制裁强耍横，撞我军机不担责；
岛链三重联成网，用心险恶胜蝎蛇……
如今我们厉害了，不畏强霸勇拼搏。
老大惊颤日恐惧，拉帮结伙设网罗。
国内偏有杂音啸，让人迷惘困惑多。
戴着墨镜说瞎话，畏美崇美丧人格。
天生一副奴才相，卑躬屈膝怕挨掴。
唯恐主子不高兴，罔顾事实行径拙。
分明汉奸乏走狗，脸谱涂彩硬装佛。
种田莫听蝼蛄叫，猿声难止轮碾波。
理直气壮大声说："厉害了！我的国。"

缘何贫富天壤悬

惊闻某亨吃早餐，三口之家七千元。
点心丹麦皇室供，牛奶来自新西兰。

极品包子蜂胶馅，千元一个赛金丹。
皇家御厨烤香肠，水果空运保时鲜。
一月伙食七千万，让人惊悚坠梦渊。
挥金如土不眨眼，反正票票花不完。
都说有钱磨推鬼，超级挥霍属当然。
爷有能耐吃天下，兜里就是不差钱。
谁叫你是穷光蛋，没有本事别喊冤。
暴殄天物享富贵，哪问平民饥与寒。
同在一片蓝天下，缘何贫富天壤悬。
贫者挥汗累一日，不抵富者一根烟。
高宅别墅空闲置，劳工鸽笼挤成团。
如此这般称乐园，天堂地狱两重天。
心安理得搞特权，蔑视公平孽繁衍。
今向大亨进一言：天下亘古敬圣贤。
大众同乐吾在后，黎民怀忧我在先。
为富不义世人斥，与民同乐仁者贤。
本是同胞相体恤，多行善举留美谈。
共同富裕国之策，极端利己鬼门关。

农家硬汉郑艳良

河北农民郑艳良，四十七岁遭祸殃。
右腿浮肿转溃烂，疼痛难忍求医忙。
医生告知需手术，耽搁必会把命伤。
手术费用一百万，赶紧筹措莫彷徨。
艳良闻听心拔凉，如雷轰顶暗叫娘。
百万巨款天文数，叫俺头大神情慌。
祖祖辈辈庄稼汉，从来没钱存银行。
如今就算豁出去，砸锅卖铁卖口粮。
家禽家畜全算上，再赊家中几间房。

126

连个零头凑不够，何来大数太渺茫。
思前想后实无奈，只怪自己真窝囊。
坐以待毙不情愿，人处绝境求生强。
反正这腿保不住，索性割它弃一旁。
死马当作活马医，就算不成也无妨。
想到这里主意定，备齐用具装入箱。
吃罢饭后正歇晌，支走媳妇到西厢。
拿出菜刀亮光光，齐着腿根往下戕。
剧痛使他浑身颤，幸好事先有提防。
毛巾层层缠木桩，紧紧咬住不声张。
下手果断千钧力，脓液带血四处淌。
究竟多疼天知晓，四颗牙齿离牙床。
媳妇闻讯跑进来，惊恐万端脸蜡黄。
边用被单裹刀口，边骂丈夫忒鲁莽。
匆忙喊人送医院，又把断腿放水缸。
谢天谢地天保佑，死里逃生破天荒。
消息一出传播广，风传四邻十八乡。
借助微信达天下，有人将他比金刚。
曾观古戏说三国，刮骨疗毒关云长。
伤臂绑在铜柱上，俨然下棋貌安详。
吱吱刮骨响声大，帐上帐下疼断肠。
艳良只是一农夫，如此这般不寻常。
不用麻药不固定，自做手术无人帮。
铮铮铁汉骨头硬，堪比关公撼沧桑。
情节奇特亦悲凉，让人感动又恓惶。
好汉大多出民间，留作佳话天下扬。

慧眼难荐　禅静善缘

——绝句 272 首

七绝·自励

奋笔耕耘近晚秋，冰心冷目荡污流。

沧桑难老乾坤大，鸿爪蛛丝自犒酬。

七绝·咏王昭君

姣容落雁叹昭君，远嫁和亲止战纷。

一曲琵琶千古唱，树碑青冢罩氤氲。

七绝·山里娃演唱《奥林匹克圣歌》

纯净空灵歌最佳，童音天籁自山娃。

五环圣火添风采，奥运奇葩世界夸。

七绝·悼刘思齐

思齐毅魄贯云霄，数载英魂引以骄。

大爱国殇无憾事，千秋唱和起笙箫。

七绝·闹元宵庆冬奥

六金入账喜空前，狮跃龙腾不夜天。
万盏花灯添惬意，目酣冰雪醉怡然。

七绝·咏兰

才经风飓又沙狂，戳蕊摧枝韵亦常。
绝品赢得国字号，卓然典雅释清香。

七绝·咏蔷薇（二首）

一

绿瘦红肥映日晖，夏初花艳属蔷薇。
溢香诱得游人摄，蜂唱蝶欢鹏绕飞。

二

满院蔷薇似火龙，紫花一朵不相从。
寻常素面谁青睐，独立异群呈靓容。

七绝·咏天壶

一把天壶半侧悬，惠民济世载诗篇。
沏茶润嗓神清爽，七窍通开师圣贤。

七绝·咏才女薛涛

童年对句溢才华，命舛歌楼艳若霞。
慧眼韦皋空难荐，爱憎元稹痛披裟。

七绝·嘲滥发广告者

狗皮广告出场多，妖汉巫婆扮玉娥。
贪欲只图钱袋鼓，何知唾骂早成河。

七绝·诗奴苦僧

唐宋诗词入眼瞳，梦间穿越诣仙翁。
醒来痴念成鸿志，桀骛孤茕修炼功。

七绝·援扬州抗疫

瘟祸扬州羁客流，阴霾弥漫世人忧。
八方荟萃擒妖将，不灭邪魔誓不休。

七绝·观二仙对弈生感

双仙对弈引纷争，见第勿需论输赢。
须知轻举全盘败，画面明昭治国经。

七绝·哀悼袁隆平、吴孟超二院士

稻父瑶台赴盛筵，神刀蓬岛犒医贤。
懿德万世功名在，宇宙双星作奖颁。

七绝·贺我国天和核心舱发射成功

百年大庆喜盈盈，又见天和耀宇星。
国运皆缘泽世界，霸凌一统梦成空。

七绝·贺嫦娥五号探月成功（三首）

一

桂魄婵娟笑靥甜，吴刚捧酒泪如泉。
扑簌灵兔作欢态，欣贺娘家到客船。

二

浩瀚天河圣水涓，飞舟径越苍穹间。
仙娥从兹销寂寞，星际通衢诣故园。

三

宝器冲霄夙梦圆，国旗猎猎耀瑶台。
嫦娥亲馈神奇土，游子丹心祈盛安。

七绝·清明随感

冥币佳肴祭墓前，虔诚晚辈孝先贤。
香焚火蒸成灰烬，笃信氤氲递九泉。

七绝·大军抢险

千年洪涝祸河南，四野茫茫水漫天。
九死一生神莫助，大军赶到解命悬。

七绝·赞凡民英雄

危机骤降靓平凡，洪涝袭来闯险滩。
生息存亡抛脑后，龙潭锁闭鬼门关。

七绝·地铁撤离

英雄斗涝战犹酣，诺亚方舟续美篇。
妇女儿童先撤走，留人殿后党团员。

七绝·嘲涝区贴罚单

家园瞬刻变泽国，龙口张开把命夺。
竟有罚单贴车上，无情丧义赛阎罗。

七绝·同韵和姜立新诗友

秋日无缘赴贵乡，憾缺巧手编竹篁。
久观画面如穿越，愿助须翁馈玉筐。

姜立新先生原玉：
七夕见老翁编筐有感
晴日秋风见故乡，须翁独坐削斑篁。
上前借问何人用，笑赠牛郎作玉筐。

七绝·同韵和姜立新教授

芰败荷残敛靓姿，盈胰衰瘦自参差。
金风识得真骚客，脱俗超然赋好诗。

姜立新老师原玉：
残荷吟
枯叶凌波羞卷姿，摇风照水影参差。
翌年宠望荷塘色，只欠蜻蜓一句诗。

七绝·同韵步姜立新老师

高僧停帚小徘徊，菩萨仁怀悯腐苔。
默念阿弥禅静虑，慈航普度善缘来。

姜立新老师原玉：

游清凉山观《扫叶图》感怀

僧持一帚独徘徊，勤扫楼前残叶苔。
心系清凉驱腐气，蝶蜂款款自飞来。

七绝·贺航天三杰凯旋（四首）

一

茫茫寰宇降回仓，伟岸三杰慨而慷。
世界惊颜同赞贺，飞天前景更辉煌。

二

航空宇宙谱新章，揽月摘星意若常。
泽惠五洲同命运，恶枭统霸化黄粱。

三

三杰宇宙九十天，巨伞托仓降草原。
亿万国人喜注目，中华再度梦成圆。

四

中秋未到喜先登，宇宙归来傲世英。
仨月太仓平稳驻，天穹叱咤践忠诚。

七绝·同韵步杨学军先生

巨伞衔仓溅玉沙，三杰傲洒返回家。
全民注目英雄簋，笑缀双颊红胜霞。

杨学军先生原玉：
"出差三人组"顺利回家
大漠东风惊起沙，中秋有客喜回家。
千门瞩目三人组，顺手撷来天际霞。

七绝·同韵和红彬老师

国派包机深圳落，悬石千日始得沉。
离奇冤案明揭日，霸主拙卒共闹心。

李红彬老师原玉：
欢迎晚舟归来
公主回家欢泪落，三年斗智未消沉。
九州一片迎君日，大赞英雄爱国心。

七绝·同韵步杨学军先生

烧香祈愿未相同，暗隐玄灵意蕴空。
寺庙虚无情与色，尘间笃信贡烛红。

杨学军先生原玉：
禅心在否不求同，灵隐山间树隐空。
香火无声情有色，总将祈愿染鲜红。

信步漫吟

Xin Bu Man Yin

七绝·贺《景泉诗集》付梓

瑰景清泉融爱意，激情睿语汇诗集。
休言四月暮春去，佳作文坛蕊更迷。

七绝·贺孔望山诗社诞生

圣人何故返身归，湖蟹挥螯熠礼辉。
赓继书香浓似海，望山诗社荟精髓。

七绝·同韵和李红彬老师

宇当屏幕映长空，全镜直播走碧空。
虎胆亚平惊天下，嫦娥犒慰派仙童。

李红彬老师原玉：
贺神舟十三号首次出舱活动
圆满成功赞亚平遨游太空
巾帼女神游太空，出舱漫步走天宫。
娇姿飒爽惊云汉，摘下星星送玉童。

七绝·立春

立春季首始开端，乍暖还寒温度玄。
辞冬鞭牛农事早，春饼驱疾益寿年。

七绝·芒种

芒种时令逢仲夏，麦收稻种正适宜。

田间忙碌争时秒，梅酒桑椹解倦疲。

七绝·寒露

寒露雨息雾裹凉，荷残蝉喋三秋忙。
润滋肺胃芝麻好，美酒菊花母蟹香。

七绝·立冬

立冬骤冷树凝霜，雨雪相挟欲破窗。
吃饺添衣严抗疫，晾葱储菜备寒装。

七绝·诗悼尹孝明先生

未及花甲早诀离，才俊脱凡驾鹤西。
我劝诸君当忍泣，卿修县志永珍惜。

七绝·同韵唱和姜教授《赏枫》

天公惬意涌情涛，故将栖霞赐玉娇。
爱切赢得甜妹乐，赠君酥手绣新袍。

姜立新教授原玉：
枫林尽染卷云涛，酷似胭脂映日娇。
借问家翁何所乐，栖霞呼我著红袍。

七绝·同韵和沈扬老师

花果银鹰始启航，猴王大圣乐无疆。
何羁五指拦路掌，览胜八极逛各方。

信步漫吟

Xin Bu Man Yin

沈扬老师原玉：
花果山前启远航，高飞万里越边疆。
灌云有了新空港，富裕黎民走四方。

七绝·赏《树抱石》图生感

都说世上铁石肠，今见石怀树翠苍。
莫以人心轻揣测，缘亲谁晓内中详。

七绝·咏冬

雪厚冰坚风啸啸，冬梅绽蕊正巍巍。
瘟神辛丑挟持去，如意壬寅策马归。

七绝·同韵和妙华老师《登孔望山》

登山赏景乐如娃，激荡豪情体觉差。
翁老空怀圣贤志，忧心枉费对摩崖。

妙华老师原玉：
雄心万丈意如娃，访古探幽事不差。
孔望山中登绝顶，秦东门外看摩崖。

七绝·聆听习主席新年贺词

开元贺语响金声，龙驾祥云又启程。
下个百年催奋斗，停觞且待大功成。

七绝·冬日奇观

时临四九正天寒，院内离奇看玉兰。
数百含苞花欲绽，教人纳闷又茫然。

七绝·同韵步学军会长

神赐人间硕大琴，赢来高手盼禅音。
天宫下旨风弹曲，冰先揽怀妒意深。

七绝·同韵步卢冷夫老师

虎啸寰球眉更扬，中华九域溢馨香。
千词百赋甸园荟，璧和珠联亦正常。

七绝·步韵和姜立新老师

东方猛虎踞峰巅，啸震丛林撼九天。
鼠豹狼豺皆抖颤，焉能伺觑祸家园。

七绝·题王福忠国画《箭峪》

山林茂密脊形殊，笼罩氤氲世上无。
水浩纯清添蕴趣，浓缩万景绘绝图。

七绝·同韵步妙华老师《良心谒》

天良丧尽嗜贪金，道义舆情恣意侵。
造孽终将因果报，神公专摘歹人心。

七绝·嘲文坛怪胎（二首）

一

形非妖媚貌非娇，滥施脂膏扮小乔。

重币买金周体饰，半如魑魅半人妖。

二

诗无韵律品无能，惯以师爷顾自称。

傲视文坛言寐梦，实为小鬼冒高僧。

七绝·贺谷爱凌夺双金一银

金银冠亚继相拿，雪谷凌空技到家。

底气源于十三亿，五星旗下绽奇葩。

七绝·贺冬奥会中国金牌第三

九块金牌次第拿，国旗猎猎映朝霞。

溜冰滑雪凌空舞，东奥称雄夺探花。

七绝·观俄乌交战有感

俄乌火并世人惊，历史渊源难廓清。

错在投怀抛中立，引来战祸害苍生。

七绝·赏图随吟

谁家姝女夜吹箫，玉指红唇容貌娇。

一缕清香携眷念，绕梁三日入云霄。

七绝·早春赏汾河

汾河赏景醉眸中，静水微澜映碧空。
三月每寻堤柳绿，几多鹈鹤喜重逢。

七绝·汾河赏天鹅

佳朋稀客野天鹅，优雅纯清数百多。
远道飞来贪景美，中途迁徙憩汾河。

七绝·抗疫瘟

众志成城抗疫瘟，东西南北布天门。
严防细控连环网，紧缚魔枭出宇坤。

七绝·咏岭南诗联社

曾游百刊拜高师，吮尽甘霖醉亦痴。
工律韵辞严如许，岭南魁首秀琼枝。

七绝·桃花溪

柳烟春雨鸟啁啾，粉面桃花碧水幽。
牧笛声扬蜂蝶舞，乘流渔父泛轻舟。

七绝·初春景观

凭槛凝眸柳淡黄，沿堤驻足杏花芳。
晋阳三月春来晚，绿草萌芽疏土香。

七绝·咏"3·15"维权日

朗朗乾坤法剑悬，秉诚不赚昧心钱。
睽睽天眼辨真伪，造孽奸商必坠渊。

七绝·咏春分

春分澍雨洗冠瘟，红甲白衣除祸根。
防疫休嗔烦琐事，人间博爱满乾坤。

七绝·"军火贩子"

外充公允内狰狞，点火浇油挑战争。
军械换来盆钵满，骷髅堆上举觞觚。

七绝·红码

红码惊魂祸满楼，封区检测众人愁。
松弦招致疫魔至，悔断青肠难洗羞。

七绝·东航"3·21"空难

碧天云海客机行，孰料中途噩梦生。
肠断须臾垂直坠，烛光祈祷寄哀情。

七绝·赞梧州百姓

空客坠山悲断肠，救援昼夜抢时忙。
梧州百姓多慈举，献血送餐倾力帮。

七绝·咏抢险群英

东航空难骇人闻，昼夜搜寻争秒分。
露宿风餐全不顾，甘抛泪汗慰殇君。

七绝·桃林惊艳

万蕊争妍一叶无，半红半白粉嘟嘟。
馨香四溢冲天际，惊起仙姬采几株。

七绝·清明

岁岁清明祭故亲，焚香叩首泪涔涔。
阴阳两界断难见，谨吟拙诗表寸心。

七绝·君子兰

亭亭玉立自超然，冠以君名品貌全。
雅洁何需争国色，人文默化入诗篇。

七绝·同韵赓和钟国才诗友《采莲》

碧水扁舟伞蔽阳，娇姑嬉闹靓凝妆。
多情越女纤纤指，轻撷荷花赐俊郎。

七绝·雨天丽人行（二首）

一

玉臂红包步履盈，雨帘密织伞轻撑。

信步漫吟

Xin Bu Man Yin

石阶山道丽人俏，飞蝶旗袍馨暗生。

二

粉颜乌髻美婵娟，假日偏逢绵雨天。
山径石阶通景点，伞红衬得玉兰鲜。

七绝·抗原检测

疫魔入晋祸城乡，防御围歼鏖战忙。
昼夜抗原齐检测，周全缜密筑铜墙。

七绝·核酸检测

全员检测断传播，政府爱民功巍峨。
动态清零方向对，同心抗疫灭妖魔。

七绝·油菜黄

油菜欣逢四月黄，无垠瀚海闪金光。
馥香直透南门外，诱动神姬赏景忙。

七绝·南海阅兵

南海雄师大阅兵，水中实力霸枭惊。
国旗猎猎威天下，捍卫和平止战争。

七绝·贺宇航十三号顺利返回

东风场域蔚蓝天，回返航船正凯旋。
竖立开舱皆笑魇，三雄绝技又空前。

七绝·解封

今早忽闻区解封，愁云驱散绽欣容。
隔窗远眺心宽旷，汾水涟漪映日彤。

七绝·咏二月兰

晋阳春暮赏兰丛，浅翠玲珑夺眼瞳。
黄蕊紫花馨四溢，漫山遍野耀苍穹。

七绝·沉沦

两袖清风拂世尘，金钱美色致沉沦。
东墙祸起皆贪欲，桎梏从来锁宦臣。

七绝·羡鲤

汾河静谧水长流，解闷寻欢泛小舟。
空羡荷边群鲤乐，既无悲愤亦无忧。

七绝·饮酒即吟

酒若春心绽美妍，醉醺识得友中贤。
斯文摒弃绝虚伪，腹语真情胜万钱。

七绝·暮春伤怀

春暮消闲逛景园，逸情伤在落英残。
昨天靓俏人争爱，今日凋零谁喜欢。

七绝·斥文贼

厚颜无耻文抄贼，剽窃生财手段卑。
践踏公平招众怒，骂名千载悔难追。

七绝·食人兽

拱火吹风忙不停，台前幕后血荤腥。
贪婪成性食人兽，庆父命薨天下宁。

七绝·梦诣陶潜

锦篇佳作细寻源，神智飘游避世喧。
拜诣陶公尝美酒，醒来犹恋菊花园。

七绝·观古城夕阳照片伤感

落日老城流古风，柔光染就半天红。
纵然欣赏神工画，亦有悲伤无语中。

七绝·端午祭屈子

米粽甜香细品尝，汨罗江畔屈原殇。
楚辞天问离骚恨，万世千秋绕颢苍。

七绝·贺神舟十四发射成功

十四神船傲宇穹，震惊世界展雄风。
中华再续飞天梦，霸主图谋又落空。

七绝·高考得中（四首）

一

荣膺金榜乐全家，十载耕耘绽艳花。
泪迸难言心激动，孩儿跪拜谢爹妈。

二

书海文山十二秋，孜孜不倦苦追求。
汗滋血浸无松懈，榜上有名成犒酬。

三

考后时时盼鹊音，成功上线乐开心。
千恩万谢无从表，搂着双亲泪浸襟。

四

攀越书山十二年，千辛万苦上峰巅。
汗滋血浸终回报，名校开怀唤汝前。

七绝·接消防烈士刘泽军回家

英年烈士把家还，万众迎归泪暗潸。
酣睡泽军呼不醒，彩虹绚丽耀方山。

七绝·贺航母福建号下水

蛟龙亮相海中飞，捍卫和平壮国威。
重礼欣然呈献党，霸枭沮丧痛心扉。

信步漫吟

Xin Bu Man Yin

七绝·咏岭南诗联社

岭南诗社锦园春，百卉千姿溢馥醇。
昼审夜编神速度，精雕细琢力推新。

七绝·咏汾河小岛

秀女出帷游客惊，柳绦拂水篁纹生。
鸟栖青苇鸭环绕，乐把仙源作本营。

七绝·暑天雨

烟雨霏霏消烈焰，北方恍若变江南。
碧空绿野河清澈，悦日爽身人寝酣。

七绝·炉水鸟

滨水涟漪映日晖，凝神生炉鸟翔飞。
成双作对不言弃，露宿风餐偕伴归。

七绝·茅棚美女

简陋茅檐山势崎，云端霁处美人居。
清泉见绌花无色，飞燕投胎耀日曦。

七绝·怒斥南京玄奘寺供奉日寇战犯

称兄道友共狼宅，亲日幽灵附鬼胎。
激怒冤魂三十万，屠夫魑魅化尘埃。

七绝·谢林凡先生为愚诗集题写书名

书画诗文堪大家，如椽神笔誉中华。
千钧一字弥珍贵，鞭我余生追晚霞。

七绝·贺林凡书画艺术品在三晋展出

精华艺品展厅盈，微著神融手法惊。
工笔技高新踔跃，林凡不负大师名。

七绝·回赠吕仲宇老师藏头诗

谢客先河才俊服，吕端大事不糊涂。
仲天欣得君诗赠，宇际苍茫雁作湖。

吕仲宇先生原赠诗：
五绝·无题
何处觅仙境，其魂缥缈中。
山青水毓秀，高妙点人生。

七绝·中元祭亲

中元祭祀泪涟涟，香火青烟焚纸钱。
阴隘阳关拦会面，空留思念噬黄连。

七绝·无题

烟云笼罩雨绵绵，温度偏低怪异天。
俏姐翩然关电扇，农夫怕涝夜无眠。

七绝·忆昔杂记（三首）

一

追思往事惹凄凉，玩具枪前愿解囊。
为足儿需何顾忌，月薪悉数尽花光。

二

分居两地若天涯，公务繁忙舍小家。
离退存心偿子爱，孝儿关照债新加。

三

疼怜爱子机无余，学业全凭苦练习。
法律攻关硕士成，门楣添彩父何及。

七绝·咏紫薇

仲秋庭院谢玫瑰，独见紫薇妍未颓。
借用寒风馨四溢，凌霜九月做花魁。

七绝·9·18事变九十一周年生感

奉天事变几多年，倭寇仍垂五尺涎。
拜鬼招魂充恶犬，军刀梦寐续从前。

七绝·喜迎党的二十大

惠民伟业众心归，党史续篇生熠辉。
继后承前谋大略，中华跃跃又腾飞。

七绝·导航

京华党帜耸云天，瀚海罗盘线不偏。
金色锤镰澄玉宇，昂然跨步续新篇。

七绝·肩荷使命在青年

国家兴旺在青年，书记金言撼地天。
踔厉自强弘伟业，践行使命志弥坚。

七绝·美女写真

竹碧草青明朗天，靓羞巧衬俏婵娟。
旗袍勾现体形美，倾国琼姬宇外仙。

七绝·暮秋感慨

碧园一夜绿成黄，岁月循环莫泣伤。
静默本归冬蓄力，来春绽蕊傲群芳。

七绝·咏"聋子"情报员张南轩

置身虎穴做佣工，隐蔽七年装耳聋。
猎取敌情凭智勇，果真孤胆大英雄。

七绝·咏红色情报员杜老代

英雄喋血凤凰山，浩气长虹映宇寰。
矢志不移求解放，名扬青史绚人间。

七绝·观和尚斗殴笑吟

禅门超度六根清，何故拳头代善诚。

非是孔方争势利，必因修道业无成。

七绝·贺太空站梦天舱发射成功

穹楼玉宇矗天舱，寂寞嫦娥喜欲狂。

浩瀚银河通月殿，神舟助我探爹娘。

七绝·步韵和梁本德社长《萦怀故里》

一脉缘于才俊乡，离人久别秧田荒。

岭南文苑群贤敬，捧酒赋诗斟满觞。

梁本德原玉：

大仁岭脚是吾乡，颓壁残垣半亩荒。

梦绕家山留印迹，情怀俦党共倾觞。

七绝·吟血月亮

玉盘何故染嫣红，疑惑惊奇问月公。

静默不曾回答案，老夫沉涵渺茫中。

赵卫平步韵何其山
七绝·吟血月亮
银盘今日染嫣红，知是人间有不公。

欲借赤霄裁玉案，巅峰论道正邪中。

仲宇步韵何其山

七绝·吟血月亮

玉兔当空忽变红，出神入化有灵公。

茫茫宇宙悬疑案，变幻妙奇待解中。

七绝·欣赏梁主编诗作随感

妙诗三首见斑斓，灿若瑶池伊甸娴。

陶醉神游夸巨笔，搬来仙境驻人间。

七绝·咏柳

轻絮柔绦遭贬讽，前倾后曳本谦恭。

早春呈绿深秋翠，不与杏桃争淑容。

七绝·无题

纤细软藤初泛青，紧攀大树炫伶仃。

娇怜一旦居高位，胀脑昏头自忘形。

七绝·心知

朔风掠面曳寒枝，百叶成衾覆水池。

冬寝芙蓉忙道谢，怜香惜玉两心知。

七绝·晚菊

菊花怒放傲冬云，绽毕返身回玉昆。

留有香馨风雪里，诗家亮笔咏芳魂。

七绝·灯火阑珊

万家灯火映苍穹，河上惊奇降彩虹。
生妒月神连浩叹，人间胜似广寒宫。

七绝·咏并州

晋祠圣殿天龙窟，大院古城街道殊。
杜牧季陵诗赞美，几多朝代定皇都。

七绝·喜贺神舟十五

天宫再度路连通，奇迹源于使命融。
大众关怀斟酒贺，福盈世界立新功。

152

七绝·沉痛悼念江泽民（二首）

一

临危受命显英豪，沉稳开航识暗礁。
大略雄才真睿智，几经骇浪未抛锚。

二

坚定护旗功最高，力除军倒不飘摇。
鸿篇巨制澄迷瘴，伟绩卓殊冲碧霄。

七绝·国祭日生感

小虫狂妄欲吞鸡，撑断细肠仍醉迷。
拜鬼招魂真丑陋，火中取栗化灰齑。

七绝·绿萝

心形翠叶体伶仃，酷热严寒一样青。
无蕊争红呈绿色，楼堂宅院亦娉婷。

七绝·元旦

毒霾笼罩几多阳，痛苦难言内里伤。
呼唤悟空擒魅尽，澄清玉宇复民康。

七绝·年终盘点自哂（二首）

一

岭南修道拜师贤，百卉凡姿少隽妍。
遥看鸿翔烟雨里，空余怅叹月非圆。

二

倾尽心机著锦篇，无虞功利只赔钱。
回眸自抚身躯瘦，不悔韶年登贼船。

七绝·夜半独酌口占（二首）

一

隆冬未见雪花飘，瘟疫拦门断乐宵。
夜半凭窗惟寂寞，举杯醉把月娥邀。

二

赋诗难见古氤流，沥血熬神践所求。
残岁余生休弃笔，痴情换取自寻羞。

七绝·小年偶吟（二首）

邻里出殡

雪铺大地白茫茫，送殡灵车载恸伤。

许是天公生悯意，飞琼撒絮表哀肠。

吃糖瓜

霏霏冬雪小年飘，万户千家恨疫枭。

不见城乡人鼎沸，糖瓜入口半溶消。

七绝·囚徒自悔（二首）

一

争名攫利乐逍遥，天上人间养美娇。

跌落铁窗追悔晚，妻能宽谅法焉饶。

二

当年受贿性难移，玩弄职权捞不疲。

一记法槌惊厥醒，终生饮恨罪无期。

七绝·公园梅绽

蜡梅绽放喜迎春，游客惊奇慕率真。

傲雪经寒姿色美，凌波仙女诣凡尘。

七绝·除夕寄语

一年一度又春归，再咏新诗呈紫薇。

欣盼岭南花烂漫，墨如泉涌笔生辉。

七绝·除夕夜

礼花炮仗满天飞，灯笼对联互映辉。
春晚钟敲香饺上，畅斟美酒乐心扉。

七绝·咏元宵

身披白氅有人缘，釜里遨游乐似仙。
甜蜜赢来家眷聚，慢尝细品兆团圆。

七绝·立春口占

立春北国不开花，银雪飘飞媲彩霞。
野外写生休缺憾，墒情得缓乐农家。

七绝·雪景遐思

琼枝玉叶素花妍，旷野蓝天纯自然。
喧聒尘埃皆遁去，桃源静卧乐酣眠。

七绝·雨雪交加

雪飘雨下满街流，冰锁汾河不漾舟。
北国临春无觅处，难寻绿树唤斑鸠。

七绝·咏秋菊

柴门小院露天栽，香蕊花妍伴雪皑。
热宠冷嘲无喜怒，任由褒贬待秋开。

七绝·咏春风

春风柔曼逛山城，拂去冬纱素靥清。
花卉恭迎垂柳舞，卖萌鹂鹊献歌声。

七绝·戏言二月二

选辰择日剃龙头，理发高师汗水流。
倘若吉言真兑现，五湖四海尽神虬。

七绝·咏惊蛰

春来北国未葱茏，惊蛰雪花飞半空。
酣睡百虫仍打盹，备耕农户盼开工。

七绝·炽爱

一生勤俭戒奢侈，贴补子孙呈醉姿。
莫道暮年关爱少，炽情燃至寿终时。

七绝·咏武松

孰言好汉醉生羞，酣酒铭心志欲酬。
大碗敞怀狂饮后，挥拳毙虎傲千秋。

七绝·北国三月

鹅黄淡染柳梢头，解冻汾河玉带悠。
北国踏春三月好，莺歌燕舞雀啾啾。

七绝·雁丘吟

踏青赏景在春分，雨润清晨绿草欣。
汾水悄然东逝去，殉情大雁杳无闻。

七绝·洛阳桃花雪

洛阳三月雪纷纷，桃杏花妍镶白银。
娇贵黄鹂枝上颤，迷茫灰鹊向天询。

七绝·吟牡丹

洛阳四月觐花神，游客吟诗觅佚痕。
不见红尘妃子笑，人民至上媲天尊。

七绝·古城晋阳春

阳春三月古城游，溢彩流光靓眼眸。
柳苑沙滩人鼎沸，碧波柔浪漾轻舟。

七绝·踏青

踏青赏景好时机，柳绿花芳嫩草萋。
云白天蓝波潋滟，柔风吻脸醉痴迷。

七绝·谷雨

时逢谷雨熬香粥，米若金珠霖拟油。
节令巧融含美意，禾苗甘露寓丰收。

信步漫吟

Xin Bu Man Yin

七绝·赞军休榜样顾仕魁

戎衣血染一生忠，解甲离休不恋功。
诗笔代枪赢敬重，果然榜样靓新风。

七绝·贺都市头条梁本德专栏点击量破亿

迄今点击亿人多，四季岭南花满坡。
心血溉田赢广誉，百群屹立自巍峨。

七绝·赞中企核建公司

荒山野岭鸟无踪，天降神兵路贯通。
强国惠民荫后代，九州中核建奇功。

七绝·惊诧太原四月下暴雪

何方大雪暮春飞，疑是琼妃误出闱。
夜半冬君醒来觅，惊嗟宠妾恋芳菲。

七绝·天津华厦建筑设计公司投资办校

天津华厦辟新径，办校投资舍利盈。
助学民营赢盛赞，海河千古载英名。

七绝·荷塘一景

水柔轻吻柳垂绦，簇拥碧荷双鸭娇。
紫燕低翔挨近问：缘何恩爱恁逍遥。

七绝·犟妇投河溺亡

与夫怄气立桥央，一怒投河瞬息亡。
幼女受惊凄惨唤，苍天无语水迷茫。

七绝·仲夏吟景

季连小满麦呈黄，柳絮飘飞百合香。
鹳恋汾河添妩媚，帅哥靓妹乐无央。

七绝·咏小兰花

非封国色不卑微，未赐天香照灿葳。
淡定安然花圃内，一丛紫艳映曦晖。

七绝·六一吟

每逢六一喜还悲，岁月蹉跎衰老摧。
童趣天真皆遁去，百回追忆化尘灰。

七绝·礼赞C919大飞机京沪首航成功

首航开启大飞机，圆梦蓝天世罕稀。
史页添辉民振奋，霸枭封锁自嘲讥。

七绝·夏至吟

骄阳高照昼时延，酷热趋于夏至前。
中午卤浇新麦面，晚餐邀月醉酣眠。

七绝·夏夜汾河一景

祥云暮霭罩龙城，诧异群星水面莹。
灯亮舟移游客爽，逍遥避暑伴歌声。

七绝·触景感悟

人生过客欲何图，摄影珍存记旅途。
一日春终天限至，雪融鸿爪杳然无。

七绝·淄博现象生感（二首）

一

山东淄博务求真，宗旨宜民举措新。
广告弥天虚话尽，焉如烧烤惠游人。

二

事关大众擅敷衍，公仆焉容官赋闲。
开拓创新无所惧，口碑自古在民间。

七绝·咏芒种

梅青榴笑麦金黄，芒种收回粮满仓。
斟酒摆筵家自犒，馒头烙饼诱人香。

七绝·贺任春丽女士《红情绿意》诗集付梓

红情绿意秀姝出，艺苑诗坛添隽图。
勃发只缘惊艳处，一朝问世补稀无。

七绝·公园一景

五鹅列队玉湖中，卫戍巡逻气势雄。
红鲤黑鳅皆致敬，和谐愿景耀人瞳。

七绝·万峰林景点咏（九首）

咏蘑菇酒店
蘑菇酒店石头桥，踏入桃源坠梦瑶。
三大峰林钟此秀，水帘洞内觅龙枭。

遐思旧砖窑
星空荆岳景妖娆，游客凝神注目瞧。
臆想薛君恩宝钏，爱情花绽在寒窑。

咏香溪美林大桥
万峰独岭美林桥，漱水香溪景娇娆。
横亘千秋云霭伴，时空穿越驻今朝。

咏八卦田
何方八卦靓田垓，留与诸君费力猜。
疑是瑶台洪福兆，中华崛起迅飙来。

咏将军峰
将军矗立在人间，伟岸琵琶毋抚弦。
刺破青天云岭上，慈怀菩萨佑民贤。

咏奇石园
嶙峋奇石乐游人，形态逼真诸路神。
众圣召开诗酒会，田园醉咏亦殊伦。

咏祭山祀林（二首）

一

何由宝寺佛提多，师祖择居方快活。

风水慈航盈福禧，焚香祈祷想超脱。

二

山林祭祀蕴含殊，人伴自然同路途。

亘古沧桑多变数，敬燃三柱奉香炉。

咏上下纳灰桥

酒园上下纳灰桥，独运匠心堪双胞。

万峰林内四处走，回眸细赏乐逍遥。

七绝·依韵李殿仁将军《贺天津华衡高中挂牌》

投资鼎力建书堂，墨宝题名溢馥香。

桃李满园成就大，华衡懿德九天翔。

李殿仁将军原玉：

春到华衡韵满堂，阳光明媚百花香。

挂牌立下凌云志，报国来朝展翅翔。

七绝·吟昭君（二首）

一

昭君雕塑立千年，弱女柔身止战延。

锦帐歌弦随意乐，可知北域雪弥天。

二

画师受贿笔卑微，竟让美姬成丑妃。

今古几多猫腻事，归根虫蛀啮心扉。

七绝·赞星火诗社一班人（二首）

一

不图名利整天忙，星火精神烁九疆。
心血滋苗诗苑旺，蕊馨无语亦芬芳。

二

辛勤劳作不声张，酿蜜惠民皆品尝。
社长同仁甘奉献，活泉喷涌溉青秧。

七绝·汾河良宵

淙淙流淌几千秋，汩汩乳泉滋万畴。
最是迷人消暑夜，水中天上赏双钩。

七绝·悼吴树成总编

未曾谋面品超伦，应召仙庭赐笔神。
伊甸人寰双互动，阴阳两隔亦情真。

七绝·立秋吟

立秋酷热日高悬，疲乏相交人易眠。
树上蟪蛄开嗓喊，抢时种麦莫迟延。

七绝·斥古迹胡涂乱刻者

题诗雁塔笔呈功，孰料延今变恶风。
进士抒怀聊自炫，涂鸦惹笑若蚕虫。

信步漫吟

Xin Bu Man Yin

七绝·初秋吟

秋风摇曳柳绦缠，抱树金蝉啼叫欢。
野陌难寻芳卉嫩，碧天雨后彩虹桓。

七绝·汾河秋色

汾河湉静水悠悠，风荡柳绦撩小舟。
群鹭啄鱼堤上憩，金蝉鼓噪唤清秋。

七绝·并州秋色

伏天遁去入清秋，酷热失威风爽柔。
野鸭先知河水冷，依然偕伴放歌喉。

七绝·国庆节野草诗社军营慰问

猎鹰殊誉果然真，反恐保安功媲神。
诗画载情军旅入，笔端凝爱犒亲人。

七绝·贺都市头条梁本德专栏点击率破亿

头条上亿踞身雄，琢玉绝非朝夕功。
诗韵芬芳赢广赞，主编心血在其中。

七绝·九一八有感

东洋血债须全偿，魔鬼食人祸八方。
借助恶枭充鹰爪，覆辙重蹈自寻亡。

七绝·咏白鹭

一群白鹭驻滨河，小岛草丛权作窠。
展翅高翔追大雁，啄鱼入嘴胜天鹅。

七绝·咏鹰

少小曾瞧鹰逮兔，自居闹市缈无烟。
今晨偶见天空现，却是髯翁放纸鸢。

七绝·吟月

冰轮伴世几多秋，阅尽人生悲与忧。
最是豁怀宽宥处，默然奉献不求酬。

七绝·赓和麦未黄老师《西山观枣》

疑是天空罩彩云，林深叶茂碧无垠。
秋风馋嘴欲强采，惹怒红青脸不匀。

麦未黄老师《西山观枣》原玉：
崮上千株倚白云，枝悬青果绿无垠。
秋来只待金风染，尽日金风染未匀。

七绝·赓和麦未黄老师《制枣》

火候适温任炙侵，性情刚烈宛如金。
化丹成品包装美，货柜赢来爱慕心。

麦未黄老师《制枣》原玉：
沸水蒸来烈火侵，曾经青涩便如金。
直教九转生成后，奉出拳拳赤子心。

七绝·赓和麦未黄老师《吃枣》

补血滋脾美声闻，未曾亲啖早生津。
八方争购西山枣，益寿延年幸福人。

麦未黄老师《吃枣》原玉：
颗颗嚼来香可闻，甘甜入口自生津。
等闲作得农家客，乐为西山啖枣人。

七绝·赓和麦未黄老师《晒枣》

昨天红枣靓枝丫，今日铺陈绽艳华。
陶醉农家香万里，腰包虽鼓不豪奢。

麦未黄老师《晒枣》原玉：
红黄青紫缀枝丫，颗颗珠光好物华。
应羡山村暴发户，晒来玛瑙竞豪奢。

七绝·亚运会喜降桂花雨

桂花喜雨落杭州，亚运吉祥呈兆头。
天道从来良善佑，甘霖馨馥作回酬。

七绝·中秋醉吟

中秋夜美饼香醇，酒唤诗情咏月轮。

放浪抒怀人近醉，直邀娥妹饮三巡。

七绝·观河感悟

汾河无语顾中流，不触伤悲不犯愁。
倘若人生皆照此，天年颐养乐悠悠。

七绝·赣马中学百年校庆

扬眉惊叹铁成金，赣马学堂功底深。
藏凤卧龙赢赞誉，百年名就万诗吟。

七绝·贺太原国际自行车公开赛

八方健将似游龙，三晋省城布阵容。
两侧人潮皆助力，车飞民乐友情浓。

七绝·秋末颓景

荷枯菊瘦景清幽，冷庙寒山融晚秋。
银杏随风黄叶落，凄凉灰雀喉枝头。

七绝·银杏树下

秋来妹女立湖沿，黄叶红袍明媚天。
乌发垂肩慈目眺，金钗玉臂美瑶仙。

七绝·咏徐圩情满中秋书法展

中秋情满墨馨香，凤舞龙飞笔劲狂。

书法诗词双映衬，徐圩一展现辉煌。

七绝·贺《诗海选粹》发行1000期

千期佳作入诗丛，绚烂缤纷荟彩虹。
雅韵清音环玉殿，文殊欣喜记头功。

七绝·咏松

严寒酷热绿葱葱，鄙弃投机变色虫。
万代千秋赢敬慕，峥峥铁骨傲苍穹。

七绝·盼雪

入冬无雪至当今，未见琼妃榈玉林。
库近干枯河水浅，舟多泊岸少飞禽。

七绝·堆雪人

天公赐雪现成材，高手民间靓艺来。
巧塑精雕纯可爱，俨然仙女下瑶台。

七绝·读史偶感

子牙垂钓遇文王，伊尹乘舟辅武汤。
名相安能成大业，机缘福赐在天苍。

七绝·为田酉如摄影题诗39首

晚荷图

碧荷叶簇一仙葩，粉蕊掩羞围白纱。
莫道秋寒妍绽晚，殊容绝媲早春花。

山楂树

红彤圆硕忌浮夸，抑控三高它最嘉。
瓜果筵中无宠幸，土名不改唤山楂。

藏经楼

云松点缀古并州，名苑深藏经卷楼。
姹紫嫣红花锦簇，飞天乐谱靓双眸。

碧林花径

碧林傲立欲穿天，意境高深内里玄。
花路通幽何处去，瑶台宝殿诣神仙。

山庄秋色

深山沟壑小村庄，枫叶朱红柳淡黄。
宅顶取材青石板，遮风挡雨晒秋粮。

水中喷泉

谁持素练水中蹁，似雾如云衬碧天。
莫道尘埃弥世界，人间千古有清泉。

姊妹花

海棠绽放数千株，欲艳身边五彩苏。
惟有鸡冠低俯首，不和姊妹媲谁妹。

无名烈士碑

无名烈士卧他乡，为国捐躯护太行。

喋血青春倭寇灭，丰碑矗立傲穹苍。

奕树

生来耐冷喜阳光，叶绿花红果实黄。

状似灯笼高树挂，欣然秋季送安祥。

银叶菊

银晖茎叶似漆刷，百卉丛中独一家。

霜降袭来侬不怕，凌风傲雪绽奇葩。

地锦

霜侵日晒不凋残，似火叶红羞牡丹。

地锦枫藤名字靓，沐风栉雨傲秋寒。

蒹葭

秋深霜降冷风吹，花卉凋零衰态卑。

惟有蒹葭成另类，挺身昂首喜扬眉。

迎泽公园

天高柳曳水悠悠，大厦丛林衬古楼。

湖影涟漪游客乐，时逢三晋入深秋。

枫林

风天雨夜态从容，雪浸霜凝不倦慵。

三月阳春非媲美，红装素裹饰寒冬。

秋景图

自然风景匿深秋，五彩缤纷夺眼眸。

美异画图谁绘就，原来仙苑降神州。

鸭鹅图

深秋霜雾锁汾河，地冻天寒鸟入窠。
一对仙凫添秀色，四双鹅掌起涟波。

水枸子

身高四米绽银花，果粒晶莹挂树丫。
状似人间红玛瑙，寄情药用获钦嘉。

秋林图

深秋人道尽萧杀，且到林区看锦华。
五彩纷呈惊眼目，美伦未必逊芳葩。

和睦图

鸭鹅红鲤聚河中，友爱宽宏作睦邻。
倘若国间能若此，何忧杀戮毁和平。

冬日杏花开

惊奇冬日杏花开，灿若朝霞院里栽。
靠近细观含笑赞，主人巧饰媲天才。

浑然天成

赤墙黄叶碧云空，韵色天成殿宇烘。
三晋旅游多古迹，星罗棋布耀双瞳。

公园冬景

古亭楼榭柏杨桐，才染秋霞又雪融。
怅叹年华何太急，轮回一瞬去匆匆。

三亚宅花

北疆冬季玉琼下，南苑绽开金凤花。
三角梅攀香满室，呼朋吟咏品名茶。

信步漫吟

Xin Bu Man Yin

火焰树

碧空如洗浴双目，火焰树妍尽溢馥。

三亚时逢冬至天，诚邀大圣赏花簇。

红鸡蛋花

萼红叶翠贵姝姿，甘奉果仁宜药师。

入菜鲜香祥瑞兆，结缘南国靓园池。

荷塘独秀

寒风凛冽百花凋，塘水结冰蘧叶焦。

偏有一枝仍伫立，卓然怒放引人瞧。

海棠湾

云间花苑水中潭，白绿相宜衬蔚蓝。

洗肺明眸心洁静，梦疑落户拜仙聃。

花心三角梅

花肥叶瘦粉红妆，更有凡心蕊色黄。

不与天香争艳靓，清幽娟秀自徜徉。

三亚海棠湾

白云碧水紧相连，鱼大虾肥口味鲜。

椰树海棠朝客舞，桃源仙苑醉情眠。

社区一隅

小区木舍绿林浓，幽静欣闻碧水淙。

金鹿女童谐一体，自然人类互兼容。

勒杜鹃

花期吐艳在寒天，三蕊支撑萼片悬。

冬去春来伊报讯，园林怒放靓姝妍。

朱缨花

红绒美蕊似缨花，欢合喧腾喜乐嘉。
南国远程辞旧域，扎根黄土组新家。

椰林幽

椰林晴日友相偕，小径通幽胜逛街。
迎客花开三五朵，依然靓倩衬苔阶。

延药睡莲

水生草木睡莲科，绽蕊惊颜萼片多。
落户池塘呈本色，纯真刚毅洁如荷。

海芋

星科植物异邦移，炫目红珠惹众奇。
滴水观音孰赐号，羞天胆略傲花篱。

长寿花

贺人长寿此花宜，赤屬嗔眸俊俏妮。
非遇瑶仙尘世逛，必猜卉界驻虞姬。

彩叶草①

冠名彩叶色尤殊，草类娇颜媲锦图。
人羡老来侬唤少，无花照例不伤孤。

蝎尾蕉

名优植物列英豪，颜值非凡惹目瞧。
生性喜温花彩色，状如蝎尾亦封蕉。

野百合

黄河流域族人多，百合丛中野作科。
花硕叶稀姿态美，迎宾送客舞婆娑。

---

① 彩叶草别名老来少。

173

信步漫吟

Xin Bu Man Yin

缅溯追抚　绝唱丰碑

——词337首

《鹧鸪天》词46首

鹧鸪天·暑夜吟

清幽避暑在黄昏，窗前月下少喧纷。
香茶润口添怡乐，美酒提神入醉醺。
情激荡，意惊魂，万千感悟自凡尘。
老来又把童心动，久坐沉思忘夜辰。

鹧鸪天·夏至

炽热又逢夏时光，充足日照汗多淌。
头前顶晒宜收早，树下歇晌话家常。
蝉高唱，鸟低翔，农家万户喜心房。
新娘送水花裙美，折扇含羞递爱郎。

鹧鸪天·中元祭父母

椿庭萱堂别世尘，中元祭祀总伤神。
焚香缅溯生身义，叩首追抚养育恩。
心凭吊，泪湿巾，坟前回荡示儿音。
家人勿忘同根脉，相互扶携利断金。

鹧鸪天·怀旧忆双亲

身去户销万事休，老宅难锁满屋柔。

泪眼欲睹大人面，残梦犹品小米粥。
风瑟瑟，雀啾啾，思亲念旧泪空流。
坟前垂柳经年绿，诀后相逢乃幻求。

鹧鸪天·同窗聚会

同窗共勉校园中，投身红流拜农工。
浪遁面壁空嗟叹，潮湃隔江拟浮萍。
久别后，又重逢，沧桑历尽白发生。
五君辞世香魂去，老泪难绝思念情。

鹧鸪天·吟女杰貂蝉

博列三国侠义雄，女杰首标貂蝉名。
红妆巧使离间计，玉貌终敲卓丧钟。
游故地，仰英容，人间贬议欠公平。
温侯吕布千钧力，何及裙钗一袖风。

鹧鸪天·千人书法赛

二青盛会书法精，千童运笔竞真功。
奔雷石坠楷与篆，鸾舞蛇惊草隶行。
香三晋，秀龙城，群星璀璨耀青穹。
爱孙入选三十萃，"盛世中国"博好评。

鹧鸪天·美女沦囚

生就丽质天然成，早年赢得美佳伶。
体如柔柳摇姿靓，面若桃花舞态娉。
鬼迷窍，傍官亨，一朝俱损梦成空。
囚徒深感牢窗冷，祸在奢财贪欲膨。

鹧鸪天·才男陷落

天资聪颖笔生花，为人耿率戒浮夸。
锦章出众真高手，才艺超群实干家。
阴霾起，恶风刮，初心尽弃坠深崖。

别妻抛母高墙下，铁窗寒星悔恨加。

鹧鸪天·夫妻婚庆

姻缘连理四十秋，人生宛若冲锋舟。
相濡以沫共甘苦，风雨交加同喜愁。
比翼鸟，雨帘鸥，一生厮守几多求？
年年祈愿安康在，辈辈隆昌代代优。

鹧鸪天·怒斥港独

恣将国旗掷海间，港毒惟属狂戾男。
打砸袭警充黑手，卖国助纣当鹰犬。
恩为怨，是非颠，全民所指罪盈天。
昨宵高考头名冠，今日跌沉嬗变渊。

鹧鸪天·赠叶江川

国际棋坛谁领先，首席大师叶江川。
楸枰黑马书奇史，炼炉金石著瑰篇。
鸿鹄雁，泰山巅，几番博弈战犹酣。
昨日卫冕赢殊誉，今日高徒青胜蓝。

鹧鸪天·沁源笔会

炎暑采风沁源行，一帘惊诧醉绿红。
沧桑古舍五宅套，绿荫魁松九枝凌。
圣寿寺，神农亭，驰誉中外英雄城。
今朝蹚路新开拓，上党精神圆梦中。

鹧鸪天·沁源采风

采得沁源百卉精，古今交萃沐煦风。
景怡人醉不思蜀，禽趣花浓客滞停。
盖海洞，介公陵，驱倭洒血故土红。
巍然太岳雄心在，军号催人再建功。

鹧鸪天·吟七夕

七夕古来美传多，几曾月下妹追哥。
牛郎织女真情爱，喜鹊搭桥渡恋波。
心痴醉，泪滂沱，人伦天理岂能隔。
良宵独对银河眺，兴来吟诗斟酒喝。

鹧鸪天·中秋忆昔

每逢中秋泪湿巾，阳间无径探阴亲。
当年场景今犹现，十口团聚溢暖馨。
赏月亮，觅郎音，切分月饼共欢欣。
兄呈姐敬疼双老，家境虽贫爱胜金。

鹧鸪天·贺泽泽书法二度获省一等奖

少小想做书法童，两番篆隶获殊荣。
挥毫老道露实力，点墨均衡蕴深功。
抗炎暑，练隆冬，心神相会自融通。
经年磨砺天酬谢，评委识金鉴赏同。

鹧鸪天·谷雨吟

谷雨燕翔汾水滢，葱茏两岸柳青青。
游船荡漾涟漪美，碧空鸢舞吻煦风。
黄鹂唱，布谷鸣，耕播抢种莫消停。
民安国泰小康梦，汗水浇得硕果盈。

鹧鸪天·父爱无言

父爱无言重泰山，驭辕拉套护家园。
呕心沥血不说累，尝尽艰辛没二言。
甘奉献，守贫寒，几曾笑靥驻苍颜。
毕生只为儿孙好，品尽黄连却道甜。

鹧鸪天·退而不休

一世辛勤为家人，饱经苦难总劳神。

只图子女成龙凤，耗尽心血累断筋。
退休后，系围裙，三餐美味犒儿孙。
为疼晚辈舍安逸，犹恐失职倍上心。

鹧鸪天·高考见闻

经风沐雨十二秋，一张考卷定欢忧。
父在场外焦灼盼，母坐宅中心紧揪。
减食欲，舍安休，牵肠挂肚总搔头。
名标金榜得中日，跪谢爹娘涕泪流。

鹧鸪天·考后生忧

书斋修行十二年，终得考场过潼关。
平生唯恐学识浅，临阵独忧试卷难。
终场后，步蹒跚，明知落榜逊孙山。
家中父母痴痴盼，让俺如何对苍颜。

鹧鸪天·酬恩

十二寒暑昼夜功，未曾些许获轻松。
千军万马一关越，笔刃厮杀决战中。
力拼尽，脑掏空，惟忧落榜梦生惊。
爹娘为我心操碎，儿怕酬恩化无踪。

鹧鸪天·慰失利考生

成才大道万千条，绝非高考独一桥。
答题失利勿颓志，风物长宜放眼瞧。
戒沮丧，弃烦焦，从容淡定几多招。
真杰只须雄心在，何惧峰险路径遥。

鹧鸪天·咏考生家长

鹤发妈咪着旗袍，苍颜老爸举葵高。
校门三柱吉香燃，打卦甘将钞票抛。
为儿女，倍神劳，惟求得中榜上骄。

信步漫吟

Xin Bu Man Yin

可怜父母痴心爱，宁舍尊严掷品操。

鹧鸪天·全民疫苗接种

时入六月年近中，疫苗接种惠民生。
政府不取半毛币，服务周全技艺精。
国安泰，众祥宁，哪朝哪代有其功？
全球惊羡中国梦，旭日腾空冉冉升。

鹧鸪天·贺载人飞船对接成功

浩瀚太空迎华宾，苍穹新建五星营。
三杰留守安无恙，球际通衢世愕惊。
千载梦，寄神灵，今遂炽愿尽融冰。
捉鳖揽月中华志，何惧螳螂拦路行。

鹧鸪天·引航导向党功卓

建党百年感触多，激情奔泻话直说。
历尽万险知非易，咽过粗糠珍白馍。
国强盛，困贫脱，引航导向党功卓。
中华喜圆千年梦，笑蔑豺狼伎俩拙。

鹧鸪天·咏马兰花①

少小仰慕马兰花，新鲜绚丽色尤嘉。
每逢夏日阳光下，绽放奇葩赢赞夸。
如蝶舞，似云霞，美颜惊艳质无暇。
别名勾忆英台事，宿世情人寓意佳。

鹧鸪天·河南水灾

天河决堤泻中州，茫茫沧海卷浊流。
脱缰野马难羁束，狂庆水龙恣意游。
抢险队，逆行舟，舍生救民大军讴。
七邻驰助天兵降，一脉同胞共克忧。

①马兰花又称祝英台花。马兰花寓意为宿世的情人。

信步漫吟

Xin Bu Man Yin

鹧鸪天·闻空警生感

汽笛三鸣撼长空，促人警醒梦眠中。
东洋倭寇侵华罪，杀戮屠城血腥浓。
投降后，未敛凶，贼心不死事前宗。
欲吞天下忒狂妄，挥剑斩妖灭害虫。

鹧鸪天·喜贺六中全会

百年辉煌一纪元，六中全会续新篇。
承前启后载青史，继往开来任在肩。
民为本，肃赃贪，践行使命永登攀。
奋斗增彩二十大，圆梦中华在眼前。

鹧鸪天·刊友惜别（一）

两载编校费辛劳，苦心孤诣目标高。
加班不吝抛心血，赶稿何辞熬半宵。
和睦处，乐陶陶，荣羞与共度危桥。
每闻上下交相赞，犹如开怀品蜜桃。

鹧鸪天·刊友惜别（二）

节前骤变太匆匆，两年心血戛然终。
伤悲莫怪离情早，沮丧惟哀凤愿空。
抚刊友，慰由衷，魂缭魄绕化遗踪。
今留诗句君存念，一切犹徉梦幻中。

鹧鸪天·刊友惜别（三）

创刊至今满两年，殚精竭虑奋争先。
个中算计谁知晓，内里酸甜可问天。
报信赖，兑君言，概非讨价被钱缠。
节前卸任黯然去，犹恐才疏负帅贤。

鹧鸪天·刊友惜别（四）

世海沧桑结网罗，善良狡诈划天河。

帐前蛊惑装菩萨，幕后操盘手腕多。

阴霾散，现凶魔，欺天害理亵弥陀。

同仁一室凄然散，阴影萦怀起浪波。

鹧鸪天·驳"阴盛阳衰"论

男足落败缘由多，球迷发泄怒掀河。

寻因堵洞根源觅，贬士褒眉论断苛。

搏似虎，赛如梭，数回折桂冠归哥。

哀军必胜留期语，洗耻重生破咒魔。

鹧鸪天·贺冬奥

圣火旗飘靓中华，一城双奥绽奇葩。

飞龙决胜风姿美，追梦超常技艺佳。

同命运，共天涯，地球村里不分家。

墩墩乐把祯祥送，友爱金桥映彩霞。

鹧鸪天·咏清明

曾将离情寄鹧鸪，清明扫墓亦如初。

双亲久诀难回返，一室团圆成影图。

思佑护，忆搀扶，父恩母爱瞬时无。

生前总悔贤行少，梦里伤心落泪珠。

鹧鸪天·应召讲座有感

清华北大博硕生，定培考录办公厅。

言谈举止展潇洒，溢彩流光露睿伶。

讲传统，溯行程，缅怀历史寄浓情。

座谈互动窥功底，犹见蓝天翔俊鹰。

鹧鸪天·咏汾河

至爱家乡汾河流，福祥三晋几多秋。

润濡农业涸田溉，泽惠宾朋假日休。

赏水鸟，漾轻舟，沿途景点誉神州。

萦环历史春常在，德厚功高不计酬。

鹧鸪天·咏老翁

老翁退归旧宅栖，倍添活力忘劳疲。
晨陪孙女学图画，暮伴夫人下象棋。
无厌弃，有欢嬉，远抛酗酒作诗迷。
惜时珍爱开怀乐，自诩童心又返兮。

鹧鸪天·谴责

二女职业乃演员，焉何行径太刁顽。
违规尚把野蛮撒，啐脸偏将理智掀。
膝自跪，网疯传，寻由滋事起波烟。
疫情险恶还添乱，闹剧无非留笑言。

鹧鸪天·夏日院景

汗衫短裙度夏装，凉茶冷饮助清凉。
一瓶啤酒降心火，几瓣西瓜穿胃肠。
柳荫下，水池旁，邻居翁妪话家长。
四人围坐推麻将，两个顽童逗犬忙。

鹧鸪天·赴中共第一城阳泉走访调研

荣退离休壮志诚，精神矍铄下基层。
萦怀使命思殇士，不忘初心慰烈英。
排险恶，历峥嵘，非凡岁月忆征程。
满头银发青春在，充电除尘力倍增。

鹧鸪天·咏词圣李清照

脱衣市易见卿仪，女英清照古今稀。
助夫勘校鸿篇著，自探赢来婉约迷。
才惊世，破拘羁，诗风绮丽尽夸奇。
遍查文苑谁折桂，词圣巍然扛帅旗。

《蝶恋花》词28首

蝶恋花·立秋生感

秋雨连绵添爽意。酷热辞别，瑰景临窗觅。远眺青山云海立，近观汾水横生趣。　　年半未消仍抗疫。奥运夺金，电视难关闭。又虑河南洪泛溢，喜忧参半心情异。

蝶恋花·痛悼于月仙

噩耗骤闻心乍悸。扼腕哀惜，遗照留追忆。一代名角精湛艺，玉殒香消空遥祭。　　红火乡村时代戏。栩栩如生，演技真功力。凋谢月仙天亦泣，粉丝悲恸哭佳丽。

蝶恋花·贺叶苏①浔李思悦喜结良缘

榭外亭前花簇放。天作良缘，婚礼堪时尚。思悦雍容风采靓，苏浔庄重绅士相。　　三世同堂心激荡。喜鹊飞来，报喜助欢畅。酒好菜香诗意漾，龙骧虎跱名门旺。

183

蝶恋花·抗日胜利纪念日抒怀

七十六年回眼看。倭寇阴魂，环绕从没散。降昭字迹今在案，轮番拜鬼造军舰。　　欲霸全球谋"圣战"。气焰嚣张，血口随时啖。休忘南京城血溅，苍天不庇杀人犯。

蝶恋花·奥运两日群英谱

两日排名居榜首。捷报频传，赛场威风抖。杨倩一枪魁对手，重铃志慧破关口。　　神剑一文得非偶。跳板双骄，独立发彬吼。骁勇利军扛泰斗，六雄并立金牌有。

蝶恋花·喜贺日夺五冠

喜贺一天夺五冠。天使珊菊，健女车飞转。神射常鸿枪果断，刘洋

---

①叶苏浔系国际象棋大师叶江川的儿子。

体美达精湛。　　举重双金开盛宴。汪李称侠，一副枭雄范。五奏国歌旗五面，中华强大赢夸赞。

蝶恋花·贺党百年华诞

党旨辉宏昭四海。羁旅非凡，史册千秋载。历尽风波添熠彩，践行使命诠慷慨。　　民众至尊头位摆。喜甩贫穷，奋斗山河改。复兴路宽频奏凯，扬帆碾浪驱霾霭。

蝶恋花·春雪

柳绿桃红交春半。汾水汤汤，河上栖白鹳。雨霁风光撩慕眷，观莺赏景出宅外。　　孰料寒来挟雪片。四野茫茫，万物皆难见。许是天公生慈善，以兹偿补一冬旱。

蝶恋花·清明祭扫父母墓

祭奠清明怀父母。三炷高香，花簇馨香吐。数载育儿心血哺，可怜尝尽千般苦。　　身教无声光祖谱。秉善懿德，守正操淳朴。坟茔青碑遗千古，三拜泪湿膝前土。

蝶恋花·悼陈毅张茜

姝惠帅枭结伉俪。生死之交，女茜男刚毅。足智多谋诗漫溢，温文尔雅赢国际。　　饱历沧桑同冶砺。濡沫休戚，卅二心相系。梅岭茅山合传记，爱成绝唱丰碑立。

蝶恋花·三八巾帼颂

纵览古今彰女辈。千萃欣颜，飒爽添妩媚。武帅文魁多睿魅，非凡直让男儿愧。　　火线驱魔何所畏。救死扶伤，壮举催人泪。欣贺三八情炽沸，瑾借词赋言钦佩。

蝶恋花·夏日吟

仲夏入伏天酷热。景域清凉，吸引消闲客。舟放汾河七彩色，粉荷绿苇漪清澈。　　柳翠花红收画册。大雁双翔，鹳唱鸭相和。船晃浪颠人嘚瑟，暑燥骤减添康乐。

蝶恋花·假日逢雨随吟

节假一周求恬逸。日丽风和，气爽蓝天碧。苑里婚仪添雅意。摩托车队双狮戏。　　拂晓雷鸣惊大地。中雨袭来，重雾八荒蔽。万景浑浊失魅力，阴晴瞬变孰能逆。

蝶恋花·悼陈运娇老夫人仙逝

噩耗令堂昨日逝。伤恸哀戚，难抑悲之致。贤惠明达重国是。相夫教子彰才智。　　慈母遗风滋后世。地北天南，树大荫何氏。晚辈功卓执帅帜，耀祖光宗遂遗志。

蝶恋花·做寿杂感

六六寿辰多傻乐。万事休矣，注册桃源客。看透世间名利色，五行度外心清澈。　　烦恼等同戏自个。肉体凡胎，何以无量①测。返璞归真诀苦涩，人生短促惜时刻。

蝶恋花·观电视剧《不惑之旅》

不惑之年不惑苦。境遇不同，答案颇离谱。门户不当家硬组，几多缝隙几多补。　　人在旅途何自主。趋势图发，犹似昏头赌。福祸得失难占卜，随缘认命伏归属。

蝶恋花·夏景

春季方辞逢立夏。日沐田园，灿若鎏金画。庄稼喜人瓜满架，扁舟荡漾舟桥下。　　满目草坪皆绿化。柳絮纷飞，槐朵枝头挂。双燕喃呢栖水坝，帅哥情妹聊情话。

蝶恋花·端午忆

端午粽香添喜忆。睹物生情，往事曾经历。二老生前抛享逸，养家糊口凭全力。　　宅小人多甜蜜蜜。和睦温馨，过节欢声溢。米灿枣红无缝隙，香粘可口今何觅？

---

①无量，即无量佛。

蝶恋花·喜迎二十大

九域金秋山水美。鸟语莺歌，枫赤花舒蕊。宗旨在心驱寇匪，初心不泯攻贫垒。　　防疫煞枭功硕伟。圆梦宏图，快道通银轨。缚虎拍蝇成就斐，再书猷册前程璀。

蝶恋花·红色传令兵

红色机交肝胆奉。赓续衔延，百载撑梁栋。虎穴只身情报送，钢刀直刺穿心洞。　　镇定如神招数控。机密文宗，悉数呈吾用。落入魔巢刑拒供，从容就义英名颂。

蝶恋花·添乱

任性极端成惯态。一旦居家，脾气尤其赖。口罩装兜从不戴，核酸检测存偏隘。　　一日三餐全外卖。静默期间，滋事还添害。防疫何容稍懈怠，劝君莫做逍遥派。

蝶恋花·喜贺星火诗社阅读量破二十万

喜讯盈天冲碧汉。阅数超凡，突破寻常线。精益求精非梦幻，期期夺目篇篇炫。　　编纂辛勤多奉献。配乐诗词，书法添人恋。喝彩声中休怠慢，扬鞭跃马无拘限。

蝶恋花·求简

衰鬓残躯霜色晚。日落西山，暮莅时辰短。吹袂寒风声惨惋，烟云流逝昏花眼。　　小径柴门通乐苑。凡者皆仙，悠惬心舒坦。一曲乡歌招我美，人间兴致追求简。

蝶恋花·赞全国爱民拥军模范王友民

军队地方双荡桨。本色依然，笃定忠于党。白手起家关隘挡，业成华厦前程敞。　　商户不图钱自享。舍利投资，建馆全开放。民众口碑超万饷，德高品隽赢褒奖。

蝶恋花·编纂山西机交史成书抒怀

数日时光挥笔墨。编纂艰辛，史迹惊魂魄。三晋机交真显赫，百年鏖战书双册。 舍命捐躯排诱惑。不惧牺牲，虎穴筹良策。今日党旗呈赤色，缅怀先烈功勋硕。

蝶恋花·七夕

七夕生情邀友宴。凝视苍穹，织女牛郎现。一座鹊桥光灿灿，夫妻隔界今相见。 天府垂怜馀一愿。强散姻缘，情愫焉能断。天上人间真眷恋，千秋万代歌无限。

蝶恋花·喜迎国庆74周年

百市千乡迎国庆。姹紫嫣红，馨馥盈时令。七十四年光彩映，功勋卓著赢崇敬。 反对霸枭钢骨硬。巨舰飞翔，任尔蚊蝇碰。尽瘁鞠躬铭使命，中华强大民之幸。

蝶恋花·立冬写生

时令立冬寻景绘。满目凋残，癸卯将辞岁。南雁绝踪疏雨坠，汾河脉脉无雠怼。 灰鹊成群鹅乱队。白鹭低翔，芦苇抽枯穗。惟有柏松非怍愧，霜侵雪盖依然翠。

《临江仙》词21首

临江仙·天津游

人道津门多迤逦，今朝有幸重游。举家共度一周。登摩航母，基辅踞码头。 少帅焉知天地变，府宅花落王侯。瓷房精湛傲千秋。假休添趣，春媚化烦忧。

临江仙·怒斥"港独"

香港缘何恒暴乱，国民忧患重重。雾霾驱散鬼显形。美英策划，汉奸兴妖风。 袭警公然断人指，肆虐地铁不通。机场航断滞客行。法基蚁撼，卖祖天难容。

临江仙·红婵十米台跳水夺金

十米跳台决赛，红婵荣耀夺金。碧池惊艳技绝伦。水花零起溅，三次满打分。　　小将芳年十四，尚存少女纯真。首临奥运破天门。美姿源厚蕴，神采靓乾坤。

临江仙·帆板夺金卢秀云

碧海纵横帆板，穿梭飒爽翔飞。迎风碾浪显神威。敏捷凭智慧，自信弃卑微。　　逆顺巧调航向，双足稳站如锥。功深险象化艰危。秀云真矫健，金赐又一枚。

临江仙·吕小军举重夺金

赛台冠亚争雄战，高手气势轩昂。几番加重已超常。越齐往届炫辉煌。　　更喜中华生猛将，小军横压群芳。千钧平起若轻桩。博来寰宇美名扬。

临江仙·悼高建华

噩耗高君辞世，夭折嗟叹西行。回眸昨日忆朦胧。半载同事处，一世故交情。　　今岁率真何去？打科谈笑绝踪。船行中途风袭篷。老来总念旧，惊梦又殇朋。

临江仙·悼师德海

骤告师君乘鹤去，倚栏怅叹凝眸。暗抛悲泪眺宅楼。香消花谢，命断正中秋。　　独驾单车儿堪孝，归途心梗封喉。泉台回顾眷并州。至伤之处，难驭福祸舟。

临江仙·贺冬奥会成功举办

疫魔桀骜全球骇，东奥盛会仍开。百国千将北京来。五环旗下汇骁才。　　喜看体坛龙虎跃，竞相折桂夺牌。蓝天白雪衬擂台，赢得世界共呼嗨。

临江仙·清明扫墓

经年扫墓陵前祭，焚香叩首难酬。暖家销去杳何求，几曾犹若梦中游。　　追昔念亲多抱憾，谢恩焉续春秋。尤悲双老赴泉州，惟余嗟叹泪长流。

临江仙·霸主相

霸凌暴戾呈常态，惯施蛮横充王。滥行封锁致财伤，武装干涉酿民殃。　　遍览全球真伪辨，战争遗祸多方。台前俨似圣人肠，素来军火饱私囊。

临江仙·清明祭亲

清明扫墓心哀恸，万千追忆飞旋。早年寒舍举家欢，至今依旧恋同餐。　　缘本生前多尽孝，却因公务迟延。双亲体谅拒非言，老来追悔愧苍颜。

临江仙·老来悟

人生苦短匆匆去，何须刚愎苛求。絮飞芳谢水西流，境随心愿勿烦忧。　　观鲤漾舟游九域，寂寥多会良俦。三盅美酒佐珍馐，开怀行乐享春秋。

临江仙·窗外景观

起床餐后身心乐，推窗惬意闲观。绿岚花翠苇柔绵，雁翔鸢舞碧波间。　　园内妪翁双舞剑，水中舟舸翩然。龙城防疫续新篇，宽严宜度保民安。

临江仙·诗癫

老来却把童真现，梦里灯火阑珊。志存高远意拳拳，放舟篙橹向仙园。　　书海专程师李杜，释通千古名篇。雕词炼字近痴癫，为伊憔悴亦心虔。

临江仙·吟士君读书会

莘莘学子多方聚，有缘幸作同窗。帅哥翁妪靓姑娘，草根官吏概无妨。　　开讲高师才溢放，室中充满奇香。欣随鲁迅赏彷徨，乐陪林妹探潇湘。

临江仙·高考生感

年年高考心憔悴，家家急火煎熬。数天磨剑看今朝，盼儿飞越竞争桥。　　舐犊惟忧春梦碎，不辞颜面全抛。平生首次套旗袍，竹竿头上吊香蕉。

临江仙·赏读《中国当代作家诗人精品集》

时逢仲夏新书至，观罢爽目开颜。眼前惊现百花鲜，耳边欣奏绕梁弦。　　词赋诗文姿色艳，蕊红枝翠莺翩。精心编纂荟佳篇，赢来夸赞亦当然。

临江仙·男渣

唐山案件民情忿，吸引大众凝眸。秽言滋事本渣流，恣侵良女不知羞。　　遭拒须臾成恶虎，洒瓶方凳伤头。雷霆行动去肌瘤，瞬间抓获九凶酋。

临江仙·赠梁同余社长

识君恨晚交良友，何需海誓山盟。有缘千里缔佳朋，万金难买是真诚。　　唱和作诗心腹语，只当连饮三觥。双翁遥距爱河盈，晋苏联袂诉衷情。

临江仙·痴醉书房

暮年尽弃烦心事，悠悠痴醉书房。一壶香茗伴书章，畅游文海至斜阳。　　歌赋诗词斟律韵，万愁千绪皆尝。闲观古史竟馀伤，自嘲庸碌一生荒。

临江仙·考场心跳吟

缘何心跳超前快，高考唯恐偏常。饱经炎热历寒霜，数年磨砺验锋芒。　　十二春秋恒向往，梦圆科大高堂。家人为我毕生忙，孙山名后愧爹娘。

《木兰花令》词8首

木兰花令·吹牛打脸

慣以老大称强霸，足踏阿国行碾轧。勉强维持二十年，终了吹灯还拔蜡。　　拜登①演讲犹耳乍，俩月预言强撑大。孰知两日变诳言，留作自嘲成笑话。

木兰花令·男乒冠亚决赛

男单决赛，高手搏杀孰胜败。

龙虎相争，特技绝招较刃锋。

守攻老道，妙舞球拍抽旋吊。

双面旗升，冠亚马龙樊振东。

木兰花令·贺女铅夺冠

立姣一掷千钧重，问鼎冠军搏韧性。三十二岁未服老，四度出征实堪敬。　　铅球落地乾坤动，威震东京圆凤梦。无敌力士泪涓涓，愿我中华长旺盛。

木兰花令·羽毛球混双夺金

东萍懿律组合妙，羽混跃腾如雪豹。顽强拼搏志夺金，默契配合颇奏效。　　面临风险脱陈套，战术变更开脑窍。力敌对手喜摘金，惊爆冷门频缀笑。

木兰花令·乒乓球女团夺冠

东京上演乒乓赛，团体交锋决胜败。双方组队选精华，半点不能轻懈怠。　　首轮曼苎同陈梦，一举得赢操胜券。颖莎曼苎各取胜，挫败对手蝉取冠。

---

①拜登总统在白宫演讲时称阿富汗塔利班攻占首都喀布尔至少需要两个月，结果仅仅用了两天时间就被塔利班占领。

木兰花令·赞双奥

中国隆重开双奥，惊美全球实力傲。八方九域会师来，体育铺出和睦道。　　五环旗下同心皓，圣火焚瘟梅绽俏。超高赛事靓双眸，圆梦复兴祥睿兆。

木兰花令·咏李清照

惊艳绝才刚烈女，千古词坛成劲旅。书香门第爱诗文，境遇变迁淋恶雨。　　婉约情辞工若许，桀骜休夫呈壮举。易安居士后人崇，星宿命名镌浩宇。

木兰花令·喜迎党的二十大

锤镰辉映光华夏，赓续前行飞步跨。
百年英烈铸根基，千载农奴支巨厦。
承前启后功无价，捍卫和平同反霸。
提升经济灭瘟神，壮丽九州如锦画。

《江城子》词5首

江城子·自励

垂暮何必怅茫茫。梦犹翔，志不僵。耕耘稼穑，酷暑伴寒霜。半世倾血溉艺苑，墒滋养，果方香。　　休总愧怍暗神伤。鉴江郎，蕴书香。不悔当初，勇闯文学堂。几本拙作焉遂愿。骥虽迈，自当强。

江城子（女子标枪捧金）

标枪首掷列前茅。外柔娇，内雄枭。银光闪过，落点无人超。诗颖破零开纪录，赢盛誉，令国骄。

江城子（女子双人艇夺冠）

双人划艇领先飞。迅如雷，锐超锥。徐孙佳配，划桨稳夺魁。气盖东京诗载梦，牌灿灿，笑微微。

江城子(男乒团体夺金)

男乒团队世无敌。续佳绩，创奇迹。蝉联四届，实力毋需疑。横扫千军烹小菜，牌熠熠，慰球迷。

江城子(十米跳台曹缘夺金)

跳台十米见神功。蛟龙腾，绽池中。曹缘镇静，难度压群雄。五星旗升心荡漾，遂夙愿，报国衷。

《望远行》词3首

望远行·秋夜观感

碧海星空嵌玉盘。霓虹迷炫色斑斓。汾河静谧北南穿。秋风拂面柳蹁跹。离离草，水潺潺。玉桥横亘两区间。约朋豪饮对樽干。隔窗观景吟诗篇。

望远行·献给张桂梅老师

会场发言响掌声。华坪彰显女中英。初心使命铸忠诚。山沟从教献余生。功成女，两千名。病魔缠体忍灼疼。身临极限亦从容。乐执薪火点桔灯。

望远行·秋夜神游

饭后出门信步游。凝神痴望月如钩。霓虹璀璨醉人眸。凉风拂面报中秋。山形隐，水流幽。夜光银瀑罩群楼。诗魂出窍驾神舟。直达仙国缪斯州。

《沁园春》词3首

沁园春·乳山游

碧水蓝空，绿树花丛，伫立海滨。观乳山靓貌，风和日丽，蜓飞蝶舞，宛若胜境。设宴接风，斟酒对碰，陶醉何遮放浪形？惜年暮，叹人生苦短，竭力追踪。　　休闲度假山东，更珍重亲人话眷情。赏沙雕惟肖，温泉惬意，蓬莱迤逦，奇峰乳形。海底观鱼，采摘桃蜜，登舰瞻仰忆伟雄。今无憾，异乡觅乐，尽享太平。

沁园春·宅忆

　　饭后茶余，散步出居，健体解疲。眺汾河两岸，新楼林立，立桥交错，亘东衔西。水碧天蓝，鱼翔鸟啼，一派祥和景旖旎。诗情溢，对宅生琐忆，萦怀今昔。　　当年奉调离榆，哪曾料无房不落籍。故托亲拜友，茅棚赁借，木梁外翘，四壁土坯。恳乞签租，竟遭回拒，落得失颜空叹息。时光异，住高新楼宇，足享舒怡。

沁园春·生日感怀

　　辛丑之年，寿宴酒酣，感慨万端。叹人生易老，花开花谢，青春不再，化作云烟。岁月峥嵘，辛酸品尽，幼睹寒门万事难。曾萌誓，欲书山觅路，学海扬帆。　　儿时珍纸惜墨，故眼内分钱大似盘。幸大学深造，充值补钙，文学著卷，笔涉诗坛。校园滋苗，仕途守道，唯恐伤天衰祖先。今遂愿，尽享天伦乐，恬淡怡然。

《思帝乡》词 13 首

思帝乡·汾河春游

　　春日游。碧波偎小舟。两岸无不娇艳，倩并州。有意珍存靓照，俱难收。瞬被全陶醉、尽消愁。

思帝乡·驱瘟疫

（一）

　　庚子年。疫魔喷怪涎。部署中央决断，令急颁。更赴前沿试探，暖民间。上下同参战、斩凶顽。

（二）

　　庚子年。疫毒初蔓延。火速八方协助，大军援。众志成城速控，脉相连。险隘钟君现、破楼兰。

（三）

庚子年。疫情牵宇寰。武汉封城防控，大局观。万众关门闭户，断毒源。火线谁挥剑、诸医仙。

（四）

庚子年。举国战犹酣。勠力歼灭魑魅，信如磐。防疫兼抓复产，两双全。世界皆惊叹、不一般。

思帝乡·哭宝德兄

（一）

新冠毒。闭门宅不出。噩耗如雷惊乍，顿足哭。本拟扶灵守殡，送仙庐。挽联花圈汇、盖浮屠。

（二）

春季初。绿红添靓姝。挚友飞扬独去，梦空呼。数载称兄道弟，共殃福。浩叹君行早、泪如珠。

（三）

三月殊。疫獗人禁足。久坐追思亡故，影单孤。蘸泪吟诗作赋，痛何除。夜寂惟哀切、向谁抒？

（四）

泪滂沱。忆旧憾愈多。往岁同肩执教，若亲哥。假日宅中畅叙，酒酣喝。岂料诀别至、永相隔。

思帝乡·赠俊堂

时令秋。碧天心爽悠。郊外清幽寻故，溢双眸。更喜双君创业，巧筹谋。借助明贤地、竞风流。

思帝乡·兰花

（一）

兰花，绽葩香谷峡。风著雨霜行虐，灿如霞。劫后伤痕犹在，清馨气韵佳。惟冠万花独秀，不需夸。

（二）

兰花，质洁无点瑕。外美内刚含韵，画诗嘉。尘世众人敬慕，君子

195

无愧她。历尽雨狂风飚，不言侠。

思帝乡·绵上

绵上游。介公萦眼眸。蔑觑官爵封号，抛戚忧。更敬危不弃母，相偎休。岁必寒食祭、泪双流。

《卜算子》词11首

卜算子·自惭

岁暮逾寒秋，浅饮幽思重。总是回眸泪浸衣，何故独悲恸。
痛亦自非怜，惟憾难圆梦。待到生花笔硕时，斟酒文魁敬。

卜算子·赠世林

半载勤笔耕，终得活泉畅。尽倾辛劳大作成，足显才华旺。
俏在雅俗赏，敬以德为尚。书海标名范世林，花绽天平上。

卜算子·咏柳

垂柳绿枝绦，百木伊低调。春早萌芽至暮秋，翠色人间耀。
生性不争风，奉献非图报。飞絮风飚任贬嘲，淡定从容俏。

卜算子·友聚畅叙

假日友重逢，把酒开怀议。半是辛酸半怅然，心语无拘忌。
宦海苦泛槎，幸未天良弃。官小薪低不失真，鄙媚弘刚气。

卜算子·为广生兄所绘荷花而题

何氏同血源，根系庐江祖。武略文才古至今，世代光宗谱。
祸降有共扛，福至非专属。素爱莲花寄挚情，不染黄和赌。

卜算子·自嘲

自幼酷爱书，尤喜钻名著。倾力耕耘尝涩酸，习作无其数。
出版费周折，赠送赢关注。若问赔钱换什么，只为开心故。

卜算子·思友念旧

岁暮易多情，追忆添伤惋。痴眺残阳坠远山，嗟叹时光短。
交友贵真诚，敬酒杯杯满。只恨焉何半路诀，老泪盈双眼。

卜算子·的哥

酷暑太反常，慵懒添烦躁。正是天空日炎炎，楼下拿书报。
出门碰的哥，快递超前到。头顶骄阳作业忙，汗液频频掉。

卜算子·剜野菜（两首）

一

花草雨滋鲜，喜鹊田间叫。野沐晨曦氧气足，早练河堤道。
两岸绿葳蕤，有女姝容貌。野菜丰盈剜入篮，败火呈奇效。

二

苦麦蒲公英，齿苋车前草。酷暑消炎又解毒，鲜嫩煲汤好。
累日肉红烧，虾蟹烹煎炒。百味尝全嘴愈刁，野菜今成宝。

卜算子·嘲贪官污吏

大祸被囚羁，万恶生贪意。短暂人生几十秋，攫取名权利。
官位未达期，受贿超常计。面壁牢房丧自由，悔恨今无济。

《西江月》词8首

西江月·正告"台独"

岛外挟洋自重，岛中蛊惑欺民。公然卖祖蔡英文，罪孽追责是问。
国域焉能割弃，列强亟欲瓜分。火中取栗自掘坟，分裂炎黄共愤。

西江月·冬赏水仙

青翠靓姿玉貌，全茸嫩蕊奇葩。万千风韵蓄寒冬，二月清馨始放。
十大名花跻内，雪中四友居一。纤纤六瓣衬洁心，殉爱忠贞不弃。

197

西江月·除夕街头偶见

牛虎交班替代，千商百店门关。街头偶睹帅哥颜，铁骑黄衫送饭。
渴盼归乡团聚，疫情怎奈迟延。菜香米热客家欢，天壤惦妻梦见。

西江月·战"疫魔"

瘟疫持恒施虐，毒菌日益嚣张。百般变异不投降，妄想长期对抗。
举世群情义愤，全员布控严防。同仇敌忾筑铜墙，指日恶魔命丧。

西江月·战"疫枭"

寅虎莅临华夏，丑牛卸轭回宫。疫枭再度出樊笼，形势日趋严重。
世界谈瘟色变，国人应对从容。东南西北挽强弓，管叫毒王命送。

西江月·悟世

暮近常伤日落，夜临倍恋余霞。人生转瞬至天涯，籍落九泉之下。
经久争权夺利，命终净户辞家。洞明世理不昏花，半缕忧愁莫挂。

西江月·咏志愿者

红甲投身奉献，白衣奋力争先。乡村城市战凶顽，剿疫不辞疲倦。
检测亦需防范，抗原切莫松延。浪尖风口党团员，志愿徽章灿烂。

西江月·诗赠

可奈疫情严控，闭门闲赋家中。百无聊赖做书虫，孤自寻求脑动。
幸有微媒约稿，名师高手融通。仄平韵律力图工，互以诗词相送。

《长相思》词23首

长相思·汾河公园晨景

风柔柔。雨柔柔。河水清清载小舟。春光溢满眸。
鹤悠悠。鸭悠悠。紫燕喃呢鸣不休。草萌花掩羞。

长相思·晨景吟怀

柳芽黄。草芽黄。春到龙城靓女妆。飞禽碧水翔。

杏花香。桃花香。沃野遥观农事忙。雨柔诗兴狂。

长相思·倒春寒

风绵绵。雨绵绵。三月晋阳反季寒。衣裾不可单。

蝶翩翩。雁翩翩。十里长堤伊甸园。暖男偕美娟。

长相思·布谷催种田

风绵绵。雨绵绵。候鸟催人快种田。勤劳莫等闲。

牡丹妍。菊花妍。姹紫嫣红香满园。嫩椿成美餐。

长相思·谷雨采茶

蝶翩翩。雁翩翩。心旷神怡谷雨天。甘霖润草鲜。

瀑潺潺。溪潺潺。姐妹茶林嬉闹欢。早霞妆笑颜。

长相思·情侣缘

舟弯弯。臂弯弯。船上情男揽女仙。鸳鸯好缠绵。

意拳拳。眷拳拳。摄影汾河缔美缘。宛如仙苑间。

长相思·防"疫"宅家

牡丹妍。紫荆妍。柔雨熏风四月天。园幽碧水潺。

路宽宽。桥宽宽。假日人稀车影单。疫凶家赋闲。

长相思·清明

雨泠泠。泪泠泠。兄弟清明祭祖茔。追思养育情。

柳青青。柏青青。化纸焚香三叩陵。近逢成远行。

长相思·赏景(二首)

一

烟蒙蒙。雨蒙蒙。桃杏花残伴晚风。园幽水气融。

阁玲珑。亭玲珑。采蕊群蜂忙用功。俏樱仍炫红。

二

天茫茫。野茫茫。堤柳摇绿草泛香。鸢飞燕上翔。

菜花黄。菊花黄。谷雨农家耕种忙。手勤多打粮。

长相思·解封

思解封。盼解封。焦躁煎熬心境同。期求休落空。

忧重重。虑重重。度日如年残梦中。瘟魔早绝踪。

长相思·检测

白衣忙。绿甲忙。间距分开队列长。全员共守章。

老安详。少安详。默契融通时效强。赞声飘四方。

长相思·孤寂

四月天。踏青天。瘟疫拦行添冷寒。无心赏牡丹。

杏花残。桃花残。孤寂凭栏个自烦。鸠鸣人寡欢。

长相思·暮伤

观朝阳。眺夕阳。垂暮之年徒暗伤。河边妒鸟翔。

心凄凉。意凄凉。生命航程太渺茫。轻舟行远洋。

长相思·咏栀子花

大伏天。酷热天。栀子花开绽素颜。幽香溢满园。

气柔绵。色柔绵。惠顾黎民来世间。品优无愧仙。

长相思·咏月季花

颜色多。品种多。庭院花开满眼窝。馨香驱疫魔。

喜憨哥。嗔憨哥。俏妹芳心游爱河。意深掀碧波。

长相思·端午夜（两首）

（一）

粽溢香。酒溢香。闲坐窗前赏月光。微风送寿康。

意飞扬。神飞扬。恤慰吴刚斟满觞。老夫超你强。

（二）

月隐踪。水隐踪。堤岸河边落彩虹。阑珊媲月宫。

酒融通。乐融通。醉意朦胧诗兴浓。恣欢如稚童。

长相思·观雁口占

云苍茫。雾苍茫。遥见天空雁作双。风狂状态佯。

路何方。家何方。不计艰辛偕伴翔。果真情义长。

长相思·暮秋吟

云悠悠。水悠悠。天淡波清放小舟。秋深色黯幽。

岛心游。岸堤游。草败花残灰雀啾。景颓焉入眸。

长相思·科学防控

防疫情。控疫情。安静从容勿躁惊。终归必定赢。

盼安宁。祈安宁。惑众谣言需廓清。兔年祥瑞盈。

长相思·街头怪相

男靓装。女靓装。犹似鸳鸯喜作双。原来野凤凰。

态骄狂。语骄狂。倜傥风流钱坐庄。曝光招祸殃。

长相思·咏夏至

梅雨天。艳阳天。炎热趋于夏至前。天空烈日悬。

热时延。昼时延。擀面当餐新麦鲜。酒酣邀月眠。

《踏莎行》词18首

踏莎行·敬和徐红将军

炽焰团团，诗笺片片，一枫唤得群芳绽。

只因诗路荟同仁，何嗟昔日没谋面。

情系金陵，绵缠江汉，缘牵伊甸堪生美。

且将高和汇珍集，钟山造访书新卷。

徐红将军原玉：

踏莎行·南京红枫岗

燃火团团，飞霞片片，秋枫也学春花绽。

退翁芳径动诗肠，娇娃一叶斜遮面。
装点金陵，蜚声湘汉，红于二月停车羡。
勾留仙苑采珍稀，隔年犹自香书卷。

踏莎行·慈肠行善

暮色来临，韶华退去。闲常总爱回头觑。
一生一世化烟云，七情六欲飏飞絮。
商海尘茫，人寰雨飓。忧伤烦恼焉能拒？
慈言善举弃悲哀，行端品洁赢声誉。

踏莎行·咏桃花杏花

桃杏花开，春光满院。诗人骚客多痴羡。
吟枝颂蕊赋千篇，楹联佳句寻常见。
褒贬随心，歌嘲自愿。共悲靓艳须臾现。
劝君莫以落英哀，一诗可入千秋卷。

踏莎行·悲同窗

暮色徐来，韶光遁去。同窗出事生焦虑。
一生追梦化浮云，终年夙愿飏飞絮。
官海尘茫，仕途雨飓。铁窗寒月多愁绪。
爹娘愧祚叹连声，妻儿肠断悲相觑。

踏莎行·汾河夏景

紫燕低翔，黄莺高唱。汾河夏日晨曦亮。
蓝天碧水柳青青，暖风游客花争放。
鹳踞河堤，人行岸上。成双鸳侣舟轻荡。
解封舒缓贺新生，陶情惬意驱心瘴。

踏莎行·感恩父母

舐犊情真，断机意切。功高恩重谁超越。
含辛茹苦养全家，倾心竭力心安惬。
一世清贫，终生刚烈。谆谆教诲除顽劣。

成全家族惠儿孙，福荫三代升天阙。

踏莎行·怀友

怀昔神伤，忆今魂断。暮年寂寞听《鸿雁》。
怀兄念友脉相连，亦真亦幻心疲缱。
故事烟飞，佳朋云散。痴情宛若人痴恋。
重逢只有顺天机，酒樽空置何欢宴。

踏莎行·端午

苇叶纯青，彩丝绚亮。端阳粽米清香漾。
屈原旷古在民间，汨罗江畔今人唱。
遭贬无妨，救亡唯上。舍生取义殇悲壮。
龙舟解意快如飞，头筹作祭何谦让。

踏莎行·英雄司机杨勇

一祸单当，百家共幸。英雄杨勇赢崇敬。
紧扳制动鉴忠诚，毅然掇闸功夫硬。
险象环生，泥流任性。须臾五秒从容定。
青春热血染车头，以身殉职殇生命。

踏莎行·咏父（二首）

一

历雨经风，顶门立户。阖家老少中流柱。
一生奉献惠儿孙，从无滥泄无名怒。
操作精良，穿衣朴素。倾心开拓求知路。
卓才远见竟成真，功荫无量丰碑竖。

二

克尽艰辛，使光力气。居家十口担生计。
虽非书墨做文魁，却期儿女成完器。
嗜好抛开，酒烟摒弃。清贫独立人刚毅。
瑶池德厚佑宗亲，陵碑望重镌仁义。

信步漫吟

Xin Bu Man Yin

踏莎行·悟

冬逝春归，寒来暑往。人生产地通坟壤。
成功失败莫伤悲，哀嗟喟憾休迷惘。
何必苛求，焉需幻想。凡心清净周身爽。
尽抛物欲可超然，洞明禅意能安享。

踏莎行·醒

慈目清幽，禅心善水。空灵淡定休闲美。
吟诗观鸟避喧哗，听琴赏月驱颓萎。
风掠桃林，雨滋菊蕊。浮华荡尽无羁悔。
世间代谢属天然，人生福祸循缘轨。

踏莎行·姝丽

花季芳龄，娇颜靓丽。朱唇皓齿蛮腰细。
丝青眉黛语声甜，臂圆腿美皮肤腻。
浅笑含柔，凝眸蕴意。风吹裙袂微飘曳。
痴情小伙一根筋，求婚屡把诗笺寄。

踏莎行·慰病友

情厚渊深，仁宽贤逸。诗坛词苑前缘觅。
著书撰稿笔锋刚，履权管理才华溢。
卓越高师，资深编辑。名扬三晋超凡域。
恙魔无故妒文贤，药师有意除疴疫。

踏莎行·惜年华

行善祥延，劳神寿短。人生无奈衰焉免。
从容坦荡度春秋，淡抛名利心舒坦。
身体图强，三餐求简。平安雅静皆圆满。
苦谋多虑耗华年，争强好胜光阴浅。

踏莎行·贺梁同余诗集《诗海情缘》出版

诗海通天，情缘漫地。花丛绽蕊人惊异。

栉风沐雨蓄芳菲，披星戴月充元气。
才卓怀虚，品高笔利。耕耘艺苑抛名利。
粉丝小憩赏新篇，同余久锻成真器。

《浣溪沙》词29首

浣溪沙·元宵节

自古元宵暖胃肠，伤悲最是卧他乡。思亲念眷眺南方。
浊酒盈觞邀月饮，街灯通夜泪濛光。良宵唯可寄祺祥。

浣溪沙·独酌遐思

美酒独斟笑世尘，三杯下肚坠微曛。倏然半美女才神。
清照遭殃词压众，则天受贬位皇尊。上苍匡就苦心人。

浣溪沙·暮吟

日坠黄昏总断魂，孰知暮雨又来泗。忍瞧花絮落纷纷。
一世宏图虚似梦，半生愿景恍如尘。流星划过杳无痕。

浣溪沙·凭吊双塔烈士陵园

五月牡丹异样红，千丛万簇映长空。精心选购寄情浓。
喋血捐躯诠使命，舍生忘死建军功。凌霄双塔矗英雄。

浣溪沙·获奖有感

创作诗词数百多，几曾获奖乐婆娑。神仙亦喜颂恩歌。
名苑观完存怅憾，誉河饮尽化南柯。涤心醒目悟江河。

浣溪沙·奇葩怪胎

教授奇葩惹世惊，女孩身上笔生灵。首开另类猎声名。
书法公然遭亵渎，文明无故受欺凌。异胎怪事大家评。

浣溪沙·晨练赏景

晨立汾园望碧空，石桥观赏水淙淙。斑鸠喜鹊恋花丛。

大坝缓流排险障，小舟载客沐祥风。舒心安逸惠民功。

浣溪沙·国庆73周年抒怀

共贺诞辰捷报传，江山披彩庶民欢。国旗映照艳阳天。
航母神舟双报喜，霸枭宛若岸啼猿。中华雄起史无前。

浣溪沙·观景偶感

本是纸鸢系一绳，浮云暮霭衬孤亭。回眸尘海梦无形。
寂寞多嗟鸿影去，渺茫倍叹雁书停。漫听风劲叩窗棂。

浣溪沙·乱绪萦

辞旧迎新又一年，心扉沉影梦中欢。浮生碌碌似云烟。
出户神疲霜鬓短，归家目渺寂寥寒。丝丝乱绪寄诗笺。

浣溪沙·春归

雪化冰融鸢竞飞，龙城赏景乐心扉。三年瘟疫遁无回。
最喜春风携暖意，犹欣冬瘴伴寒灰。公园留影衬红梅。

浣溪沙·春姑娘

花褂绿裙时尚妆，天生丽质溢芬芳。春姑雅韵誉城乡。
琴瑟倾心言挚爱，丹青仰慕表痴狂。脱凡入圣魅超强。

浣溪沙·恭贺刘庆云老师米寿华诞

诗苑词坛冠俊贤，才高不愧半边天。金言妙句万人传。
阅尽凡尘书锦史，饱经霜雪著佳篇。赢来盛誉本当然。

浣溪沙·春归

雪化冰融鸢竞飞，登梅喜鹊乐心扉。三年瘟疫遁无回。
一缕春风携惬意，半空冬瘴殉烟灰。公园留影伴晨晖。

浣溪沙·醒悟

小岛冰河三月初，霾浓雪厚柳枝枯。当年双雁殉情湖。
四季春秋交替换，一生成败转身无。且将烦恼置茶壶。

浣溪沙·哀女恸

傍水倚街一旧楼，谁家美女湿明眸。思亲恋故竟无头。
欢悦往宵窗共眺，悲哀昨夜父单休。空余幽念泪长流。

浣溪沙·春雨

春雨绵绵洗世尘，冰融水涨见河豚。北归大雁可偕人。
才喜竹林添绿翡，又悲梅苑褪朱唇。焉凭好恶逆天伦。

浣溪沙·同事喜聚（两首）

一

转瞬韶华竟殒销，残庚岁暮聚原交。酒融老泪畅怀聊。
前世有缘讴往日，今生无憾忆通宵。返童怀旧自讥嘲。

二

鬓角斑颜近古稀，沧桑难秽圣纯溪。千头万绪汇专题。
斟酒举杯非惧醉，放歌载舞乐痴迷。宴终合影怕分离。

浣溪沙·咏刘部长88岁著书

耄耋仁翁才气殊，雄心矢志绘蓝图。廉颇虽老若当初。
足踏天涯歌路履，浪行海角咏媒途。鸿篇巨制见功夫。

浣溪沙·自嘲

择字炼词为哪般，拙诗问世一时欢。驱烦解闷度残年。
四季耕耘徒费力，一生探索白花钱。自嘲痴醉上该船。

浣溪沙·咏高考

倾力攻关十二年，前程命运系三天。时时刻刻紧绷弦。
学子题前操胜券，双亲舍内坐针毡。心悬忐忑不能言。

浣溪沙·咏无名志愿者

质朴热情觉悟高，明眸秀目喜眉梢。惠民甘把假期抛。
入户上门勤助老，除灾消患愿操劳。党徽耀眼赞如潮。

浣溪沙·贺岭南诗联社出刊 300 期

文苑千群劲旅雄，岭南一帜绚眸红。择优三百靓诗丛。

韵律仄平严把握，古风赋比务融通。快精高雅主编功。

浣溪沙·赞陈旭榜将军义捐

浴血冲锋屡建功，德高望重老英雄。一生奉献耀军容。

使命常萦担道义，初心永记治贫穷。捐资壮举党徽红。

浣溪沙·伏天偶感

烈日当头初伏天，恒温闷热汗涟涟。蝉鸣著躁惹心烦。

快递小哥焉避晒，值勤交警恁偷闲。几多普惠在其间。

浣溪沙·著书偶感

不事悠闲倍苦劳，抢时博览少闲聊。时常笔墨伴通宵。

拙作印成舒意笑，新书馈赠本钱抛。清高反易受讥嘲。

浣溪沙·咏七夕

千载良缘撼地天，鹊桥尽把爱心联。银簪划界太专蛮。

天苑人间生炽爱，仙姬穷汉配良缘。千秋万代永绵延。

浣溪沙·参加纪念毛主席诞辰 130 周年活动有感

虽未相交信仰同，真言挚语颂毛公。丰功伟绩盖仙翁。

莫道阴阳途径远，直观道义感情浓。人民热爱在心中。

《浪淘沙》词 13 首

浪淘沙·谷雨吟

　　季至雨绵绵，甘露滋田。抢时播谷莫迟延。旺汛错失终抱憾，仓廪成烟。　　柳絮舞空间，瓜种檐前。香椿茶叶止馋涎。观赏牡丹夸国色，争咏诗篇。

浪淘沙·痴醉

年暮近凋残，秉性依然。吟词撰著弃消闲。沥血呕心圆凤愿，自讨辛酸。　　伊甸觅诗仙，虚幻云烟。晚年痴醉少休眠。一世重情书馈赠，舍本赔钱。

浪淘沙·牛驼寨缅怀先烈

峭壁半空悬，草碧花鲜。几多碉堡弹痕斑。犹现当年生死战，炮火硝烟。　　舍命破雄关，血溅峰巅。捐躯解放太原前。默立碑前怀烈士，哀泪潸然。

浪淘沙·观野鸭

雨雾罩朝霞，风卷尘沙。鸭娃独自觅鱼虾。失伴离群声叫惨，惊悸交加。　　绝境似天涯，渴望回家。晕头转向乱如麻。危险关头谁拯救，恰是爹妈。

浪淘沙·为失足同行惋惜

自幼爱荷衣，智力毋疑。何时嬗变陷淤泥。沧海凡尘多诱惑，雾罩烟弥。　　蚁穴溃堤基，纸醉金迷。贪婪受贿乱心机。梦断铁窗成罪犯，误子伤妻。

浪淘沙·感秋

雁唳在秋暝，云淡风轻。花枯泓静起蝉声。船影粼光融落日，萧寂幽宁。　　风树草飘零，凋敝残英。香消色陨荡浮萍。莫叹繁华秋韵晚，流水无情。

浪淘沙·编纂山西红色机交史

四友一书房，堪比同窗。著书纂册赶时忙。朝夕神游尘史里，瀚海汪洋。　　揩汗笔飞翔，疲惫何妨？百年红脉业辉煌。赓续机交弘凤愿，秉志流芳。

浪淘沙·宴友随吟

友聚省城中，趣味皆同。丽华约定喜相从。独唱吟诗惊四座，歌美

信步漫吟

Xin Bu Man Yin

词工。　　名酒本真宗，雅兴充融。高潮迭起意浓浓。悦目赏心三品味，受益盈丰。

浪淘沙·恩泽千秋

霾雾罩并州，车少街幽。疫魔再度祸全球。政府倾心寻对策，施尽良畴。　　静默觅根由，鏖战无休。全员配合化烦忧。免费核酸帮百姓，功盖千秋。

浪淘沙·冬至

冬至景清寥，一派萧条。闲愁幽绪倚窗瞧。人少车稀街寂静，万籁声消。　　冷月照长桥，河里冰漂。朔风肆虐树狂摇。数九未来天骤变，绿遁红逃。

浪淘沙·斥奸商

瘟疫太猖狂，百姓遭殃。临危关口品行芳。无偿药捐除病痛，菩萨心肠。　　黑市有奸商，雪上加霜。哄抬物价丧天良。泾渭分明区善恶，攫利豺狼。

浪淘沙·伤怀

夜色染并州，旷野清幽。孤身踱步小桥头。念友思亲生寂寞，涕泪难收。　　忆旧憾悠悠，虚度春秋。终年苦累欲何求？遂愿惠民成泡沫，逝水东流。

浪淘沙·风夜思

安逸度年华，盅酒杯茶。昨天风烈裹黄沙。秋日丰迷皆遁去，枯树寒鸦。　　睡眼透窗纱，思绪如麻。人逢岁暮日西斜。风雨萧疏生念挂，伤月悲花。

《念奴娇》词8首

念奴娇·感念恩师

人生暮至，望夕阳西下，易添孤寂。闲暇有心回首看，深陷无穷追忆。少小离家，茫然无序，恍若汪洋觅。航程难测，四周云雨密密。

当谢紧要关头，贵人相济，指路加风力。几度助愚成跨越，未获半分收益。滴水之恩，涌泉相报，徒憾成空翼。填词相赠，祝君康寿安逸。

念奴娇·悼秦怡

乍雷霹耗，恸秦怡谢世，悲天哀地。百岁明星何处去，直赴瑶台呈技。演艺高超，台风独具，荣获金鸡励。人民夸赞，誉中褒奖德艺。

默向遗像三躬，鲜花一簇，聊表尊崇意。见证中华从影史，笑貌音容心系。一世追求，终生不弃，中外赢名气。芳碑花絮，后人弘志承继。

念奴娇·七一颂①

211

回眸观看，历腥风血雨，党徽金璨。步履艰辛真不易，成就全凭鏖战。淬火加钢，千锤百炼，旗帜何曾变。驱贫除疫，九州生力无限。

今日非比从前，睡狮已醒，魑魅心寒颤。捍卫和平除垄断，实力不容轻看。穹驻神舟，华为撼世，福建航母见。国歌高奏，中华丰采惊现。

念奴娇·尽享暮年

老来开窍，晓春光唱后，晚秋开奏。一辈抠门求仔细，酸辣今生尝够。一日三餐，素荤搭配，营养宜延寿。三盅红酒，大虾芦笋牛柳。

鱼蟹温火清蒸，滑光细腻，吃过余香诱。翁妪相携游坝下，胡侃当年撩逗。风雨同舟，不离不弃，全是苍天佑。暮年颐养，福缘还在其后。

念奴娇·秋晨抒怀

微风拂面，览汾河秋景，一望无际。斑鬓苍颜情袅袅，晨练益于酣憩。大雁南归，寒蝉息唱，叶落花凋散。白云生处，纸鸢鹰状雄庹。

① 此词获山西省老干局、省文联、省作协主办的诗书画影大赛一等奖。

兀自陶醉其中，风撩柳叶，袭面生寒意。霜染白丝人近老，毕竟青春难系。祈我中华，福祥九域，使命赓延记。根除瘟疫，梦圆牢驻春季。

念奴娇·二十大新启航

普天共庆，党开全代会，喜极华夏。报告传来惊宇宙，击掌声如雷咤。伟业崇高，功勋显著，阔步朝前跨。八方赢赞，惠民安济天下。

笃志不怠初心，践行使命，再绘新图画。举帜启航吹号角，实干不宜虚假。团结齐心，共同奋斗，风浪何需怕。霸枭狂堵，巨轮齑粉风化。

念奴娇·贺武正国先生《填词三百体》问世

文坛快讯，报锦章问世，乐天欢地。新著填词三百体，艺苑又呈奇异。缀玉联珠，风流独具，炉旺纯青器。斑斓光熠，个中彰显德艺。

恪守唐宋辞章，创新拓路，锐意非拘腻。范示精严皆沥血，足见主人功底。古引今征，亲临亲历，诠释填词技。八旬诗老，一生无愧天地。

念奴娇·伟人毛泽东颂

眺今观古，惠子孙后代，伟人唯是。拯救黎民生死处，苦难中华图治。胆略非凡，才华横溢，成就千般事。江山牢固，霸枭焉敢轻视。

艰苦奋斗驱贫，共同富裕，行业飘旗帜。自立自强惊世界，迫美朝鲜签字。捍卫和平，主持正义，彰显人民志。古今中外，英明头属毛氏。

《凤凰台上忆吹箫》词7首

凤凰台上忆吹箫·回看屐履

假日悠闲，凭窗远眺，浮生萦脑回环。恍若是、时空倒转，又返从前。当年只身闯世，路漫漫、地险天寒。也曾叹，人生不易，春梦难圆。　　良缘垂怜惠顾，天助我，跻身省府机关。守本分、埋头苦干，奉法惟先。笃信苍天有眼，休造孽、不做赃官。心无愧，退休照旧怡然。

凤凰台上忆吹箫·山西大学120周年校庆生感

母校三秋，无穷受益，迄今回味绵绵。追忆似、甜酸苦辣，五味呈全。同窗八方会聚，风华茂，矢志登攀。鱼逢水，书山有路，学海无边。　　曾念挑灯夜战，勤实践，军营工厂田间。确赢得、才丰体棒，品秀心丹。毕业龙翔虎跃，岗位上，捷报频传。人称道，功在屡破雄关。

凤凰台上忆吹箫·情人节追忆

凤愿芳龄，终生与共，爱情火焰升腾。恰好似、春光永葆，四季常青。当年雄心浩志，何顾忌、岁月峥嵘。苦中乐，从容淡定，携手攀登。　　凭借夫妻恩爱，相体恤，熨平多少伤疼。始换取、家庭美满，事业功成。当谢爱神惠顾，庇佑我、安度全程。情人节，同温海誓山盟。

凤凰台上忆吹箫·劝友

忧郁伤凄，愁颜乱绪，尽随流水涟漪。究事情真谛，影幻虚迷。尘海行舟过客，至港湾、永世分离。休哀戚，孤单落寂，暗鬼生疑。

时常独存闷气。桀骜致偏迁，嘲子伤妻。谨敞怀宽厚，坦荡无羁。缅忆当年不易，力克艰、生死相依。双携手，余生不再，寿命延期。

凤凰台上忆吹箫·自白

213

年迈身虚，有心无力，江河日下何疑。恰宛若、朝花暮落，倦鸟悲啼。人生犹如短剧，上痴痴、下亦迷迷。回眸看，云影瞬移，烟缕风弥。　　唯喜儿孙争气，勤勉励，才能品性双齐。谨恪守、为人底线，家训赓遗。诚谢天公庇佑，旅程中、正道无歧。由衷记，行善自有时宜。

凤凰台上忆吹箫·回眸感慨

幼慕先贤，遂生凤愿，迷濛踏上文船。正恰似、回无退路，去有千艰。草根出身耐苦，迎骇浪、底气超前。文多彩，编辑喜欢，屡踞头端。　　偏是苍天惠顾，能助我，专门从事文联。尽全力、精心办刊，枝茂花妍。省里调余公干，数十载、焉敢偷闲。暗思衬，盖由命运周旋。

凤凰台上忆吹箫·雁丘园

何物为情，百家诠释，可怜争辩无凭。欲理通民众，缈若晨星。今立丘前远眺，天地旷、万物生灵。惟惊叹，雌雄大雁，落葬丘陵。

卿卿。俊才墨客，诗赋曲吟怀，尽吐心声。系寄哀凭吊，丘墓碑亭。

倾慕飞禽恩重，存憾处、人类何轻。回家后，诗潮沸腾，一气呵成。

《明儿媚》词15首

明儿媚·游园遐思（两首）

一

闲下无聊逛公园，驱闷解心烦。鸭凫河水，鹊鸣草苑，恬淡悠闲。
苍颜暮岁尘埃里，浮世有悲欢。修身养性，参禅悟爱，神注清莲。

二

明媚清晨日初升，仲夏碧空晴。雁丘品爱，码头忆景，水去无声。
千年往事云烟里，转瞬若浮萍。功名粪土，宏图幻影，何必纷争。

明儿媚·醒世

餐后茶余享悠闲，远眺夜阑珊。汾河静谧，霓虹闪烁，残月空悬。
白天喧闹归幽静，万籁尽酣眠。人生如此，权高利厚，照化云烟。

明儿媚·老来愚

翁妪年衰体偏虚，依旧不安居。烹蒸洗涮，热情未减，主动无虞。
疼完儿女疼孙子，自认补空需。任由人笑，贴钱保姆，既傻还迂。

明儿媚·夜思（两首）

一

三夏天长夜无眠，回首惹心烦。虎年过半，韶华不再，鬓角霜斑。
浮生常憾春光短，往事忆绵绵。泛槎尘海，烟波一棹，半袋诗笺。

二

明月盈虚散温柔，暮色笼家楼。起身静坐，隔帘远眺，四野幽幽。
痴情人陷遐思里，往事爱回眸。青春已逝，尘埃落定，亦喜还羞。

明儿媚·悼李玉生仙逝（二首）

一

心恸功臣赴瑶泉，履历动心弦。一生爱党，忠于职守，折桂连连。

晋京往返征尘染，责任重于山。从无露绽，安全神速，功业齐天。

二

求实存真戒花言，奉献数多年。全神贯注，一丝不苟，重任荷肩。
默然无语埋头干，功利弃旁边。名扬内外，做人典范，敬业标杆。

明儿媚·暮岁欢觞

尘海行舟不回航，始地达天堂。风云流转，人间百味，世事无常。
沉香岁月东流水，暮岁恋时光。余生几许，尽开心结，邀友欢觞。

明儿媚·暑夜思

云散天澄寂无声，柳树簇沙汀。霓灯璀璨，芳馨四溢，万籁安宁。
抒怀悠坐逍遥椅，心境放宽宏。云山浩渺，红尘虚幻，宜爱余生。

明儿媚·友之妻

痴醉如初爱先生，柔媚又专情。关怀备至，嘘寒问暖，体恤心疼。
精于烹饪高厨艺，知理又宽宏。名扬内外，德弘族里，誉满全城。

明儿媚·独酌思亡友

窗外风寒促生悲，夜寂月清辉。半瓶汾酒，几盘小菜，相册三窥。
沉思半晌终无语，斟酒满双杯。当初畅饮，中途弦断，往事焉追。

明儿媚·诗虫

涵梦仙鸿逝无踪，对镜现憔容。教坛探径，仕途求证，凤愿冰融。
痴迂人在茫然里，草絮任西东。皱纹衰鬓，衷肠难诉，且作诗虫。

明儿媚·吟骚客

唐宋诗贤爱凭栏，酒烈意阑珊。鱼翔鸥唤，山青花艳，尽揽眸前。
而今骚客书斋里，倦眼望穹天。搜肠刮肚，脑残词尽，难觅灵泉。

明月媚·新冠亲历

心罩阴霾竟成真，瘟疫上家门。高烧骤起，嗓疼咳嗽，乏力无神。
接连几日三餐少，周掉好多斤。亲人关照，险关度越，营养滋身。

《一剪梅》词7首

一剪梅·情痴

至美红颜幻梦中。醒也朦胧，醉也朦胧。失魂落魄近痴疯，爱也无踪，恋也无踪。　缥缈红楼脑海充。桀骛无形，执意孤鸿。花凋叶谢误终生。情本虚空，色本虚空。

一剪梅·休闲无忧(两首)

一

花甲余年万念休。惋恋春秋，珍爱春秋。粲然一笑避生忧。从善如流，从谏如流。　老子经文脑海游。势勿争求，利勿争求。不攀不比化千愁。岁也悠悠，日也悠悠。

二

半世行舟到码头。日守伊楼，夜寝伊楼。退休再不费绸缪，效益无忧，责任无忧。　迎客寒暄少应酬。神也闲悠，体也闲悠。功名利禄付东流。河里划舟，野外春游。

一剪梅·船舱宴

桔钓沙菜一日行。船载佳朋，仓宴佳朋。鱼虾龟蟹做工精。暮下渔灯，海上渔灯。　赤脚渔姑步履轻。体态盈盈，笑靥盈盈。端盘斟酒见文明。话语柔情，招待柔情。

一剪梅·七夕

良辰搭鹊桥。情也扶摇，梦也扶摇。牛郎织女苦煎熬，思绪浮漂，凤愿浮漂。　雨下黄昏酷热消。翁享逍遥，媪享逍遥。品茶呷酒尽情聊。花亦柔娇，风亦柔娇。

一剪梅·中秋咏诗抒怀

岁至中秋举世欢。月亮呈圆，国梦呈圆。良俦斟酒对楹联。恭贺当年，祈祷来年。　百族九州绘史篇。霸主休拦，瘟疫休拦。人民至上靓尊严。穿越冬天，必是春天。

一剪梅·喜迎国庆

灿烂花篮映彩虹。城也沸腾，乡也欢悰。喜迎国庆气氛浓，百业繁荣，万品盈充。　　华夏雄鹰振翅翀。潜海蛟龙，筑殿苍穹。三军强健卫和平。瘟疫清零，枭梦成空。

《诉衷情》词 17 首

诉衷情·老年写生（二首）

一

暮来迟钝口箴言，脸际老年斑。孤单寂寞嗜睡，精力异从前。餐骤减，病频繁，步蹒跚。闲馀怀旧，溺爱儿囡，难理麻团。

二

老娘呆坐屋檐前，眼角泪渍斑。单身孤影村媪，盼子打工还。儿在外，苦心悬，聚逢艰。花猫独伴，度日如年，犹坠酸渊。

诉衷情·痴心父母吟（二首）

一

自言今世为儿生，何啻苦累撑。弓腰驼背膝痛，缄默不吭声。金榜上，入南京，利名成。乘龙快婿，抛父山城，安享殊荣。

二

高薪补课舍掏钱，接送几多年。捉襟见肘节俭，交费不迟延。当保姆，摆街摊，弃游山。女升名校，又嫁豪门，娘守寒园。

诉衷情·重阳家宴

菊开九九绽金须，翁媪倍欢愉。儿孙家宴恭贺，防疫适今需。湖闸蟹，武昌鱼，野菜荑。名茶香馥，红酒黑啤，歌乐无虞。

诉衷情·假日感言

一周气候两重天，炙热又霜寒。凭窗旷野无色，风摆树梢弯。

岚掩翠，水生涟，落英残。苍烟遮日，雨脚织帘，骤感衣单。

诉衷情·恭迎中共二十大

全球聚目眺京华，宇际绚红霞。喜迎中共盛会，奋斗绽奇葩。
功盖世，业堪嘉，众争夸。人民为上，国力勃发，美霸崩槎。

诉衷情·独酌道白（二首）

一

一壶老酒溢醇香，独饮诉衷肠。疫妖再度袭扰，静默罩城乡。
严检测，细提防，技精良。统筹规划，对策及时，何必仓皇。

二

三年瘟疫不消停，造孽祸民生。感恩政府良策，吾等获安宁。
民至上，党英明，物丰盈。难关能闯，险壑填平，指日清零。

诉衷情·怀念双亲

凭窗久视暮秋残，天黯月清寒。心潮随景倏变，几度泛波涟。
情切切，忆绵绵，泪潸潸。满腔幽绪，追念双亲，哀恸无边。

诉衷情·贺叶江川国际象棋大师执教20年

孜孜执导七千天，成就够斐然。谢军荣膺皇后，男女队联蝉。
凭历练，克辛艰，化危玄。楸枰授业，博弈精研，威若当年。

诉衷情·静默防疫

小区静默几多天，住户超越千。井然有序操作，绝不自添烦。
勤检测，拒谣言，众心联。以民为本，菜送门前，服务周全。

诉衷情·春意浓

春来北国雨先行，润物细无声。柳梢淋浴呈绿，河化益墙情。
天湛湛，岭青青，草萌萌。黄鹂声脆，紫燕喃呢，春意浓盈。

诉衷情·颐养天年

摇篮坟墓紧关联，生死任由天。寿终即赴归宿，无力自操盘。
循孝道，敬仁贤，守姻缘。莫生贪念，至善祥安，颐养天年。

诉衷情·失眠自慰

睡前清醒竟难眠，思绪乱麻缠。人生稍纵即逝，屈指几多年。
思杳杳，忆绵绵，弃忧烦。轻抛名利，行乐休闲，安度残年。

诉衷情·白露吟

寒生白露雨敲窗，风过柳绦黄。苍天北雁南去，萏菪坠池塘。
心缱绻，景颓荒，意迷茫。鬓须霜染，睹物情触，怅叹秋凉。

诉衷情·独酌

闲来无事坐窗前，怀旧意阑珊。三盅独酌回看，怅叹泪潸然。
春已逝，入残年，剩苍颜。惜花伤月，思绪绵延，醉里难言。

《天净沙》词7首

天净沙·沁源美

山峦水脉奇松。仙桥花海梵钟。鹳雀猕猴鹰隼。
中伏览胜。采风人醉灵空。

天净沙·应召篆书

珑杯沸水香茶。旧朋新友行家。大度温馨尔雅。
相逢仲夏。篆书浇绽奇葩。

天净沙·省委国旗下留影

蓝天丽日金晖。树葱花灿楼巍。战士门楣哨位。
三人笑美。惠存旗下扬眉。

天净沙·一丘之貉

霸枭日寇洋奴。恶魔军贩屠夫。杀戮鲸吞卖祖。
天人共怒。五洲公断该诛。

天净沙·鳏夫

鳏夫猫咪佣姨。独家庄院荆篱。老态苍颜瘘疲。

凋花风曳。泪垂追忆贤妻。

天净沙·雪夜

涔云瘴雾残花。野田荒陌寒洼。夜寂人归雪下。
倏然惊诧。社神冬日披纱。

天净沙·贪官拜佛

梵宫寺庙神幡。大师香客贪官。卜卦捐钱许愿。
至虔至善。化凶依旧徒然。

《渔家傲》词21首

渔家傲·贺二青会

晋域伏天瑰景异。晴空燕舞汾水碧。百巷千街温馨溢。皆欢娱。二青盛会群朋聚。　　赛场英豪媲绝技。风姿飒爽人靓丽。逐梦山西赢美誉。同旋律。今朝领跑添活力。

渔家傲·老诗翁

退休老汉人豪放。内心细腻体超棒。酷爱写诗精力旺。心欢畅。琢研平仄抛闲逛。　　千日磨刀锋刃亮。书丛报刊纷纷上。笔若投枪除乌瘴。情激荡。闻名遐迩高能量。

渔家傲·赞赵培明局长

名茶煮沸香冬季。提壶沏水入杯器。服务上乘无诋议。真诚意。体谅下属无官气。　　编纂辛勤非躲避。八方沟通呈功底。斟酌再三严精细。责任系。机交红史今赓继。

渔家傲·回眸自娱

暮年回眸窥轨迹。仕途险恶攀悬壁。风骤雨狂何自立。徒竭力。草芥卑微焉刚愎。　　无骥归余腾羽翼。不图龙婿馋云跸。素面向天真历历。祖传驿。一生行善晴空碧。

渔家傲·暮吟

霓灯暮色喧嚣少。并州冬至寒来早。颓景伤情人易老。方苦笑。唢呐又传凄凉调。　　汾水北南穿古堡。悄无声息行踪杳。一去不归何处找。孰能料。明天不幸谁先到。

渔家傲·暮年自律

尘世蹉跎濒日暮。昏花老眼防歧路。唯愿晚年安逸度。明时务。慎言简行抛顽固。　　云岭巍巍飞瀑布。溪流悠悠株苗注。时过境迁天难助。多宽恕。花颓蕊谢休哀怒。

渔家傲·咏丽人

斯文举止婆娑美。夺眸靓眼媲花蕊。白领青衫樱杏嘴。银耳坠。酒窝隐现添柔媚。　　黑色皮鞋双白腿。纤纤玉手端茶水。粉润香腮呈祥纬。贤惠妹。时髦典雅招人醉。

渔家傲·读三国生感

周郎赤壁功卓异。曹公铜雀成狂吃。枭鹜红颜偕入戏。无顾忌。酒后茶余随人议。　　成败因由休演义。焉能戏说生瑕疵。史页求真需缜细。莫随意。澄清雾瘴天清丽。

渔家傲·五一参观晋商博物院

昔日阎匪充官府。今天博物彰商贾。陈品稀珍无计数。源渊溯。气势恢宏赢关注。　　茶道盐池艰险路。首开票号新财务。睿智汗珠盈银库。令人慕。千年商史人回顾。

渔家傲·赞晋膳堂

活鸡现宰浓香味。鹅肝速化属优类。豆角现烹鲜嫩脆。精调配。荤素有别开肠胃。　　老板开明诚可贵。员工来宾双欣慰。美味佳肴赢敬佩。好口味。经营不把良心昧。

渔家傲·今昔过六一

孙子过节筹划早。倾心竭力安排好。礼物美餐游古堡。欢畅笑。幸福童年阳光照。　　追忆当初翁幼小。唯求肚子能填饱。焉敢花钱求二老。怅叹道。爷孙差异谁曾料。

渔家傲·贺京沪大飞机首航成功

大型客机飞京沪。双城输畅惠民路。华夏九州均瞩注。江山固。中华祥和龙腾雾。　　科技扬威枭嫉妒。心怀恼恨吞酸醋。封锁落空加恐怖。自掘墓。和平世界驱屠户。

渔家傲·端午邻里情

上等江米名牌枣。厨间里手邻家嫂。煴火水开宜恰好。装锅灶。个大香甜还伶俏。　　相敬如宾从不吵。包容理解猜疑少。有事从容登门找。互关照。欣然作首渔家傲。

渔家傲·八一颂

南昌枪响惊赤县。井冈旗舞红天半。奴隶翻身开锁链。天地变。政权夺取凭枪换。　　万里长征书史卷。一心抗战倭兵颤。抗美援朝军威现。世界赞。雄师劲旅和平捍。

渔家傲·贺爱孙荣升五育中学

伏天降喜炎热缓。爱孙五育今甄选。祝贺挚言屏爆满。圆遂愿。阖家欣设开心宴。　　六载春秋熬夜晚。持恒约束焉偷懒。懈怠止前难追赶。回眸看。分厘收获辛勤换。

渔家傲·诗集出版有感

悔与诗苑遥隔远。暮年策马兼程赶。平仄推敲熬夜晚。何缠倦。如痴似醉游伊甸。　　一世平庸功力浅。天生愚钝灵犀短。拙笨惟凭多勤勉。无奢盼。千诗汇册圆心愿。

渔家傲·送寒衣

十一祭祀寒衣送。坟前跪拜惟哀恸。身置氤氲神坠梦。衣食供。十口大户谁操控。　　往事悠悠思绪纵。双亲负担何其重。力尽艰辛添家用。身心奉。终来换取宗亲颂。

渔家傲·老来悟

人生百味曾品尽。尘间过客屦无印。残岁余年休激忿。扪心问。产房陵园余分寸。　　杂绪愁肠伤老本。认清真谛需沉稳。一笑释然多宽忍。莫悭吝。天年颐养休忧闷。

渔家傲·观庙思

梦追莲花修善早。禅机难悟香氤氲。方丈住持因果晓。循履道。濯洗世尘抛喧闹。　　信女痴男诚不少。瑶台仙境天梯杳。捻碎信珠苍颜老。待开窍。焉知佛祖因何笑。

渔家傲·哀惜迂腐翁

万千冥币陵前舞。阴阳两界隔黄土。闭眼吃完人世苦。黄泉路。尸躯焚化销门户。　　为给儿孙多贴补。葱花老醋权充卤。炒菜省油开水煮。孰垂顾。恓惶走毕人生路。

渔家傲·元旦宴

元旦爱女贤婿到。厨房翁媪忙锅灶。炖肉开餐汾酒倒。真热闹。和睦之家祥云绕。　　住院曾经成病号。女儿女婿非常孝。服侍通宵难睡觉。勤关照。老来有靠开怀笑。

《金错刀》词7首

金错刀·朋友小聚

精炒肉，细煎虾，名厨家菜人皆夸。旧朋喜聚如兄弟，新友相交似一家。　　杯有限，酒无瑕，谈今论古靓才华。情投惟憾相逢晚，饭后开聊细品茶。

金错刀·夜赏诗词

金错刀，念奴娇，鱼游春水忆吹箫。千诗百赋堪佳作，牵魄勾魂至半宵。　　词婉丽，韵高超，开怀尽兴品珍肴。痴迷恍若人穿越，拜诣贤师彻夜聊。

信步漫吟

Xin Bu Man Yin

金错刀·赋秋

叶飘落,季呈秋,蝉鸣花谢鸟啁啾。暑销热退周身爽,园里观光户外游。　　云婉转,水东流,汾河潋滟漾轻舟。闲情逸致篁纹里,盛世民欢弃郁忧。

金错刀·雨涝

云漫罩,雨狂鲸,通天连夜酿灾情。三秋作物遭洪涝,黄叶枯枝落满坪。　　河水满,岸堤平,交通受阻车多停。救援抢险忙排障,化险为夷子弟兵。

金错刀·反差

近仲秋,月初头,连绵阴雨总难休。村姑怅叹蛾眉皱,唯恐成灾稼减收。　　迷酒肆,逛歌楼,情哥俏妹乐无愁。珍馐舞曲酣然醉,惬意何生半缕忧。

金错刀·湖畔赛诗

雪花止,覆冰湖。文朋邀聚咏冬图。漫天白絮情无尽,遮地红梅意有殊。　　斟律韵,断音符,诗工词艳不言输。诸多杰作赢青睐,胜负难分动酒壶。

金错刀·腊八粥

腊八粥,御冬寒。亲情家爱在其间。大千感悟心头暖,虽已全阳亦泰然。　　群豆好,米新鲜,花生红枣葡萄干。核桃莲子双赢赞,一碗良餐意若仙。

《点绛唇》词5首

点绛唇·怅惘

告老归家,重游故地身心爽。徜徉观赏,旧景依稀恍。

物是人非,发小无踪访。添怅惘。昨来今往。欢聚成奢想。

224

点绛唇·雪天封路

云掩残阳，朔风挟雪封归路。车窗罩雾，急切无人诉。

翘首蹙眉，直把愁心注。爹娘处。盼儿入户。春节团圆度。

点绛唇·垂暮

一棹烟波，风中浪里茫然渡。回眸来路，无语伤垂暮。

书剑双无，两鬓皆霜露。识时务。焉需闲顾。转瞬鸦骚墓。

点绛唇·煎熬

不忍回眸，三年瘟疫顽坚守。愁丝万绺，拧断休开口。

一夜变阳，痛苦煎熬久。君知否。新春牵手。欢乐无曾有。

点绛唇·书润心灵

书润心灵，荒芜干涸人浮躁。残僵老套，沉湎漂池藻。

腹有诗书，百事皆开窍。欲德劭。人生荣耀。学识金光道。

225

《定风波》词5首

定风波·独立书斋眺远山

独立书斋眺远山。思潮翻滚却箴言。胸匣烦忧何处诉。无助。庸庸碌碌又翻篇。　　年近七旬霜鬓染。悲感。舟行尘海泊洼湾。一事无成多愧赧。气短。凡夫俗子欠前缘。

定风波·闹红火

夜半烟花绚小城。东西南北搭高棚。锣鼓喧天红火闹。绝妙。红颜靓女媲娉婷。　　狮跃龙腾祥兔俏。吉兆。欢歌笑语乐盈盈。华夏巨轮驱雾瘴。豪放。民安国泰启航程。

定风波·静坐书斋忆旧踪

静坐书斋忆旧踪。酸甜苦辣在其中。不忍回眸心绪乱。疲倦。徒劳一世愿皆空。　　俸禄数年民稼穑。羞涩。仕途险恶暗流凶。攫利夺官戕害阵。义愤。盼春明媚代隆冬。

定风波·端午吟

　　粽叶青青米老牌。花生红枣里边埋。三角成型清水煮。出釜。浓浓香味诱人来。　　兜里有钱偏不买。显摆。回眸对照脑门开。往日艰辛休淡忘。俭让。心悬明镜日无霾。

定风波·少年希骥化沉沙

　　往事如烟若晚霞。人生似水至天涯。一片痴心拂柳絮。盲虑。氤氲弥漫日西斜。　　河水匆匆流泛泛。心淡。少年希骥化沉沙。顾影自怜谁可道。苦笑。月光凛冽浸窗纱。

其他9首

《双调·殿前欢》赞丁刊高主编

　　众称贤，丁刊问世秀文坛。八方览胜臻完善，享誉空前。词工平仄严，意正诗魂现，上乘精神餐。高师当赞，技湛人谦。

玉楼春·百年庆

　　百年历程回眸看，创业艰难书史卷。
　　醒来民众力无穷，义无反顾跟党干。
　　驱倭摧蒋奇迹创，援朝抗美敌寒颤。
　　如日升腾奔复兴，盛世梦圆遂凤愿。

虞美人·观花省世

　　繁花雅韵春光好，沁肺驱烦恼。谁知夜半雨敲帘，晓来庭前落瓣满园残。　　观花睹物明哲理，世事皆如彼。人逢变故亦寻常，切忌一蹶不振自颓荒。

忆秦娥·夜阑

汾河夜，蓝天碧海金钩月。金钩月，上窥瑶宫，下栖水榭。　灯光璀璨夺眸美，休闲散步心神惬。心神惬，笛悠驱困，风寒添冽。

清平乐·观雨景

黑云缭乱，水面低翔雁。霹雳惊人天地颤，旷野氤氲弥漫。　睡眼远眺西山，雨帘尽显缠绵。燥热须臾收敛，耳边唱响金蝉。

满江红·悼英雄王伟①

怒火中烧，南疆处、乌云密布。擦泪眼、攥拳发誓，罪难饶恕。美帝屡侵逞霸道，银鹰自卫敲骄扈。孰容忍、祖国碧罗天，随人觑。

英雄在，长城固。弘正义，枭惊怖。仗王牌优势，撞机逃路。勇士捐躯沉大海，懦夫丧魄丢戎裤。悼王伟、洒血壮军威，应时举。

满江红·天年感触

独沐秋寒，垂夜幕，雨条如注。思绪涌，半生颠沛，几多开悟。家境草根无背景，仕途诡异多歧路。至终了，机遇化烟飞，因何故。

遵祖训，循正路。存善念，驱邪雾。信活泉不腐，户枢非蛀。一世求真抛献媚，终生弘正除行赂。现如今、码字享天年，逍遥度。

南乡子·编纂红色机交史有怀

百岁路途艰。忘死抛生血迹斑。英女烈男生命献，诚虔。全力驱倭志未阑。　追昔泪涟涟。虎穴狼窝斗敌顽。伟业硕勋神鬼泣，绵延。喋血殇身换碧天。

恋绣衾·咏昙花

瞬时开放靓娇颜。纵短暂、贞超百妍。色珍珠、璀璨光艳。喜媖娴、柔媲月仙。　不争芳卉玲珑倩，恚诗坛、诗咏悯怜。质朴谦、花凋香在。笑藤缠、呈媚讨欢。

①该词获《中华诗词导刊》2023官方认证“春季最佳作品”一等奖。

花凋水流　骤雨飓风

——咏物诗30首

咏牛

毕生躬犁不言苦，　辛后献肉皮作鼓。
也曾拓荒成雕塑，　却以憨朴让位鼠。

咏雁

处暑秋凉蝉不休，　汾河堤岸雁空喁。
韶华云逝情焉觅，　花自凋零水自流。

咏花

色衰叶枯岁无情，　瓣凋花谢任飘零。
冷香一去云雾纱，　冬眠春归伴苍生。

咏柳

静伫堤堰著景幽，　休言轻絮随风游。
春头凌寒萌芽早，　一缕深翠至暮秋。

咏桥

横亘两端载人流，　经年累日无所求。
默许众足踏脊过，　甘以捐躯不讨酬。

咏灯

暮至夜来绽花容，　灯火璀璨耀星空。
得宠昏头不识北，　自嘘光盖太阳公。

咏筝

纸鸢凌空舞翩跹，　卓绝翱翔入云端。
自诩无羁天浩瀚，　浑然忘却一线牵。

咏币

纸质腰身功能罕，　魔力无比径通天。
等值保得君安悦，　贪胀掷汝坠泥潭。

咏杯

质地精美时尚妆，　宠爱有加掌上芳。
若非杯内香茗在，　必遭冷弃成废囊。

咏药

寻常隐匿讨人嫌，　一经上门祛病顽。
痊愈回春笑靥美，　谁曾再念苦药丸。

咏笔

达官显贵庶民操，　用途迥异分低高。

功成孽就不由己，　一任驱使却自豪。

咏蟾

取名高雅唤金蟾，　逐屎觅臭解饥馋。

尔曹自诩能耐大，　会将粪团滚成圆。

咏纸

生就区区纸一张，　诗仙运笔书锦章。

价值随之陡然涨，　不谢李白谢洛阳。

咏酒

降临人间褒贬兼，　驱人烦恼助人欢。

大功告成斟相敬，　醉酒贪杯鬼亦嫌。

咏猫

生来媚态招人爱，　灶台蜷卧总懈怠。

捕鼠本能日销蚀，　何曾半句受责怪。

咏墨

周身黢黑颜色单，　书法匠手写春联。

大师挥就载誉去，　空伴宅门历曝寒。

咏雀

旷野放飞树为家，　啾啾放歌乐无涯。
忽得一日竹笼囚，　绝食至死气节佳。

咏云

高居长空任飘零，　成云作霓百幻灵。
莫笑老身无风骨，　骤雨飓风伴彩虹。

咏壶

不攀冰心在玉壶，　只愿水开就知足。
主人灯下耕耘苦，　勤将热水暖脏腑。

咏书

离开书店进主家，　实望毕生献才华。
孰料入橱不开封，　羞作装潢太屈巴。

咏眉

人夸明眸胜月辉，　心灵窗口易觊觎。
眉梢何曾受青睐，　旨在陪衬莫哀卑。

咏伞

收撑自如默无言，　遮阳挡雨挺在前。
大众视你如亲眷，　歹人借你庇苟安。

咏蝉

百虫鸣唱你不吭，　伏末一鸣报热终。
脱壳便在枝上噪，　微言谁知蝉之诚。

咏碑

青石花岗质地高，　千年不朽石上雕。
立传非在碑文美，　昭省儿孙莫自嘲。

咏蚕

日食桑叶几多天，　尽吐腹丝主家欢。
功成留茧净身去，　惠犒半点不曾贪。

咏鸡

生蛋打鸣年复年，　终了捐躯作美餐。
十二生肖有其位，　不枉名标禽榜间。

咏煤

通身黑黢隐地层，　发电取暖益民生。
燃尽自我终无怨，　尽放热能诠赤诚。

咏荷

瑶池仙子不染污，　花鲜藕嫩败火毒。
人嘲浮萍随水荡，　漠视褒贬喜怒无。

咏袜

经年累月脚下踩，　保暖遮尘不偷懒。
默伴主人行天下，　何曾露头又亮脸。

咏水

万物生存第一需，　上善若水众不疑。
溉田发电供饮用，　功德盖世调门低。

信步漫吟

Xin Bu Man Yin

诗坛圣河　玄机画皮

——讽刺诗24首

欧亚医院白骨精

遵义本是英雄城，航船转舵迎黎明。
化险为夷标党史，千秋万代传美名。
孰料今日出害虫，欧亚医院白骨精。
挖空心思开财路，医德天良弃无踪。
院长牵头搞程控，模板炮制假病情。
门诊先断有重症，让你胆颤心又惊。
上下配合同口径，化验手术一条龙。
患者入院开刀宰，刀刀见血不走空。
掏空积蓄不算完，回家暂缓一疗程。
钱攒够了再入院，血不抽干不算终。
哪个生疑也无妨，让你吃药尿带红。
信服自会上套路，不信尔等不顺从。
昧心获利胀破肚，孽钱两亿还挂零。
毒如蛇蝎比狼狠，丧心病狂近似疯。
多行不义必自毙，触犯法律罪不轻。
首恶院长韩文龙，二十八人全获刑。
国徽高悬耀法庭，违法必究天难容。
一窝害虫全端掉，朗朗乾坤沐煦风。

狗坐轿子上泰山

狗坐轿子上泰山，奇闻怪事出今天。
轿夫抬轿身淌汗，双狗坐享好悠闲。
惊诧之后厉声问：狗都比人有尊严？
一石激起千层浪，万千网友愤愤然。
有钱就敢触底线，肆无忌惮蔑人权？
狗仗主势主仗钱，重狗轻人为哪般？
如今非比解放前，人民至上最顶端。
余愤未消吐为快，径向犬主进一言：
宠狗贱人属违法，伤天害理让人寒。
若以钱冲胡乱干，必会碰壁坠深渊。

上海街头一幕

上海街头一老翁，跌倒在地伤不轻。
大学女生忙施救，手机急呼一二〇。
陪至医院诊断毕，千元药费垫付清。
老翁儿女闻讯到，其父反诬女学生。
儿女暴跳言不逊，恶语相向气焰凶。
药费拒掏反勒索，赔偿五千方放行。
女生无奈逼报警，录像调出证实情。
再想调解办不到，为求公正上法庭。
法院审理见公正，公开宣判善恶明：
子女拘留十五日，老翁痴呆可免刑；
精神赔偿五万元，限期交付须兑清。
女生慷慨作义捐，慈善助教赢美名。
法治社会弘正义，惩罚邪恶刹歪风。

信步漫吟

Xin Bu Man Yin

戳破"黑伞"张家慧

法学博士大法官，高级法院次官员。
律师协会副会长，八面威风震海南。
有职有权能量大，律师环绕在身边。
老公公司三十个，财源滚滚花不完。
僧面佛面全都有，保驾护航最安全。
该张无须分文动，坐收贿款数亿元。
官司输赢金钱定，徇私枉法滥用权。
一次受贿三百万，定案改判只一言。
法官律师抱成团，玩弄法条股掌间。
沆瀣一气共造孽，法律生生被强奸。
公平正义全抛弃，权权互动去圈钱。
买通记者造声势，俨然正派女法官。
黑白颠倒人疑惑，庄严法律失尊严。
掌握舆论手撑天，滥发高帽送头衔。
"红顶律师"钱染红，"诚信律师"信何谈？
"突出贡献"钱买就，"先进个人"钱领先。
政法整顿实效大，黑伞个个被戳穿。
依法判决张家慧，顺应时代民开颜。

嘲大连昏官

倭寇军刀血未干，三光政策罪滔天。
屠我同胞酿惨祸，数万亡魂在喊冤。
时光才过几十年，奇闻怪事出大连。
打造日本风情街，主使竟是地方官。
不讲政治只图钱，十足昏庸加脑残。
欲扬东瀛武士道，甘打帝国招魂幡。

公然斥资六十亿，黄金地段慷慨捐。
上架须是日本产，国产国货全靠边。
商业殖民今又现，文化渗透更悄然。
民族感情化乌有，人格底线弃荒滩。
奴颜媚骨国格丧，甘作东洋宠物犬。
逆行激起全民忿，一脚踹进鬼门关。

苏州日本风情街着汉服受阻

才斥大连宠日糟，又出苏州蔑同胞。
日本和服满街晃，国人汉服遇阻挠。
时间恰在九一八，惊闻此举怒火烧。
敢问何方看家犬，讨好主子换面包？
中国蓝天中国地，居然这般受小瞧。
试问尔等何国人，对谁摇尾对谁枭。
虽然满口讲汉语，做法离奇又钻刁。
尔曹若为中国人，快把国籍早注销。

析"链接"
——当今文坛怪象之一

群里链接日渐多，惹人反感遭谴责。
相互交流本好事，陷此维谷缘于何？
多刊评奖出规则，不达五百一边搁。
为凑点数滥发群，乞阅求赞费周折。
频频转发数十次，一拨未平又一拨。
不怕读者眼生倦，唯图入围取名额。
美篇染上铜臭气，佳肴变味自砸锅。
并非作者惹人厌，实是奖法太偏颇。
我劝诸君同努力，不以获奖失品格。

诗坛当留诗香气，莫让商贾污圣河。

悬赏征稿
——当今文坛怪象之二

纸质杂志运营难，盈亏自负举步艰。
灵机一动生妙计，悬金招稿暗藏玄。
空设大奖分几等，奖金高达数千元。
头衔唯恐不够量，全国全球挂大牌。
四面八方广抛饵，休虑没鱼不嘴馋。
只要投稿就入选，优秀纪念列里边。
其他等次你要进，如同蛤蟆想上天。
初闻入选且莫喜，鱼上刀俎细商谈：
刊你稿件用版面，当然需要你负担。
发你一张纸质奖，工本须掏百多元。
刊用之后无稿费，想要样刊再掏钱。
杂志变成摇钱树，苦心孤诣钱眼钻。
可怜作者耕耘苦，点灯熬夜心血干。
润笔之费化乌有，有枣没枣挨三杆。
原是鸡肋本无肉，让你中奖反生烦。
纵然咬牙吞苦果，一锤买卖心里寒。
如此这般办杂志，饮鸩止渴必玩完。

"娘炮"画像
——当今文坛怪象之三

影坛妖风起邪魅，圣洁荧屏遭污秽。
蓄意打造小鲜肉，娘炮形象忒反胃。
雌雄难辨花美男，女首男身纯异类。

导演病态择名角，美丑颠倒畸形配。

油头粉面4G腰，兰花手指眼抛媚。

开口惯使娘娘腔，举止轻浮吊耳坠。

不中不洋太监样，一半狐仙一半狈。

阴阳混淆夭良丧，大把捞钱不觉愧。

误导观众损公德，污染环境害社会。

熟蛋孵鸡

鸡蛋煮熟能孵鸡，三岁儿童亦生疑。

痴人说梦伪命题，居然荣登学术席。

官方微博竟转发，致人迷惘助诈欺。

黑商赚钱亦可谅，言者却披校长衣。

"最强大脑超意识"，奇葩臆想荒诞极。

"心理意识生奇迹"，公然造假太低级。

传统骗术魔幻剧，荼毒职教心何居？

刚斥狂吠伪"叫兽"，又添"讥笑"愚笨驴。

大千世界多玄机，劝君识鬼扒画皮。

浑球

辣笔小球乃浑球，有眼无珠恣意诌。

污损英雄吐诳语，亵渎烈士喷鸩流。

敌我不辨天愤懑，痴癫有加人共仇。

舆情铸就爱国剑，利刃锋芒剔毒瘤。

咏"再世李白"

惊闻天公降李白，旷世诗仙穿越来。

超大头像雷人扇，气冲斗牛妄自拍。

号称诗坛珠峰矗，蔑视史上诸英才。
《太白诗话》忒荒诞，胡诌乱侃理论歪。
天佑张公且醒梦，尔曹原本是凡胎。
哗众取宠博一乐，切莫入魔犯痴呆。

吟"徽州宴"

奇闻怪事够荒诞，轩然大波徽州宴。
强势娘们出雷语，本狗价值七千万。
险些咬人不道歉，妄言杀童将命换。
财大气粗蛮且悍，霸道终将众怒犯。
公安执法无情面，拘留七日煞凶焰。
市民义愤争退饭，泼皮一夜成粪蛋。

权力任性祸必生

安徽女泼犬伤童，狗比人贵气焰凶。
激怒民众齐声讨，依法惩治刹邪风。
余波未息再造孽，安阳狗王又出名。
两条巨型贵宾犬，撕咬老妪几分钟。
六处犬痕分明在，只求道歉却不成。
求助媒体维权益，九期节目竟撂空。
烈犬补证成合法，心理辅导理充盈。
欲讨说法还公道，拦截威胁警棍横。
狗仗人势人何在？市场监管队长称。
态度蛮横人傲慢，官小威大牛哄哄。
拒不出面躲猫猫，扬言拒赔守转攻：
我还告她诽谤罪，本人从不信视频。
飞扬跋扈惹民怨，央媒怒发谴责声。
为富不仁逞霸道，权力任性祸必生。

不懂人情犬可谅，丧失人性人不行。
反腐打黑成反照，江湖缩影患基层。
舆论公德施压下，狗王一夜变谦恭。
上门致歉眼含泪，昨日威风一扫空。
停职反省待处理，邪不压正事未终。
期望纪委除隐患，顺藤摸瓜莫纵容。
确保正义不缺席，法治社会人公平。

吟"电老虎"

东北本是大粮仓，养大硕鼠喂肥狼。
李伟李桐亲哥俩，霸控电力滥贪赃。
非法组建黑社会，招标投标暗操箱。
涉案金额三十亿，名车百辆极品王。
豪华码头属私产，高级宅邸百处房。
古董文物稀世宝，攫为己有作私藏。
双双死缓得报应，恶贯满盈必自亡。

嘲全球"老大"

该国自诩"老大"，霸凌横行天下。
谁个敢不听话，飞弹朝尔狂炸。
号称国际警察，法律任意践踏。
航母国门恫吓，制裁伎俩毒辣。
五洲唯我独尊，四海恣意称霸。
经济由俺操盘，红利大头归爸。
金融不容挑战，违者武力碾压。
强盗谈何公平，专断替代商洽。
信奉丛林规则，垄断外加封杀。
兜售西方民主，个中全是欺诈。

信步漫吟

Xin Bu Man Yin

颠覆他国政权，首脑送上绞架。

挑起贸易战争，加税无以复加。

妄图逼你屈服，称臣顺从阁下。

吃相太过贪婪，吞天不怕胃炸。

煽动颜色革命，血染生灵衣褂。

干涉别国内政，扶持傀儡代驾。

唯恐天下不乱，恃强吃香喝辣。

双手沾满鲜血，发国全靠敲诈。

暴行惹恼群侠，仗义弩张剑拔。

宁愿玉石俱焚，不死屠夫刀下。

得道必获多助，肆虐换来斥骂。

逆行激起众怒，反抗联手筑坝。

笑看大鼻碰壁，丑态当入漫画。

再不改弦易辙，迟早轰然倒架。

今日为你画像，国名不标也罢。

金蟾

文坛圣地聚诗贤，韵雅辞工绽馨妍。

贾女首开"裤裆体"，腌臜珍馐污玉盘。

钻沟入厕便池吮，嗜屎舔痃称美鲜。

教授枉得博士帽，细观实乃小金蟾。

怪胎

深深浅浅人自辨，见仁见义嗜咸淡。

唯诧文豪发聩言，拍马直上云天外。

韵律意境弃若屣，独门别户胎怪诞。

莫笑白水味忒寡，让你尽吐腹中饭。

蝇蚊

英文坐帐蝇蚊凶，嗜血逐臭逆向行。

蓄意挟洋卖宝岛，跪舔洋臀充犬鹰。

明里叫嚣谋"独立"，暗下摇尾献媚容。

撼树蚍蜉黄粱梦，徒劳自毙落骂名。

拥抱充电

观红网论坛、天涯等网站，有网友"半叶"在帖中称，自己所在的公司规定：员工每天上班时必须和公司的美女总裁拥抱三秒钟，敷衍或拒绝者将被罚款50元，并在员工手册中标明，此举是该公司独有的福利，能"产生源源不断的生产力"，意在"打造独一无二的公司文化"。

天下福利何处找，班前美女抱三秒。

敷衍要罚五十元，违规放弃钞票少。

拥抱产生生产力，公司文化创意巧。

巾帼总裁非凡胎，充电无需走电表。

节省资源零成本，有"抱"无类共芳草。

高雅焉能将黄扫，含金堪称宝中宝。

首创当载吉尼斯，气死天下众老鸨。

女贪霸男

辽宁抚顺市顺城区国土资源局局长罗正平被称作是级别最低、贪污数额最大、手段最恶劣的"三最"女贪官。她不仅贪污受贿，而且用重金将甚至是其顶头上司的男人领入豪华包间，从包里掏出5万元钱，扔在床上说："陪一个晚上，这5万块钱就是你的了。"

"土地奶奶"科级官，十年敛财逾亿元。

相貌丑陋性刁钻，唾沫四溅骂破天。

雇用保镖上下班，八面威风人胆寒。

巧取豪夺套路宽，贪财好色更超凡。

相中上司一美男，引入宾馆豪华间，

淫相毕露厚无颜：五万换我一夜欢。

双规之日条件谈：六百万元①放我还。

一声枪响命归天，地下反思为哪般。

惊世骇俗"财富论"

2011年4月4日，北京师范大学某教授发微博称，高学历者的贫穷意味着耻辱和失败，并对学生言："当你40岁时，没有4000万身价（家）不要来见我，也别说是我学生。"此言一出，引起巨大争议。

北师大，名校园，　堂堂教授不简单。

微博上边发宏论，　惊世骇俗非一般。

学生身价4000万，　40岁时要兑现。

不达此标休来见，　为师都觉丢颜面。

一石激起千层浪，　高论深将众怒犯。

照此逻辑作推断，　多少英才皆庸汉。

荣辱失去分界线，　天下从此无典范。

名师名校受冶炼，　毕业为把身价变。

朝也思来暮也盼，　跻身富流遂凤愿。

学历变成财富蛋，　孵出富翁招人羡。

人生价值钱换算，　社会价值全扯淡。

拜金主义贪无厌，　谁为黎民作奉献？

尤其令人心发颤，　高论产地在师范。

如此绝学育园丁，　让人焉能不打颤？

当吟仲淹②忧乐观，　茶余饭后听民怨。

劝君重温《资本论》，直面国情索答案。

①纪委派人找罗正平谈话了解问题时，罗公开贿赂工作人员："我给你600万元，你放我走。"
②范仲淹《岳阳楼记》里有名言："先天下之忧而忧，后天下之乐而乐。"

比狗凶恶乃人渣

遛狗不把狗绳拉，小区又现悍大妈。
蛮横刁钻行为劣，逼人跳楼把命搭。
给犬自由不给人，比狗凶恶乃人渣。
事端发酵激民愤，自发祭祀共讨伐。
丧命冤魂亡何故，公安立案正侦查。
死者邻舍卢女士，外地来汉度生涯。
遭犬惊吓拒道歉，冷嘲热讽恶语发：
你个租户你横啥，我偏把你威风煞。
约上同伙商定好，天天拦截侮辱她。
连续纠缠俩多月，棍敲漫骂扇耳刮。
嚣张跋扈本利加，网上短信更奇葩：
我家狗狗不咬人，既然吻你同一家。
卢女投诉屡告发，泥牛入海未作答。
万般无奈生绝望，以死维权终年华。
做法糊涂不足取，轻将生命作抵押。
当今社会人为本，养犬违章必受罚。
为狗伤人触法律，自栽祸秧食苦瓜。

狗贵人贱又幽笼

张家千金打吊瓶，将狗放置病床中。
护士劝阻未生效，强行抱出大祸临。
诬称宠物受伤害，满嘴脏话骂不停。
公然放狗咬护士，态度恶劣气焰凶：
宝贝儿子比你贵，小破护士逞啥能？
其父助纣出手狠，护士立刻遭除名。
媒体曝光求公道，群情义愤讨公平。

信步漫吟

Xin Bu Man Yin

舆论声援压力大，富豪全家始不宁。
爸妈赤膊齐上阵，收买威胁双夹攻。
先将女儿许婚配，再出重资让清屏。
黔驴技穷施恫吓：我俩跳楼行不行？
软硬失灵枉费功，恼羞成怒露狰狞：
你个小小破主播，给脸不要阎王充。
再不收敛速止步，三天让你网无踪。
财冲人横脑袋膨，认为有钱万事通。
语言狂妄口气大，倚钱仗势逞霸凌。
法治社会民为本，闹剧让人困惑生。
因狗滋事未消停，狗贵人贱又出笼。
大家拭目看究竟，不容人渣秽文明。

墓茔红伶　英魂碧血

——叙事诗22首

　　中国传统文化促进会何君文化委员会名誉主任、山西省社会科学院何氏文化研究中心主任何令祚率山西何氏文化研究中心代表团一行12人，应邀赴广东深圳、惠州、中山、珠海、肇庆考察学习。在深圳的中国传统文化促进会何君文化委员会名誉主任何发秀等人精心安排、自费接待并全程陪同。沿途感受深深，故以叙事诗的形式记录所见所闻。

南粤行

（一）

北国秋深寒气临，银鹰载我深圳行。

扑面暖风沐丽日，姹紫嫣红绿葱茏。

高楼大厦凌空立，荟萃中西典雅型。

纵横交错路畅通，井然有序文明城。

发哥车队机场迎，重温天下何氏情。

设宴洗尘金融厦，一一七层观市容。

金牌名酒佳肴盛，更有兄嫂助兴浓。

面湖临海单间住，舒适不亚帝寝宫。

白鸥亮翅栖岩上，梦里依稀赏涛声。

前海观摩开眼界，特区熠熠亮明星。

腾讯科技暗诧惊，立足世界抢巅峰。

规划馆里宏图现，顿感世纪超时空。

曾几何时甩贫穷，神速崛起心沸腾。

改革开放四十年，渔村长成中国龙。
莲花公园攀峰顶，雕像合影念邓公。
习总书记三莅临，关怀备至赢美称。

（二）

惠州人杰亦地灵，今赴实地取真经。
会长云标重礼义，术后未瘉宴来宾。
以茶代酒情切切，几番夹菜意浓浓。
会馆精荟创业苦，强歌布展见实功。
驱车直奔何家屋，道深总长久仰名。
爆竹迎客万声响，祠堂敬香三鞠躬。
视频追忆十年史，光宗耀祖秉家风。
新宅设宴待远朋，相识相敬碰杯频。
特色佳肴赢盛赞，茅台美酒两瓶清。
席散方欲赏星月，焰火腾飞耀夜空。
如此隆重又盛情，教人难抑热泪盈。
血浓于水今验证，一脉相承不离宗。
驱车径直奔大鹏，桔钓沙菜一日行。
珍馐美酒堪盛宴，鱼虾鲍蟹做工精。
搭乘游轮碾浪峰，夕阳晚霞一色红。
又见群鸥掠水过，青山碧海白帆篷。
赤足渔姑丽影靓，斟酒上菜忙不停。
瀚海遥遥看星月，游轮渺渺赏渔灯。
惠州西湖绕环形，苏轼雕像栩栩生。
朝云墓茔文豪建，传世诗外偎红伶。
客家古堡客家饭，民风民俗迥不同。
谚语格言独蕴妙，笑随翁叟仿发音。

（三）

珠江美景天下闻，贴近观摩更传神。
途中专往中山馆，堂前品悟天下公。

三民主义开史册，终结帝制赖孙文。

海洋王国在横琴，鲸鲨海豚北极熊。

5G影厅开眼界，惊险刺激心胆惊。

跨海大桥港珠澳，技术顶尖规模宏。

文公当叹今胜古，伶仃洋上不伶仃。

海女举珠傲苍穹，引得百侣共心声。

微波荡漾水天色，沙滩如缎走稚童。

晚餐落座五月花，大菜海鲜品种丰。

万豪酒店一夜眠，抖擞精神又登程。

（四）

肇庆胜境七星岩，名冠遐迩非一般。

喜乘游船入仙境，倏然飘落桃花源。

岭南第一存仙洞，灯光变幻七彩环。

水潺潺，景天然，火鸟引吭舞翩跹。

绿草丛中丹顶鹤，雍容大度任赏观。

名人诗文举头见，摩崖石刻留遗篇。

李局年高貌非凡，带伤陪游感地天。

创业已满半世纪，资格虽老却恭谦。

原任市委温书记，慈眉善目白发斑。

如数家珍论人杰，盛赞山西五千年。

留恋不舍往回返，夕阳映红半边天。

星湖微澜放游船，次日再游七星岩。

白鹭迎客凌空舞，神女垂爱送笑颜。

远眺青山卧佛眠，近观锦鲤戏水欢。

心旷神怡添游兴，浑然忘却烈日炎。

鸡鸭菜蔬原生态，农家茅舍进午餐。

宜居城市惹人妒，肇庆果然不简单。

史上设督辖两广，尽赛龙帆五洲观。

他年振翅再腾飞，名冠天下夺金牌。

信步漫吟

Xin Bu Man Yin

最喜当属鼎湖山，九龙宝鼎细观瞻。

纯铜锻铸花饰美，寓意江山稳如磬。

天然氧吧人长寿，一泓净水无尘纤。

缕缕清风身心爽，樽樽金佛佑平安。

寺内有幸食斋饭，别有趣味乐其间。

院士基地住一宿，充回院士解回馈。

深圳之行已九天，旅程结束收笔端。

满腹激情表不尽，且以惊艳代絮言。

将军故地游

在纪念抗日战争胜利50周年的日子里，1995年8月18日至23日，中共中央政治局常委、中央军委原副主席刘华清上将以及原北京军区政委谷善庆上将、中央军委办公厅主任程建宁少将等领导受中共中央、中央军委委托，专程赴山西参加纪念活动，在省委、省政府、省军区主要领导的陪同下到太行老区，先后考察了129师司令部旧址、长乐响堂铺战斗遗址、黄崖洞八路军兵工厂旧址、邓小平同志麻田旧居、中共中央北方局党校上北漳旧址、八路军太行纪念馆等处，并向"西井八路军坚持敌后抗战三周年纪念塔"和邓小平同志手书的"将军岭"等处献了花圈、花篮，向老区人民赠送了15台电视机和一批图书。刘华清同志在左权找到了当年老房东的儿子，并把自己的手表赠送给他。刘华清同志一行还冒雨参加了"山西省纪念抗日战争胜利50周年暨八路军总部在太行58周年大会"，并发表了重要讲话。作为一名工作人员，我有幸目睹了刘华清同志在太行老区活动的全过程，并深深为一些场面所感动，故事作诗六首以抒怀。

一

白发将军旧地游，风云半世览目收。

太行策马驱倭寇，烈焰连天焚野牛。

九路围攻成泡影，长乐一战扼敌喉。

军民挽手千钧力，漫舞红旗续春秋。

二

将军岭上耸丰碑，泻落清泉穆且岿。
缅忆当年鏖战急，赴汤蹈火壮军威。
民族救星共产党，砥柱中流八路军。
日映花篮红胜火，将军白发傲秋晖。

三

奇峰壁立黄崖山，妙斧神凿堪叹玄。
飞瀑银练书伟史，英魂碧血忆当年。
一千健将结铜垒，半万敌兵难破关。
谷隘原非神鼎助，自有正气冲云天。

四

总部一别几十秋，今朝再访眷悠悠。
乡亲念旧街头立，多情天公泪亦流。
喜看军民长城固，欣闻讲话荡神州。
吾华尽是孙大圣，看尔妖魔再显幽。

五

将军故地觅房东，数载遥思梦里逢。
作古双老儿健在，凝眸细辨鉴英容。
两手紧握泪盈眶，一表相赠蕴意浓。
携手谈笑穿村过，依然八路旧军风。

六

数载重归上北漳，揣情驻步嗅书香。
大学堂里听《联史》，小课桌上论战章。
夏日屯田挥热汗，秋宵秉烛忘寒霜。
学成宛若出山虎，淬火钢刀更锋芒。

信步漫吟

Xin Bu Man Yin

X大亨自毙

点铁成金悚人惊，　一夜跻身暴富翁。

生就鲁莽才智浅，　大字一筐难认清。

仰仗族势黑白道，　藐视法律气焰凶。

贿赂高官下苦功，　拉人入水陷泥坑。

借助黑伞开黑窑，　矿难死亡钱摆平。

非法占地强开工，　转手房产数十宗。

人狂路野近似疯，　鲸吞国资成大亨。

天良丧尽事坑蒙，　盘剥压榨吸血虫。

浑如当年黄世仁，　无恶不作逞霸凌。

多少农家苦伶仃，　陷身地狱深九重。

攫取唯恐爪不利，　掠夺只恨齿欠锋。

城乡百里传恶名，　出门打砸带帮凶。

砍刀板斧绑人绳，　私设公堂行酷刑。

公然滥放高利贷，　逼人逃债外丧生。

冷看农家失学女，　漠对鳏寡残疾童。

少许善款捐不得，　赌场一掷十万轻。

醉搂红颜风流种，　观景豪宅胜皇宫。

高档轿车一溜风，　自诩天下一条龙。

日日得意又忘形，　挥金如土享无穷。

钱财充盈心虚空，　但恐事发俱充公。

移民国外寻退路，　狡兔三窟欲避鹰。

打黑扫恶来势猛，　警车呼啸擒元凶。

机关算尽太聪明，　银铐入狱罪不轻。

法网恢恢疏不漏，　祸国殃民焉能容。

亘古玩火常自焚，　迄今造孽难善终。

多行不义必自毙，　反面教员X大亨。

田老汉卖杏

老汉田玉栓，年逾七十三。
老伴谢世早，独身好孤单。
早年卖衣衫，赚下几个钱。
暮年体多病，庸医太刁钻。
开方销假药，一次两三千。
花钱如流水，转眼折腾干。
没有退休金，生活很贫寒。
小区吃低保，尚有房一间。
院内长杏树，杏大还挺甜。
有心卖几篮，换钱买油盐。
孰料刚摆摊，便遇城管拦。
没有营业证，也无上税单。
协警怒无言，上前篮踢翻。
黄杏满地滚，惹怒老汉田。
上前想理论，胸前挨一拳。
眼黑站不住，跌倒马路边。
执法不文明，引来众人观。
内有一中年，大义又凛然。
谴责话有据，协警愧无言。
道歉语诚恳，主动往起搀。
一场风波过，双方转和颜。
中年走上前，善言对老田：
摆摊办手续，无规不成圆。
打人本违法，踢篮属野蛮。
既达双谅解，彼此不纠缠。
今日损失杏，补偿算我捐。
杏送大家尝，您老请收钱。

新步漫吟

Xin Bu Man Yin

老栓泪涟涟，摆手语气憨：
自家树上摘，收钱算哪般？
权当送大伙，你们尝尝鲜。
老汉心不贪，气顺心自甘。
弯腰捡起篮，消失人流间。
社会和谐美，法治书新篇。

赵小楚

赵小楚，　　　　家住城关赵家堡。
老实巴交庄稼汉，务农耕田卖红薯。
交友不慎染恶习，鬼迷心窍嗜好赌。
父母双亲苦相劝，妻子下跪难拦阻。
麻将一打一通宵，田地撂荒薯烂腐。
现金赌光心哪服，幻想翻盘动存储。
取款须臾又输光，身无分文陷维谷。
恰遇乡痞坐地鼠，高利放贷榨人骨。
先贷五千作本金，再贷五千为后补。
本利相滚往起鼓，仨月欠下十万五。
小楚痴迷信占卜，居然押上地五亩。
高抬赌注近似狂，三把下来田易主。
坐地鼠，凶似虎，翻脸变态恶语诅：
"一周之内不还钱，全家卷被滚出堡！"
小楚困顿剜心脯，苦思冥想计离谱。
居然夜半潜路旁，纱巾蒙面手执斧。
拦路抢劫外地客，偏遇对手好功夫。
生擒活捉报警后，触犯法律遭逮捕。
蹲大牢，辱先祖，一夜发白面如土。
妻子离婚父气亡，空留小女和病母。
狱中大呼悔断肠，造孽万死难弥补。

信步漫吟

Xin Bu Man Yin

奉劝天下耍钱人，戒赌方免坠深谷。

这里的战斗静悄悄

——记战斗在抗非典一线的省委办公厅

不宣而战

阳春三月，

乍暖还寒。

一个叫SARS的蒙面恶魔，

悄悄向三晋袭来。

阴霾笼罩着汾河两岸，

恐惧噬咬着健康心田。

一时间，

人们那惊愕的目光，

充满了懵懂和茫然。

人人自危，

谈非典而色变……

在同一时间，

省委办公大楼的灯光，

照亮了"一班人"坚毅的容颜。

一套完整的应敌方案，

凝聚着决策者的智慧和果敢。

伴着黎明军营嘹亮的号角，

向来犯的SARS菌团，

不宣而战！

勇赴一线

没有战前动员，

没有口号和誓言，

省委书记身先士卒，亲临一线，

秘书长们紧随其后，快马加鞭。

疫情就是命令，

生命重于泰山。

把个人安危置之度外，

把人民安康系在心间。

亲赴病区看望医护人员；

深入校园与师生交谈；

督促检查穿梭于地市间；

带头捐款日达数万元；

鼓励患者早日康复；

坚定大家必胜信念。

哪里有省委领导的身影，

哪里就有办公厅的工作人员。

分不清哪个是兵，哪个是官，

人人都是战士，处处都是一线，

看不见少许厌倦，

听不见半句怨言。

寂静中深蕴着同仇敌忾，

肃穆中加快着工作节拍。

好一个训练有素的战斗集体，

好一支精明强悍的"尖刀连"。

"人民公仆"的本色在此时验证，

"三个代表"的真谛在此刻体现。

立体作战

听不见冲锋的呐喊，

看不见交战的硝烟。

这里的战斗静悄悄，

却分分秒秒扣人心弦。

五一休假自动放弃，

人人自觉上岗加班。

有条不紊各司其职，

配合默契，立体作战：

—— 研究疫情会议翻番，

精心布置，科学安排。

疫情如火，心如油煎，

口鼻生疮，只字不谈。

向怀孕的妻子深鞠一躬，

推门直奔抗典前沿。

——机要局的值班员，

午夜接到上级抗典明电，

星夜驱车直奔书记、省长的住宅。

完成任务后来不及回家休息，

倒在沙发上睡得香甜。

——机要交通处的交换员，

天天乘车往返于北京至太原间。

在疫情最猖獗的时候，

没有一个人退缩不前。

把孩子托付给白发老母，

抹泪出征，脚步愈坚。

——秘书处公文交换，

一如既往，毫不懈怠。

文件消毒呛得眼泪直流，

午餐是自泡的一包方便面。

——信息处昼夜守在微机前，

上传下达扩大信息源。

期期快报带着油墨清香，
为各级领导提供决策内参。
印刷厂、汽车队、警卫连，
保卫处、卫生所、炊事班……
为抗击共同的敌人——非典，
结成了牢不可破的统一战线，
进行着纵横交错的立体战……

毫不懈怠

经过近百天的昼夜激战，
SARS恶魔的嚣张气焰开始收敛。
一个个非典病例零增长的报告单，
昭示着全民防范的日益完善。
顾不得揩去额头的汗珠，
顾不得参加爱妻久别重聚的家宴，
"防非尚未全胜，
万万不可懈怠。"
"思想稍有麻痹，
非典就会卷土重来。"
省委、省政府领导的紧急指示，
通过省委和办公厅的红头文件，
又飞快地传遍全省所有市（地）县。
"只要SARS恶魔一天不伏法，
我们就一分钟也不会休战！
这支特别能战斗的快速反应队伍，
又在经受着新一轮战斗的考验……

吴斌赞

吴斌——我的好兄弟，

一位普普通通的大巴司机，
却用非凡壮举使天地惊、鬼神泣，
揭示了"一瞬"和"一向"之间的内在联系，
诠释了伟大靠平凡孕育……

肝脏破裂，肋骨骨折的剧痛使你浑身战栗，
但没影响你完成换挡、减速、停车等系列应急程序，
直至拉下手刹、打开双闪，
叮嘱大家安全下车后才陷入深度昏迷……

一分十六秒，是"十年零投诉"自然而然的凝聚，
一分十六秒，是"百万公里无事故"的必然顺递，
一分十六秒，是职业素养在关键时刻的当然展现，
一分十六秒，是高尚情操在特殊环境绽放的天然花絮……

有人说你将仁、智、勇三者融为一体，
有人说你用生命之躯为24名旅客筑起安全大堤，
你没有留下什么震耳发聩的豪言壮语，
那笔直的刹车拖印分明是最好最美的诗句。

吴斌——我的好兄弟，
你走完了自己48年的人生之履，
用无言的行动给生命价值作了最完美的定义。
"平民英雄"是大众对你的最高褒奖；
"吴斌日"是杭州市民对你的刻心铭记；
"最美司机"是百万网友对你的由衷赞誉；
省委书记遗体告别深深的三鞠躬
表达的是党和人民对你的崇高敬意；
万人含泪夹道为你送行的场面
分明是我炎黄子孙憎爱分明的火种延续；

千载传承的中华美德

是和谐社会向上向善的凝聚力和向心力……

吴斌——我的好兄弟，

我知道你生前总想对爱妻表达深深的歉意，

可惜补度蜜月的承诺化作了再难兑现的期冀。

那订好的机票、排好的假期，

今生再也无法带你们去享受云南风光的无限绚丽，

留给贤妻和家人的只有永久的遗憾和无尽的追忆。

然而无数平凡人从你身上得到了启迪，

甩脱浮躁、冷漠、自私、消极和空虚，

焕发出热爱生活、热爱人民的勃勃生机。

必将用爱岗敬业的平凡之举，

书写像你一样无愧于人生的奉献之曲。

"考官"吟

　　2019年夏，某市公开考试遴选公务员，数额15名，而报考应试者盛况空前。愚等5人应邀组成专家组担任考官。历时半月，恪尽职守，终圆满收官。出题、阅卷、面试全程参与，亲历亲观，感慨万千。

阅卷

繁星闪烁在夜的蓝天，

炎夏的热浪扰人难眠。

在泛华酒店寂静的包间，

时针悄然指向凌晨四点，

台灯下我等还在通宵夜战。

二百多份密封答卷，

历时一天一宿，
分别在我们手中反复浏览。
粗看一遍，细看一遍，
对比权衡，再看一遍。
铅笔打分，修改方便。
唯恐失衡，彼此交换。
尚存疑点，首席决断。
意见趋同，红笔呈现。

一纸考卷在手，事关能否出线。
肩负择优重担，焉敢半分懈怠？
宁舍滴滴汗水，不负殷殷期盼。
倘有毫厘误差，必会寝食不安。
当笔试分数正式揭榜那天，
目睹上下由衷地认可和点赞，
我们疲惫不堪的脸上才绽放笑颜。

面试

挂上标有"考官"字样的胸牌，
坐在庄严肃穆的考场前端。
没有半分居高临下的师者荣耀，
惟感如履薄冰般的胆怯心寒。
面对一张张陌生的年轻面孔，
渴求成功的目光中流漏出少许不安。
八分钟的临场思答需超常发挥，
看应变实力和逻辑思维是否紊乱，
仪表仪态语音语速皆与成败攸关。

手中打分的笔重如千钧巨椽，
心端的天平不容半点斜偏。

高度集中，科学评判，杜绝失误；
反复思忖，再三斟酌，务求客观；
公允、公平、公正凝聚笔尖，
分值精准度体现在小数之间。
且看场上忠实履职的五名考官，
空调屋内依然汗浸衣衫。
并非打个分数有那么举笔维艰，
而是高度负责的使命感使然。

让烈士忠魂荣归故里

　　2019年清明节前，《衡水晚报》和《太原晚报》共同发起为在抗日战争中牺牲在河北深州市榆科镇北社庄村的37位晋籍烈士寻找亲属的活动，37位原无名烈士身份现已查明，分别来自我省太原、五寨、右玉等地。1939年在掩护部队转移时和数倍于己的日寇浴血奋战数小时，弹尽粮绝，为国捐躯。

　　37位晋籍烈士
　　同他的战友，
　　与2000多侵华日寇，
　　进行了力量悬殊的殊死搏斗。
　　为掩护部队转移，
　　从清晨一直坚守到午后。
　　筑成阻敌壁垒的是男儿血肉，
　　比钢铁浇筑得更加坚厚。
　　他们中最大的30出头，
　　最小的17岁还不够。
　　他们同属八路军120师715团，
　　是共饮黄河水长大的一零后、二零后。
　　他们哪个不是爹的眼珠仁，

他们哪个不是娘的心头肉？

可为了中华民族不沦为亡国之奴，

为了千载华夏世代繁衍而不就此绝后，

面对侵略者发出荡气回肠的正义之吼，

"只要人在，阵地就绝不会丢！"

在打退了敌人数次进攻之后，

弹尽粮绝仍不肯服输屈就。

用刺刀，用拳脚，用石头，

谱写出气壮山河的英雄赞歌，

彰显了民族气节的天高地厚。

敌人的装甲车坦克将掩体轰平，

勇士的身躯被罪恶的子弹穿透。

任汩汩热血流淌成河，

淹没这群军国主义侵华野兽。

就这样，

血沃中原的黄土地啊，

浇灌出今天的山青水秀；

风华正茂的生命销陨啊，

换来了亿万人的家殷人寿。

80年了，你们长眠异乡，

期盼早日魂归故里与家人聚首，

期盼与心上姑娘共饮新婚喜酒，

期盼与爱妻娇儿同把幸福享有……

80个冬夏春秋，

也许我们让你们等得太久，

但，为国捐躯的先烈，

人民时刻把你们镌刻在心头。

君不见，

年年清明节敬献给无名烈士的花圈，

就是亿万人民对你们最亲切的祭奠和问候；

信步漫吟

Xin Bu Man Yin

纪念抗战胜利70年的隆隆礼炮声，

和着你们集结荣归的步履节奏；

改革开放的累累硕果，

荡漾着你们倾献的赤子情酬……

归去来兮，

我的好兄弟，我的亲骨肉！

——让英魂荣归故里，

让丰碑耸立千秋，

让事迹千载瞻仰，

让精神万世不朽！

欢送

四月十八——寻常又不寻常的一天。

在幽雅静谧的衡水中学校园，

1500名师生自发地聚集在楼道两边。

气氛变得低沉凝重，

场面显得肃穆庄严。

男生静立缄默无言，

女生掩面泪水潸然。

当两位六旬老者从门房姗姗走出的瞬间，

"李爷爷，您辛苦了！"

骤然迸发的呼声响彻云端。

芬芳的花束献至胸前，

喧天的掌声持续不断。

一位学生弹响了钢琴，

悠扬的乐曲在校园回旋。

李志发李馈琴——这对今日退休的楼管工夫妇，

面对着突兀而至的欢送场面，

不约而同瞪大了惊愕的双眼……

九个春秋啊朝夕相伴，
情真意切啊历久弥坚。
天天迎着晨曦打开校门，
接纳孩子们朝阳般的笑颜；
日日暮色四合关闭校门，
和园丁相互挥手道声晚安。
12个垃圾桶及时清理，
楼道保洁一尘不染。
男厕女厕卫生双优，
擦拭栏杆不厌其烦。
为了孩子们的健康成长，
再苦再脏也心甘情愿。
喜看桃李吐蕊绽妍，
再忙再累也无悔无怨……

回顾九年仿佛昨天，
分别之际分外留恋。
李老动情语音发颤，
如泣如诉其言也善：
"谢谢大家这番美意，
我俩永远铭记心间。
希望你们奋发有为勇往直前，
考上大学报效祖国，
是我们对你们最大的期盼……"

一场特殊的欢送仪式，
犹如一首感人肺腑的瑰丽诗篇。
人与人之间的相互敬重，
昭示了衡水中学的办学理念。

信步漫吟

Xin Bu Man Yin

立德树人乃千年大计，
感恩之心当重如泰山。
且记录下这寻常又不寻常的欢送场面，
让它载入社会主义核心价值观的新时代史卷。

打"包票"

一张"勒令退学"的校长布告，
赫赫然张贴在学校。
他拎起书包扬长而去，
若无其事地吹着口哨。
打架刻下的旧痕新疤，
衬着脸际愚昧无知的笑。
一位教师静望着他的背影，
失职的内疚像长蛇在心头缠绕。
他仿佛听到孩子父母绝望无奈的啜泣，
"浪子回头"的心愿化作碎泡；
她仿佛看到教唆犯在招手相邀，
一步步临近犯罪的泥沼。
她猝然返身走进校长室，
涨红了脸，口气也很暴躁：
"校长，我打包票，我打包票！
请不要把他撵出学校。
与其推他落入犯罪的深渊，
不如拉他回到集体的怀抱。
把他放在我的班上试试，
我不信浇不活他这株枯萎的幼苗。
他就是一块坚硬的顽石，
我也让他融进火红的炉灶；
他就是一块严冬的坚冰，

心不满吟

Xin Bu Man Yin

我也让他化入春天的渠道……"
老校长从她急剧起伏的胸口，
看到了一颗炽热的心在跳。
老校长从她急切渴求的目光，
看到了母爱的温泉——师道。
她胸前"模范班主任"的金质奖章，
就是最有说服力的包票。
校长答应重新开会商讨，
换来的是她含泪的嫣笑。

山妹

柳绿桃红满山里香，弯弯的溪水绕山庄。
青石片片河中立，姑娘倚石捶衣裳。
乌黑的秀发白脸庞，圆润的手臂搓洗忙。
秋波妩媚含娇羞。乡曲甜美又悠扬。
甩一把水珠拂刘海，掬一捧清水润喉腔。
洗好的路服铺一旁，金色的铜扣映日光。
山妹恋上个铁站长，"五一"过门做新娘。
千里铁道作财礼，嫁一个铁哥多荣光。
铁龙飞进大山里，山山坳坳展春装。
乡亲们都夸是好鸳鸯，姑娘的心里淌蜜浆……

一位机务老工人的追忆

　　我在太铁文协担任专职副秘书长期间，太铁机务段退休老工人周忠仁找到我的办公室，将自己的亲身经历讲给我听，我感到这位老师傅的追忆非常有代表性，是铁路工人斗争史的缩影，于是写下此诗。

修车

曾记得，

一九四四好难活，飞雪裹日漫脚脖。

那年我不满十六，面黄肌瘦象病夫。

好说歹说求人说，勉强收我修机车。

最恨日寇监工恶，心狠手毒如蝎蛇。

鞭笞"苦力"寻常事，一天到晚骂"八格"。

我的师傅高米轲，被电烧化右胳膊。

机旁斑斑留血渍，深仇大恨压心窝。

毁车

师傅暗下对我说，这个世道鬼怪多。

咱们穷人要想活，攥紧拳头抱成砣。

东洋小鬼急用车，我们专把洋工磨。

电机修完留毛病，行车不久准扒坡。

时光飞逝如穿梭，日寇投降出中国。

原想从此无恶魔，谁料虎去狼安窝。

阎匪霸占机务段，压榨工人更狠毒。

我们暗下细琢磨，定下"破坏"好计策。

偷偷拆下新电机，却把坏机安上车。

"飞龙""飞虎"飞不起，气得敌人直哆嗦。

几把刺刀对心窝，要以谋乱把人捉。

危难关头有气魄，师傅挺身从容说：

电机本是劣等货，一天三坏毛病多。

我等累死修不好，要杀要砍你斟酌。

盘问再三无实据，敌人又施新计谋，

非让师傅当段长，又以厚薪相诱惑。

师傅应承不推脱，另有用意为穷哥。

护车

冬去春来融冰河，隆隆炮声传耳膜。

解放大军攻势猛，阎匪困守线路缩。
眼看孤城要攻破，密令速速炸机车。
师傅原是地下党，早已暗下做工作。
机车转移封进库，昼夜派人来巡逻。
敌人阴谋没得逞，机车完好无损破。
师傅为民立大功，不久荣升当楷模。

驱车

建立人民共和国，刚刚过上好生活。
鸭绿江边燃战火，义愤填膺报名多。
捐款、加班昼夜忙，赶修台台英雄车。
一声汽笛震山河，满载军运奔出国。
头上敌机像蚂蟥，俯冲、投弹加扫射。
英雄车啊英雄多，英雄鲜血染机车。
铁道骄子美名扬，抗美援朝百战多。
线路畅通炸不折，气得美李直哆嗦。
多少铁路好儿男，英躯安葬铁道坡。
含笑欣慰告祖国，献身和平也值得。

跋

风雨岁月弹指过，如今饱享天伦乐。
老马奋蹄争朝夕，锐意改革勇开拓。
人虽退休志不退，爱路爱车爱工作。
再为铁路做贡献，路徽闪闪不褪色。

无尽的追念

——写在父亲逝世三周年

每逢阴历九月二十七，
脸上总会情不自禁挂满追忆的泪滴。

我慈祥的老父亲啊，

三年前的今天走完了86个春秋的人生之旅，

在强掼着等他的孙儿办完婚事后的第十天凌晨，

宛若清香一缕，

悄无声息地悠然而去；

像劳作疲倦后安详入睡，

却鼾声不再，长眠不起。

虽然临终没有给儿女们留下只言片语

却用博深的父爱勾起晚辈们无尽的追忆……

都说父爱无言。

是的，

父亲在我心中永远是一座巍峨的山。

山不言高，

却立地顶天。

在困难面前，

我从没见他有过半句怨言。

五六十年代，

十口之家靠他一人工资74元，

硬是闯过了饥饿和贫寒关，

父母含辛茹苦吃糠咽菜，

却执着要把儿女送进中专和大学的校园。

那张我至今保存完好的发黄的全家福照片，

父母瘦骨嶙峋、眼窝深陷，

那微微弓起的腰杆，

承载着多少难以言传的岁月辛酸……

尽管父亲上一天班是那么疲倦，

回家后却跑多少里地为我们去挖蒲根轧成面，

和上粮食做成顶饥抗饿的饭团。

住宅前搭起的丝瓜架，

解决了我们的吃菜之难。

至今我依稀记着

父亲下班后挑水浇秧时浸透汗水的衣衫。

他每月开支后和小贩好言相谈，

廉价包圆了人家挑剩下的瓜果，

回家后用刀子小心地削去烂掉的部分，

分给我们解馋。

曾记着那一天，

学校让贫困生申请减免学费，

虽然我家已超出人均最低生活标准4角钱，

可我还是硬着头皮向老师交了书面申请，

老师当真给我这个班长减免了1.5元。

当我兴奋地把钱递到父亲面前，

满以为会换来他满意的笑颜。

谁知他明白原委后勃然大怒，

责令我当即就去把钱退还。

事后他语重心长地对我说：

"孩子，这钱咱们从哪里抠不出来？

你是一班之长，

为什么要弄虚作假把公家的光沾？

人穷可以，但万万不能志短。

你现在还小，见钱就这么眼开，

长大了还有什么坏事不敢？"

父亲的话使我羞愧，令我汗颜，

从父亲的话语里我明白了诚实的内涵，

从父亲的愠怒中我知道了做人的尊严。

暑假里我和母亲去割草卖钱，

至今左指上仍留有镰痕斑斑，
但我挣钱交足了我们兄妹的学费，
心里感到十分舒适和安然。
更重要的是父亲的话使我终身受益，
做人要守诚守信切莫要滑耍奸。
这既是我们老何家做人的底线，
也是我至今朋友多多的主要根源。

父亲有一套家传秘方，
治耳疮百灵百验，
不管生人熟人只要找上门来，
他都热情接待从不迟缓，
不仅一分钱不赚，
还要白白贴上药物和时间。
问他为啥愿做这赔钱的买卖？
他对我说："钱，没了还能赚，
情，丢了再难拣。
人在世上要少作孽，多行善，
与人方便，才会自家方便。
贪便宜的事要主动往后站，
见利忘义辱没祖宗的事千万别干。"

曾记得1960年洪水入宅，
全部家当毁于一旦。
灾后国家挨户登记损失明细，
承诺给予适当补贴。
有人认为此举正中下怀，
极力夸大损失想从中捞钱。
也有邻居对父母好心相劝，
说你家孩子多，人家容易可怜，

多说点，说重点都很自然。
父亲的态度却始终如一，
说自己有能力克服眼前困难，
国家一分钱的光也不多沾。

曾记得"文革"期间，
一切规章制度全都被砸烂，
使用起道机前本应严格进行安检，
某些人偏偏要废弃这点。
担任领班的父亲明知道这样太有危险，
只好自己抢前一步亲自操作，
本以为这样可以最大量把事故避免，
谁料悲剧还是无情地上演，
失灵的起道机铁柄重重击中了父亲的下颚，
颚骨断裂，几颗牙齿脱落
鲜血立时染红了道堰……

昏迷不醒的父亲被送进铁路中心医院，
医生经过抢救把他拉出了死亡线。
两个月后他主动要求出院，
但因脑震荡后遗症被迫离开了工务段。
有人为把这件事故遮瞒，
再三再四对父亲苦苦相劝，
让他主动放弃工伤申报，
为段上最后再做点贡献。
父亲沉思半晌后居然答应了，
他明明知道这是在干亏自己的傻事，
工伤如果不算，
将来退休金百分之百就会缩减，
可他终究没有为此举而悔叹，

信步漫吟

Xin Bu Man Yin

反说退休了还白拿国家这么多钱，

该知足了，哪里还有理由埋怨？

跪在父亲坟前，

我泪水涟涟，浮想联翩：

今天，我由一个铁路工人的儿子，

成长为一名国家公务员，

享受着副厅级的待遇，

工作在省委机关。

如果不是党的培养，

哪会有我的今天？

如果没有父亲的谆谆教诲，

我这棵小树也许会长斜长歪。

我要时时铭记父亲生前的苦口良言，

永远记住自己身上流淌着劳动人民的血源。

摆正位置，

勤政清廉。

永远做人民忠实的勤务员，

牢牢把握好人生的方向盘。

我心里非常非常明白，

悼念父亲最好的形式，

莫过于不违背向他许下的诺言。

让九泉之下父亲的人格，

在儿辈、孙辈身上代代相传……

奖 章

1995年12月22日，团中央、全国少工委联合将一枚全国一级星星火炬奖章授予太原铁路分局局长张光玉同志，以表彰他在尊师重教上所做出的卓越贡献。

一枚金灿灿的奖章，

辉映着一张熟悉的脸庞。

透过电视屏幕，

我看见

满头银发的局长，

躬身接受了这枚勋章。

掌声响彻屏幕内外，

敬意源自师生心房……

这不是枚普通的奖章，

它溶进了数万园丁的依赖，

它注入了数万学子的热望。

运筹帷幄的一局之长，

指挥的

不单单是车、机、工、电、辆。

关注的

也不仅仅是运能和运量。

睿目远放，

精神文明和物质文明并重，

铁肩双方，

"火车头"与"小朋友"等量……

一个铁路分局的局长，

能够获得如此的全国大奖。

一个企业的业务"官长"，

因重师兴教而把"殊荣"得享。

这乍听起来，

似乎令人惊讶和迷惘，

但，奖章的价值就在这里增值，

寻常的故事就在这里显得不寻常……

信步漫吟

Xin Bu Man Yin

是啊，

局长用他超前的战略眼光，

为分局远期腾飞

勇敢地荡起了双桨。

他深知改革大潮大浪淘沙，

优胜劣汰既无情又顺理成章。

现代化大厦的飞速建筑，

需要无数的知识人才来作栋梁。

从基础抓起，从娃娃抓起，

走科技兴路之路乃上策良方。

君不见，

在三九寒天的冷寿阳，

滴水成冰，呵气成霜。

身着绿色军大衣的局长，

推门跨入了透风露气的简陋学堂。

那双平日闪着慈祥的双眼，

如今却因忧虑而半闭半张。

听着窗外刺耳的风啸，

望着孩子们冻红的脸庞，

"盖房！尽管经费紧张也要盖房。

再穷不能穷教育，

再苦不能苦孩子！"

一言九鼎，掷地叮珰。

这本身就是一个

远见卓识的英明决断，

这本身就是一首

尊师重教的优美乐章……

这"效益"也许一时半会儿并看不到，

但，谁也相信，

今天，小树成林，沐雨浴阳，

明天，必定硕果累累，万里飘香。

知识不能断层，

教育岂能撂荒。

舍不得投资建舰起航，

就永远只能望洋兴叹，抱残守僵……

难怪，有人称他为"实"局长，

讲实话，办实事，求实效，

鄙弃和厌恶空话、大话、表面文章。

多少次，

徒步亲临施工工地，

一脸尘土两脚泥浆。

工人堆里笑语喧昂，

分不出谁是工人谁是局长。

查检线路，顶风冒霜，

现场办公，把脚扭伤。

多少回，

深入校舍问寒问暖，

师生疾苦，尽放心上。

艰苦奋斗，率先垂范，

捐资助教当仁不让。

一尘不染两袖清风，

高风亮节人心所向。

"全方位法"全路推广，

"塑形工程"又树榜样。

职教、普教并蒂花艳，

思研工作新花竞放。

安全生产一步一曲，

信步漫吟

Xin Bu Man Yin

上下一心士气高涨……
有这样的好局长，
必会百尺竿头更进一步；
有这样的好领航，
定能劈波斩浪，永不彷徨。

1996是新的加油站，
1996正把全速出击的汽笛拉响。
前进——
骄傲的太铁高速列车，
致敬——
敬爱的"司机"局长。
全线开通，绿灯闪亮，
驰向胜利
驰向荣光
驰向辉煌……

慰妻谣

恼气伤怀无端由，夜半自省悔泪流。
失眠空思来时路，半是惆怅半是羞。

人生苦短似旅游，产房坟地一眼收。
追忆回眸姻缘事，一片痴心坠坳沟。

早年大学门难投，如饥似渴学问求。
三年书海呒苦涩，赢得青睐校欲留。

桃鲜杏艳诱双眸，心无旁骛摘旧柚。
只愿此择长感念，患难与共互犒酬。

初逢逆浪船篷收，只身踏雪上山丘。
倾力拼搏借笔硕，搭上体制末班舟。

时光荏苒岁月稠，落籍省城住新楼。
水甜易忘挖井苦，登岸却将船楫丢。

家庭起波令愚忧，裂隙消弭亦犯愁。
霜雪累积冰渐厚，最怕彼此不交流。

纤纤淑女人好逑，天下丈夫愿妻柔。
家庭高度男人定，温度热量女人投。

顶门立户男士酋，相夫教子巾帼优。
和睦检点相补漏，错位宜防车断轴。

翁妪相伴至白头，相濡以沫蹒跚游。
气大伤身损阳寿，风烛残年命易休。

财物积攒点滴抠，唯恐急用囊中羞。
一生克俭惠后代，明知犯傻却难纠。

双鸟同宿享岁悠，一旦落单泣啾啾。
何若怡情延鹤寿，舒坦分值胜王侯。

经年宿怨一笔勾，夫妻缘分几世修。
花卉保艳靠浇水，爱炬长燃须加油。

生活难免臂碰肘，遇事冷静忌顶牛。
包容理性有气度，福祸终须夫妻兜。

气头怼怒语胡诌，情字比理高万筹。

以情诠理隔阂去，咬理弃情剑封喉。

儿孙孝敬照顾周，老有所养无须愁。

少年夫妻老来伴，相依为命度晚秋。

尽弃前嫌重开头，培土除虫共绸缪。

举案齐眉惜恩爱，省得闭眼遗憾留。

读你

——写给一位病故的女同学

读你，

我读了几乎半个世纪。

你是一本厚厚的诗集，

你是一部长长的影剧。

这是人世间悲欢离合的社会缩影，

这是记录与命运抗争的人生传记……

读你，我体味了生活的艰辛不易，

读你，我领悟了生命的无穷蕴意。

你用六十七个春秋的短暂履历，

走完了从摇篮到坟墓的时空之距。

读你，

我欣赏的不单单是你的善良和美丽；

读你，

我敬佩的不仅仅是你的顽强和刚毅。

你与病魔抗争毫不畏惧，

你与厄运博弈可歌可泣……

你曾以"白衣天使"的天然身份，
为无数患者竭诚服务不遗余力；
你以满腔热忱和娴熟的医技，
赢得了太多太多老百姓的交口赞誉。
当帕金森侵入你羸弱的躯体，
当病魔剥夺你做母亲的权利，
你坦然接受了这致命的打击，
嚼碎黄连，强咽下去，
打响了"与病同舞"的持久战役，
上演了让人泪奔的生活大剧……

为康复，你强忍痛楚学用餐具，
为友谊，你坐上轮椅与同学团聚。
你用笑靥回报大家的关爱，
你用热泪感恩同窗的体恤。
此时，笑靥比果汁更加甜蜜，
此刻，热泪比语言更具诚意……

你和丈夫相濡以沫同舟共济，
你与生活相依相伴不离不弃。
你不曾留下任何豪言壮语，
却谱写出无愧人生的绚丽诗句。
你是一株历尽风狂雨骤的劲松，
你是一朵昂首怒放永不凋谢的花絮。
我们爱你，不忍你驾鹤西去，
我们想你，但愿你在天堂惬意……

读你，
我读到了中国妇女的传统美德，

信步漫吟

读你，

我读到了巾帼女杰的时代豪气。

值此纪念三八妇女节之际，

我和你生前的诸多闺蜜，

共同奉上这首小诗，

来表达我们无尽的思念和永久的追忆。

今生读你，我还会继续，

因为完全读懂你并不十分容易。

我们会从你留下的精神财富中，

去把生命的价值和人生的真谛认真寻觅……

唯祝抗疫勇士平安凯旋

每晚时钟指向7点钟，

揣着分分秒秒焦虑的心绪，

绷着时时刻刻紧张的神经，

全家三代静坐一处肃穆无声，

透过电视荧屏，

全神贯注中央台的《战疫情》。

一幅幅白衣天使驰援武汉的画面，

一队队三军将士急赴疫区的场景，

李克强总理亲临金银潭医院探视，

84岁的钟南山院士那流泪的倦容……

都深深打动了我这个年过花甲的退休老翁。

我激动，我心疼，我抑制不住泪如泉涌。

这个让人意想不到的2020，

"新冠"的蔓延给全国蒙上了一层阴影，

疫情惊动了日理万机的国家主席习近平，

当即部署打赢这场全方位的特殊战争。
为了切断病菌扩散的途径，
毅然决断：发源地武汉实施"封城"。

这是共和国史上从未出现过的重大决定，
这是中国为人类安全做出的自我牺牲。
一个负责任大国的担当获得国际各国钦佩，
一个伟大民族的凝聚力赢得全世界瞩目敬重。
一封封来自异国的慰问电带着浓浓的炽情，
从五大洲四大洋飞向首都——北京。

看，十四亿人民齐心协力众志成城，
看，抗疫勇士们临危不惧逆向而行，
看，用脚蹬车前来捐菜的憨厚老农，
看，创业失败仍慷慨捐款的热血青工，
看，小店坚持赔钱送盒饭的年迈老板，
看，感染疫情刚刚痊愈就又重返一线的年轻医生。

听，儿子奔赴疫区前对老人的切切嘱咐，
听，分娩后的妻子对出征丈夫的脉脉叮咛，
听，医生妈妈用深深的亲吻告别满月的女婴，
听，搭建疫区医院自愿捐献报酬的民工心声，
听，各个赴疫区临时党支部出发前的誓言铮铮，
听，19岁的卫校女生不惧疫魔主动请缨……

为抗阻"新冠"毅然剪掉秀发的巾帼女英，
为治愈病人连续鏖战汗浸防护服的手术医生，
为保证疫区供电疲惫不堪连轴转的电力员工，
为及时供应生活必需驾车运输的退伍老兵，
好一个全民动员的立体阻控战，

好一个惊天地泣鬼神驱毒防疫的特殊战争。

怎容恶魔肆意吞噬同胞生命，
焉让病毒恣意玷污生存环境？
一支支救援队凝聚成抗敌的铁壁钢垒，
一双双天使的神手遏住了瘟神贪婪的喉咙。
那一个个生死书上按下的红色手印，
闪烁着救死扶伤的义不容辞和敢于牺牲。

这就是我们今天的大中国啊，
灾难骤降而泰山般从容，
大敌当前而磐石般稳定。
工农商学兵，东西南北中，
党是主心骨，凝聚民心御疫情，
无坚不可摧，无往而不胜！

这就是我们今天的大中国啊，
一声召唤而八方响应，
一省有难而全国支撑。
世界刮目相看，全球点赞频频，
黑夜过后就是黎明，
坚持不懈必获全胜！

叹老朽心有余而力不能，
无法亲赴疫区一线献余生。
满腔激情无处叙，
唯有祈愿寄真情：
愿勇士们早日凯旋，
愿同胞们健康安宁！

朝晖夕霁　峦翠涧幽

——景观诗20首

三晋览胜和咏

大同九龙壁

兴会九龙此壁暄，神姿各异绝坤乾。

琉璃五彩金鳞亮，碧水倒影清池间。

昔赏龙宫寻无路，今遂夙愿乐有缘。

游人摄影须轻步，恐骇神虬入宇端。

北武当山

武当雄峰擎天柱，一朝仰幸纵情观。

石阶逾千云霭处，绿荫金霞古刹间。

袅袅青烟传道义，声声铜磬叩祥安。

华山总信观止险，更喜新识山外山。

应县木塔

浮图降临大地间，天工神斧绘成难。

无钉木构如磐稳，五六层檐八角坚。

壁画飞天惊海外，辞赋书匾堪精篇。

烟尘岁月新拂去，熠熠佛光亮半天。

壶口瀑布

壶口瀑布入宝潭，吐雾喷云水生烟。

龙腾电闪排空泻，耳际欣闻乍霆掀。

日映朝辉虹带美，岚缭夕霁草苔鲜。
民族魄分传千古，禹血青峰刻史坛。

再咏壶口瀑布

黄龙漫卷搅深潭，悬口神壶冒彩烟。
气朔中原吞乾宇，声威秦晋纳百川。
飞流直溅拍天浪，急湍平添漩地环。
尘念俱随流水去，一拂轻袖自怡然。

太谷无边寺

奇瑰白塔降凡间，银光十里耀人寰。
宝瓶塔刹觅福水，慈航普渡祈亦难。
几朝续修成绝艺，千载游人览无边。
登高俯瞰当自省，心洁无尘方为仙。

苏三监狱

死囚平阳虎首悬，凶狞血口瘆人寒。
无端祸嫁贫家女，枉法贪赃乃狗官。
井口绳痕淌苦泪，枷锁牢边印血斑。
今观古狱思廉政，莫让苏三再蒙冤。

云冈石窟

万佛聚会喜同居，精细雕工乱羽衣。
乐伎飞天生魅力，神工鬼斧匿痕迹。
四十春夏窟百半，五万一千石雕躯。
北魏瑰宝留史页，炎黄艺厦奠深基。

藏山

宝松龙凤护藏山，移步痴迷叹自然。
神马泉边思报应，尊贤祠里论忠奸。
程公救孤失娇子，屠氏专权造孽冤。
不慕青蝇贪伪赐，笑嘲恶种在阴间。

娘子关

京畿第九筑屏藩，雄隘天然叹止观。
春降桃河留倩影，泉飞日夜耀青天。
犹存鞍鞯征程热，尚见刀枪校场寒。
巾帼平阳炳晋史，关城万古耸云端。

广胜寺

何来宝寺耀佛门，绿柏红墙塔点金。
生旦净末杂剧美，泥铜铁木塑形真。
琉璃三彩光华夏，雕饰八檐冠艺魂。
最赖英师驱倭寇，血溅藏经稀世珍。

拜谒兰亭感怀

曲径通幽衬兰亭，酒觞醇酿诗妙成。
羲之一序折天下，千秋共仰书圣名。
旷大洒脱势恢宏，漂若浮云矫似龙。
字字珠玑凝功力，笔笔豪雅透艺精。
父子分书传佳话，祖孙同碑爱意浓。
可叹真迹殉葬去，谁人不怨唐太宗。

汾河公园景观咏

晨景

南北双延汾水长，东西横亘数桥梁。
长龙显身姿雄伟，短笛绕河音悠扬。
花剑疾舞翁鹤发，太极慢起妪红装。
浪花潋滟健儿泳，塑胶步道任徜徉。

夜景

月如金钩天庭缀，并秋夜来景妩媚。
一镜湖水穿南北，两岸霓虹镶翡翠。

大厦倒影波光里，小舟游弋涟漪内。
纸鸢闪烁凌空舞，润面湿风休闲醉。

雨景

十里烟波笼河床，细雨织帘罩长廊。
野鸭明搅荷塘静，煦风暗散荷花香。
蒲草苇荡鱼浅底，红柳湿地莺啼长。
傅山悬壶济盛世，出水金龙欲腾翔。

雪景

银装素裹俏若仙，玉屑飘落天地间。
冰河恬静默无息，灌乔幽雅正休眠。
举目四眺惊琼宇，俯首细思慕清廉。
质洁无瑕绝贪念，心灵净化洗尘纤。

舟游汾河掠影

万道波纹饰河滨，斑斓疑似水晶宫。
云淡淡兮风轻轻，八月秋阳映荷红。

祖孙三代同舟行，顺流荡漾汾河中。
两岸绿柳苇青青，假日消闲享逸情。

泊舟小憩赏金龙，白鹤戏水复凌空。
馨香四溢源香松，仿真纸鸢活似鹰。

情侣相偎绿草坪，翁妪搀扶意浓浓。
才见桥下扇飞舞，又闻古阁起歌声。

篮球场内龙虎争，健儿水上劈浪峰。
喜迎全国青运会，晋阳儿女欲争雄。

汾河一线随舟行，满目秋光飞彩虹。
万千美景赏不尽，遂吟小诗表激情。

咏千岛湖

乘舟赏景
乘舟畅游千岛湖，微风拂面极目舒。
碧波逐浪偎千岛，清澈娟秀若村姑。

梅峰观岛
缆车送我上梅峰，三百岛屿收眼中。
千余靓女天池舞，风姿绰约西施惊。

移民建湖
千岛原本人工湖，天女巧手撒珍珠。
几多游客醉景处，当谢移民贡献殊。

览胜抒怀
千岛佳境堪称奇，中外游客尽痴迷。
览胜谁人生花笔，王维诗画正切题。

祠前偶思
海瑞祠前久徘徊，思绪万千惟悲哀。
自古清官难自保，敢问祸首在哪端。

咏九寨沟

极目舒，　九寨沟，
恍若逍遥巡仙境，倾城美女现神州。
赤橙黄绿青蓝紫，天池霓裳七彩绸。

湖泉瀑滩水荟萃，疑似瑶池天际流。
千娇百媚绿茵里，水天相映入画轴。
漫舞长袖千堆雪，轻甩秀发温且柔。
云烟淡罩青峦翠，细雨密织谷涧幽。
溪潺潺，鸟啾啾，水帘平挂半山丘。
嫩草野花衬藏楼，天庭地毯供人游。
最是小桥通径处，情侣伞下半掩羞。
树倒映，鱼畅游，百车穿梭如飞舟。
激流乍溅惊天鼓，细泉无语垂自流。
旷世胜地盖今古，神奇莫测绝千秋。
不忍移足频回头，一步一景总恋留。
吟诗方觉词汇少，留影暗怨游客稠。
九沟尚开三两沟，已引游客赏不休。
他年九沟尽开放，超凡魅力冠全球。
步出山门再回眸，无限风光脑海留。
人间仙境当属此，水景之王——九寨沟。

青海感记

娇小银鹰掠长空，炎夏消暑赴西宁。
青稞美酒六杯敬，哈达凝聚兄弟情。
日月山顶骑牦牛，塔尔寺里听颂经。
青海湖畔放游艇，劈波碾浪沐爽风。
水天一色分外美，油菜镶边更绝伦。
天工神笔巧点缀，赢得啧啧喝彩声。
乘兴驱车再西行，遥见丹霞矗云中。
千层万层谁雕成，白云缭绕似仙宫。
凝眸久伫静无声，耳际犹闻仙吹笙。
谁说西北多荒凉，独特美景天然成。
人入景，景入屏，人景入画多相融。

290

忧愁皆随笑声去，何必自将烦恼生。

今日幸得青海行，尽将湖水洗心尘。

目明方见青海青，心静倍感西宁宁。

抖擞精神人从容，天命之年也年轻。

张家界顶有神仙①

曾闻言：

看山要到张家界，张家界顶有神仙。

恰值湘地七月天，千里圆梦到湖南。

竹林排闼突兀立，溶洞隐现雾霭间。

山如壁画千百态，各含玄机伏云端。

孤峰耸立仙女舞，众峦簇拥罗汉餐。

花卉扑面迷人眼，珍禽异兽竞翔攀。

最是惊诧石崩裂，毛公辞世留谜团。

黄龙洞，天子山，金鞭溪，老人岩……

十里画廊千处景，不事雕琢纯天然。

山衬水，水映山，山水交汇谐趣园。

濯足捉蟹笑声喧，疑是误入桃花源。

土家妹子美若仙，山歌一曲醉九川。

花头饰，花衣衫，花容更比桃花鲜。

民族团结国兴旺，社会和谐家平安。

难怪总理留诗篇：张家界顶有神仙。

游五寨荷叶坪随感

　　应诗友任琳再三邀请，十一黄金周游览了素有"黄土坡上一翡翠"和"塞外九寨沟"美称的五寨沟荷叶坪风景区。在这片天空纯洁如水，不染半丝纤尘；满目青翠如毡，令人陶醉的华北地区最大的亚高山草甸

---

①张家界顶石碑上刻有朱镕基同志手书"张家界顶有神仙"。

子上，我观景生情，颇生感慨，信笔涂鸦，草成此诗。

久闻五寨享盛名，今秋欣游荷叶坪。

林海茫茫原始态，清涟潺潺蜿蜒行。

遥见壁画峰谷挂，浓墨重彩胜天工。

峰峦重叠壑纵横，怪石嶙峋露峥嵘。

情人岭上夫妻石，千载相倚爱浓浓。

坐化老僧酷似真，令人焉能不动容。

驱车直奔四方林，万顷碧草天然成。

牛羊如织白云下，骏马载客悠然行。

当年六郎好威风，屯兵牧马留美名。

而今空余石马栅，不见当年杨家兵。

可叹忠奸千古事，尽随秋风融绿中。

清凉沐浴荷叶坪，世尘官垢一洗清。

堪敬海子默无声，如珠润叶清凌凌。

不因旱涝而枯溢，不与海母争声名。

人在世间亦如此，莫以功利论输赢。

君不见……

芦芽山呈芦芽状，荷叶坪展荷叶形。

天然氧吧自然风，悟我信步走人生。

咏平顺

天高气爽九月秋，率团考察平顺游。

沥沥小雨添雅兴，坦坦大道平悠悠。

脑际回溯昔日景，平顺不平顺何求？

两面秃山夹一沟，山门紧闭几多秋。

贫瘠荒芜天造就，纵是愚公也犯愁……

车入平顺雨即收，眼前惊现一绿洲——

林海茫茫翠欲滴，两壁恍若屏风移。

信步漫吟

Xin Bu Man Yin

万点鱼鳞托松柏，疑是天兵布阵齐。
全国林业现场会，数百媒体齐聚集。
习副主席来观摩，频频点头亦称奇。
千载裸山着锦衣，平顺如何破难题？
百思不解心生疑，急向对方讨真谛。
县委书记笑眯眯，出言朴实话谦虚：
"三个发展"稳大局，社会和谐倍珍惜；
"双五战略"显成效，科学定位不偏离；
扑下身子创大业，汗水凿开幸福渠；
纪兰精神拓荒犁，千难万险头不低；
太行精神不倒旗，与时俱进破顽愚……
眼见为实耳听虚，乘车环城忘记疲。

但只见——
城乡规划巧布局，高楼林立两山脊。
幼儿园里笑声嘻，敬老院里下象棋。
道路硬化到社区，移民新村起新居。
三河跨县水涟漪，污水处理能养鱼。
青山山城名不虚，赏景无需到五夷。
景旖旎——
水乡漂浮险滩急，山泉飞瀑着人迷。
野鸭家鹅柳映夕，微风拂花香扑鼻。
六人皮艇夺第一，歌声飘荡水鸟栖，
划桨更助深呼吸……

夜色降临灯光亮，登山观景心花放。
五彩缤纷灯如海，火树银花光万丈。
赤橙黄绿青蓝紫，交相辉映青纱帐。
祥龙公园祥龙舞，彩凤公园彩凤翔。
流光溢彩宛若诗，如梦似幻入画框。

信步漫吟

Xin Bu Man Yin

莫非浦东转入此，分明天宫人间降。

流恋忘返啧啧赞，平顺今朝大变样。

大变样——

甩脱贫穷士气盛，干部带头作风硬。

今日圆了千年梦，蓝图实现靠群众。

难怪画师起诗兴："早知有平顺，何必到重庆。"

萦怀西南十日行

广西漓江奇观

四季美景数西南，观光最佳三月天。

桂林山水甲天下，阳朔景美堪奇观。

漓江水程八十三①，一步一景令目眩：

清清水，蓝蓝天，游艇蜿蜒丛山间。

左飞瀑，右山泉，奇峰倒映留美谈：

蝙蝠山上仙蝠翩，九马画山半空旋。

冠岩幽花挂洞端，浪石风光罩雨烟。

望夫少妇翘首瞻，文笔直耸白云巅。

何方仙人推磨盘，黄布倒影色斑斓。

童子躬身拜观音，桃源仙境五指山。

八戒背媳模样憨，群峰组合若碧莲。

下龙风光苹果鲜，硕大螺蛳引人馋……

沿江风光赏不尽，疑是仙女误下凡。

韩愈留诗万口传：

"江作青罗带，山如碧玉簪。"

---

①漓江全长437公里，从桂林到阳朔约83公里的水程，沿江风光旖旎，犹如画廊。

诣李宗仁故居有感

临桂西南两江丽，天马①驰骋何人驭？

群星②首推李宗仁，慕名专诣将军第③。

德公④佳名实不易，军旅宦途多磨砺。

少小志高不轻弃，一朝上路显豪气。

追随中山苦寻觅，统兵北伐功卓立。

台庄大捷万敌毙，威名足叫敌胆慄。

文武兼得虎添翼，修路办学赢民意。

功高震主中正嫉，亲探李母⑤演假戏。

当年结拜称兄弟，无奈数度遭算计。

蒋氏覆巢乃天意，无可奈何花落去。

"亡国之君"美国寄，浩叹再无回天力。

海外漂泊十六载，毅然回国不犹豫。

民族情感动天地，功过留待后人叙。

云南玉龙雪山

玉龙雪山玉龙旋，终年只眺白衣冠。

也曾山下久徘徊，意恐缺氧不敢攀。

今朝再度来登山，缆车助我半空悬。

双足踏雪巡仙境，琼楼玉宇放眼观。

山下丽日山上雪，果然高处不胜寒。

身着红装融雪原，四处皆听笑语喧。

老夫忘却年半百，放浪撒欢亦少年。

一乐足可化千烦，极兴吟诗吐心言：

天青青兮地皑皑，世间最美乃天然。

人生谁不恨时短，烦恼皆因名利牵。

今登玉龙得一悟：幸福原本属平凡。

①李宗仁故居背依的山脉形似战马，名天马山（又名马鞍山）。
②临桂区曾以"一县八进士，三科两状元"蜚声科场，谓群星闪烁。
③故居中有"两第"，即安乐第和将军第。
④当地人尊称李宗仁为"德公"。
⑤1940年12月4日，蒋介石携夫人宋美龄专程探望李母刘太夫人。

重庆大足宝顶石刻

大足石刻享蜚声，世界文化列其名。

电视观毕不过瘾，千里迢迢觅真容。

摩崖造像倚山立，栩栩如生令人惊。

大者伟岸小玲珑，或站或卧不雷同。

"三教①"俨然同道场，"五雕②"尽显技艺精。

仙衣飘飘若临风，惟妙惟肖现表情。

刻工巧若绣花女，若非鬼斧必神工。

千手观音形态异，万尊造像不离宗。

讲因讲果讲报应，扬善抑恶显神灵。

千年孝悌成精版，十恶惩治汇一笼。

形象逼真传圣经，天道哲理蕴其中。

尔等虽系无神论，对此焉能不动容。

人生在世休作恶，履职尽责报苍生。

西安三咏

兵马俑

秦俑宝藏旷世功，始皇霸业何恢宏。

横扫六国归一统，铁甲三千护帝陵。

陶雕亘古称绝艺，嬴政万世标史名。

骊山难掩征夫泪，土偶无语亦有情。

大雁塔

慈恩七层玄奘经，四角八面傲苍穹。

中外游客慕名至，古今雅士彰诗风。

宝刹钟鼓闻天下，佛门洞开迎贵宾。

未央宫殿少人问，绕塔飞燕念高僧。

---

①三教：指佛教、道教、儒教。

②五雕：指圆雕、高浮雕、浅浮雕、凸浮雕、阴雕等五种雕刻形式。

华清池

倾城宠姬化烟荻，白玉雕像弥遗迹。

绿荷苍松潜浪漫，粉黛霓裳哀笙笛。

长恨一歌长相叹，半池温泉半泪涕。

祸水偏有天子坠，社稷红颜难双宜。

北方水城——沁县游

2010年六一前夕，我同省委办公厅党委、团委的同志们共同赴沁县为松村小学师生捐献了一批图书和文体用具，并参观了正在建设中的这座北方水城，很受鼓舞。即兴赋诗一首以抒怀。

山西之长在于煤，　山西之短在于水。

此话久传终不疑，　今游沁县始反悔。

八条河流百处泉，　千亩鱼塘壮华北。

九座镜湖蓄水足，　四大公园景观美。

端午水乡赛龙舟，　浪花飞溅青纱苇。

漳河迢迢此为源，　汇入天津海河尾。

天下皆闻沁州黄，　米香香过多少嘴。

民间石刻自北魏，　精品堪称中华最。

玉华山上放眼观，　县城亭立皆水偎。

　蓝天衬白云，　　青山戏绿水，

好一个世外桃源阆苑境，湖光潋滟别样美——

"东湖"碧波映花蕾，　"西湖"涟游鸭戏水。

"南海"水天共一色，　"北海"荡舟更瑰玮。

大湖沧沧水天汇，　小湖涓涓如翡翠。

情哥俏妹成双对，　湖边上演天仙配。

全球选美女姝荟，　台上亮相台下沸。

湖如宝镜人似仙，　倩影倒映添妩媚。

情人谷闻鸟啼脆，　犹见当年情人泪。

何人神功胜尧舜，　天下美湖大荟萃。

谁说西北高原四季飞黄沙，饮水都比吃油贵？

今见几多银河悄然从天坠，处处泉水润心肺……

赏景赏得心陶醉，溯源追根细品味。

沁县开发历数辈，史书记载五千岁。

几多痴想化梦寐，羞对好水空感喟。

革命烽火燃魑魅，抗敌组建决死队。

薄老当年任政委，威风凛凛敌胆碎。

五千干部一万兵，贡献突出史无愧。

改革春雨润花卉，水城儿女敢折桂。

县委择机大手笔，加快发展蓝图绘。

"一轴三线"巧规划，"五城联创"相匹配。

两大园区作龙头，旅游产业路子对。

十八万人聚智慧，迎难而上不后退。

北方水城梦成真，创业需要大无畏。

十年之后再相会，管叫您——

赏水不去威尼斯，沁县水城更实惠。

阳泉今昔两重天

阳泉古时称"漾泉"，碧波荡漾泉水甜。

晋冀要冲山门险，谁人不晓娘子关。

中共创建第一城，党史军史填空白。

"平定煤冶太行铁"，中山凤愿化梦残。

共产党人赴龙潭，英勇捐躯血斑斑。

平定兵变垂青史，百团大战敌胆寒。

正太工运烈火燃，风雨书写光荣篇。

评梅钟情高君宇，至今文坛留美谈……

揭过史页看今天，几多考验在眼前。

煤炭开采逾百年，资源枯竭近尾端。

煤矸堆积无处填，自燃变成火焰山。

空气呛鼻水污染，遍地高炉吐黑烟。

小矿滥采断水源，百年桃河成浅滩。

帅哥难穿白衣衫，靓妹焉能无怨言。

改革开启新纪元，誓让旧貌换新颜。

落实科学发展观，阳泉人民敢为先。

市委举旗人为本，"三个发展"主弦弹。

率先转型开新河，全面崛起气不凡。

百项工程同推进，城乡统筹棋一盘。

"三大基地"定位准，"八大覆盖"更周严。

生态文明见活力，社会和谐民平安。

"三城共建"蕴内涵，城乡环境大改观。

党建工作进社区，全国示范不简单。

治理桃河出巨钱，山城建成宜居园。

幢幢高楼矗云端，山环水绕似江南。

矸石加工变成砖，循环经济路正宽。

翠枫山上桃花鲜，品茶赏花多休闲。

药林寺呈原生态，异国花卉景观添。

温泉洗浴梁家寨，直叫平民胜神仙。

北山本是废渣山，满目荒凉无人烟。

如今一夜变花园，欧式风格人称罕。

芳园曲径工程艰，点缀山城明珠悬……

阳泉参观一整天，惊诧恍若坠梦渊。

巨变让人刮目观，其中奥秘在哪般？

说一百，道一千，一语中的解谜团：

"三个发展"是灵丹。干群团结共前瞻，

  人民力量大无边，阳泉明天胜今天。

信步漫吟

Xin Bu Man Yin

观临汾汾河公园有感

临汾督查看民生，随机走访摸实情。
汾河公园漫步行，闲聊声中话河东。
促膝交谈意浓浓，感慨今昔大不同。
反差令我情难平，惊诧恍若坠迷宫。

临汾原称花果城，省内省外享盛名。
孰料一日倒栽葱，跌落十差污染坑①。
汾河断流霾罩空，碧水蓝天去无踪。
生态危机居难宁，充耳遍闻民怨声……

一纸宏图顺民意，百里汾河人沸腾。
打造生态经济带，综合治理显奇功。
功成不必在我任，公仆胸襟人皆称。
蓝图精绘不离宗，泽被百姓惠黎民。

市委决策方向明，一呼百应显神通。
敢于担当不推诿，率先垂范"排头兵"。
万人会战不惧难，群策群力智无穷。
夜以继日战犹酣，三年工期两年成。

一纸画卷惊三晋，银河落入园林城。
水兴城兮城方灵，万顷碧波映月明。
河如玉带镶百景，风光旖旎树熏风。
不是江南胜江南，绿意盎然百花丛。

300

①2006年10月18日，国际环境研究机构曾将临汾列入"世界十大污染城市"名单中的第六位。
2004年起，还连续三年成为中国内地城市污染之首。

九州广场大手笔，巨型壁画栩栩生。
微风习习游船行，依稀恍漾西湖风。
水中萱楼映明月，亭台楼榭并廊拱。
古韵古朴显淳厚，鬼斧神工技湛精。

眼底风光汾水滨，百景百态不雷同。
七孔彩桥雀展屏，波光潋滟倒影重。
软索步桥半凌空，腾云驾雾奇险惊。
小岛方见情侣照，沙滩又闻童嬉声。

平阳墨艺千秋在，岁寒三友遇知音。
祥云湖水清凌凌，尧井园里觅古风。
廉政广场悬警钟，古桥卧牛迎佳宾。
望河楼台眺画舫，交相辉映炫目明。

翼飞石桥多古韵，尧天舜日披彩虹。
饮水思源风车转，世代总恋故土情。
最是多层立体亮，色彩斑斓不夜城。
建筑风格溯明清，美轮美奂胜天宫。

青莲湖畔白鹭聚，磐石岛上筝争雄。
精品公园十三里，文化深蕴见底功。
生态湿地十公里，疑似水乡听蝉鸣。
统筹黄河金三角，更有潜力在其中。

临汾归来心难宁，城市品位咋提升？
决策最忌短视频，劳民伤财误子孙。
自然、生态、现代性，三者缺一不可行。
汾水长流千秋业，共圆富民强省梦。

中秋清华园游荷塘感怀

2003年中秋节前，与几位同事赴人民日报出版社办毕公事，我提议专程到清华园去实地领略和感受一下朱自清先生笔下的荷塘月色。几位同事异口同声表示赞同。于是，我们忘记了疲倦，在黄昏时分赶到了清华大学。

一

仰慕朱老堪圣贤，几多月下咏名篇。

中年方圆少年梦，极兴暮游清华园。

秋风拂面汗湿衫，步履匆匆腿发酸。

窃喜天赐好时缘，争分夺秒舍晚餐。

不赏花圃彩蝶翩，不摄高楼耸云端。

寻迹问道觅荷塘，欲与尊师倾心谈。

今得佳机遂我愿，绝胜观光访名川。

二

一池荷水呈面前，清风涌波耸青莲。

无瑕玉桥衔小道，朱阁镶嵌柳丛间。

荷叶半掩池水绿，犹闻蛙鸣响声连。

自清亭前咏碑文，一句一泣泪潸然。

最是动情塑像前，先生人品耀宇寰。

不媚权贵不恋钱，铮铮傲骨腰不弯。

饿死拒领嗟来食，民族气节撼地天。

三

荷塘虽小誉中外，水木清华通九天。

不见荷花荷塘间，但闻荷香香满苑。

谁言韶华留不住，自古精神超自然。

月晖轻泻荷塘沿，久伫沉思信念添。

名师虽逝建国前，英容长存清华园。
今与尊师一番谈，胜我夜读文百篇。
惜别贤师回太原，流连忘返泪潸潸。

黄山雨游

古今文人有名言：五岳归来不看山，
黄山归来不观岳，万般奇景内中含。
初冬时节阴雨绵，赏山来到黄山前。
缥缈神姿罩银衫，奇松苍翠怪峻裁。
天都倚天竖长剑，莲花绽莲半空妍。
怪石宛若神工雕，栩栩如生人世间。
独自险登一线天，古琴妙韵听流泉。
云袅袅分水潺潺，疑似驾鹤游蓬莱。
祥云不知何人绘，天外飞石耸山巅。
金猴观日鼠跳山，迎客宝松更超凡……
我游黄山享天然，沐雨洗尘心更安。
但愿祖国少灾患，华夏和谐百姓欢。

雨天游乌镇随笔

四大名镇在江南，历史绵延六千年。
鱼米之乡丝绸府，乌镇当属第一观。
正值秋高雨绵绵，乘舟入镇游兴酣。
百伞绽放添一景，神秘古镇罩光环。
桥边桥洞放眼观，远桥纳入近桥间。
今者皆称"桥里桥"，古人智慧妙无边。
梁柱门窗木石雕，工艺精湛古今罕。
以河成街桥涵连，依河筑屋翘高檐。
青砖白墙构造纤，半在岸头半水端。

河埠廊坊成一体，穿竹石栏护深宅。
西栅古街明清建，古色古香不一般。
青石小路旧木屋，纯朴明洁世外源。
钟灵毓秀出人才，茅盾故里留美谈。
昔日西林化青烟，史传灵运太狂狷。
穷幽极险逍遥难，文坛至今留佳篇。
小桥扁舟水潺潺，船姑小曲伴琴弦。
水乡风情展长卷，东方文明奇葩绽。
杨乃武与小白菜，家喻户晓由此传。
同善洗净秀姑冤，削发乌镇尼姑庵。
文化底蕴堪非凡，别有情趣细品含。
轮回桥上思变迁，似水流年耐何天。

吟藏山

忠肝义胆觅内涵，荃释原本在藏山。
程婴舍子救赵武，公孙捐躯保清官。
洞穴藏孤成胜地，屠氏奸佞化灰烟。
八义石前久徘徊，杀身成仁著史篇。
白塔祥存石莲谜，神马刨泉留美谈。
枯松肃立人敬畏，圆寂老僧共伴眠。
自信善恶终有报，观音佛前难脱凡。

雨天游皖南呈坎村有感

朱熹名句天下闻：
呈坎双贤里，江南第一村。
立冬时节游徽屯，烟雨笼罩愈诱人。
青墙黛瓦皆古韵，镂雕天井印史痕。

八面山围①足称奇，更见妙水②分阳阴。

九十九巷③如棋布，经纬交叉撩人魂。

自然人文双八卦，巧妙组合惊鬼神。

长街短巷条石路，淡雅古朴水墨帧。

罗氏宗祠④风格异，石雕木刻彩绘金。

黄铜巨匾⑤宝纶阁，历经劫难⑥更弥珍。

下水环保养乌龟，时空合一延至今。

女祠⑦虽小立其身，个中理念破卑尊。

千年古村多玄奥，留与后人细品甄。

北戴河"海滨舞会"剪影

柔煦的海风轻拂秀发，

涌动的潮水频吻脚面。

舞韵谐伴涛声，

月辉巧缀笑靥。

透过暮霭柔曼的轻纱，

赤足翩跹在细软的沙滩。

彩裙四下飞旋，

双双璧合珠联。

男士洒脱酣畅，

女宾清秀怡然。

劳动者自发的露天舞会，

更具时代魅人的七彩光环。

新步漫吟

Xin Bu Man Yin

---

①呈坎村落周边矗立着八座山，自然形成了八卦的八个方位。

②由村北向村南"S"形穿村而过的众川河形成了罗盘八卦中的阴阳鱼的黑白分界线。

③三条长街街巷相通，巷巷相通，使村落形成九十九巷。

④指贞靖罗东舒先生祠，系国家重点保护文物。

⑤罗氏家族祠堂内悬有董其昌手书"彝伦攸叙"黄铜巨匾。

⑥"文革"中有一教书先生用白纸将巨匾糊住，上书"好好学习，天天向上"的毛主席语录，此匾才免遭砸毁。

⑦罗氏祠堂一侧建有一女祠堂，规模虽然不大，但在当时那个时代也属罕见。

追昔抚今，
感慨万端，
即兴唱和，
吟诗抒怀：
古有金銮百尺红线毯，
美人踏上歌舞来，
磨破绣鞋无奈泪强咽，
单博皇帝老儿一人欢。

今有人民江山分外娇，
万方乐奏有于阗，
改革春风一夜绿寰宇，
生活淌蜜舞美歌亦甜。

夜深人不眠，
潮音伴管弦。
纵歌情难尽，
狂舞兴犹酣。
诗仙太白捻须叹空前，
月宫嫦娥回眸慕人间。
人乐舞姿美，
舞美人少年。
同祝祖国母亲春常在，
共勉劳动引得幸福源。
君请看——
月光如昼天然好景观，
海滨舞会摄影天地间。

津门速写

观宁园水上歌咏晚会

柳青青，月朦胧。
湖光潋滟映星灯。
宁园夏夜行，
处处入画屏。

情哥划舟载阿妹，
桨惊鸳鸯伴笑声。
柔情语切切，
恬态意浓浓。

鹤发童颜谁家翁，
慢摇小船偎稚童。
蒲扇驱蚊虫，
口将京戏哼。

四下扁舟汇一宗，
遍洒欢笑漾湖中。
歌手大荟萃，
公园当榭亭。

一曲末终人皆醉，
金嗓清唱似夜莺。
袅袅随风去，
悠悠觅无踪。

良宵好轻松，

潇洒作"歌星"。

劳作疲倦尽拂去，

群众自娱乐无穷。

游劝业场个体裙装大世界

千米长廊贯通，

涌起人潮浪峰。

遍赏五洲裙装，

尽览异国风情。

名牌高档巴黎裙，

美式"花花公子"黑套裙，

绿色三件套日本时装裙，

五颜六色的太阳裙，

超短裙、霹雳裙……

好一个裙装大世界，

点缀津门春意浓。

千元大票买来个称心如意，

半年薪水赶得个时髦流行。

时装摊前，我蓦然发现，

一位黄头发高鼻头的外国女宾，

面对欣欣然付款的中国姑娘，

瞪大了惊愕艳羡的蓝眼睛……

忆旧回眸

《山西信息》创办 20 周年之际，作为首批创办者之一，应省委信息处之约为纪念册写点东西。回眸忆旧，感触颇多，连夜执笔，一气呵成。

信息创办二十年，一步一阶向上攀。

喜贺劲松凌空立，缅忆当年创业艰。

信步漫吟

Xin Bu Man Yin

追昔抚今热泪涌，百感交集吐心言。

一九八五不平凡，三晋改革书新篇。
适应决策新需要，亟待开办信息苑。
文书信息人一班，年轻力壮攥成拳。
一门心思干事业，呕心沥血也心甘。

始迈步，步履艰，时不我待抢时间。
白天埋头搞编校，夜晚挑灯又加班。
弃早点，误午餐，孩子忘送幼儿园。
牺牲假日寻常事，懈怠半分心不安。

辅助决策显成效，赢得领导喜心间。
顺风耳，千里眼，赞语声声盈耳际，
皆称作用非一般。脑清醒，莫昏然，
抛弃功利苦寻觅，自把重担压在肩。

反馈必须全方位，网络机构要健全。
外省考察取真经，办班培训信息员。
足迹遍布各市县，辅导、讲课解疑难。
十年心血绽新花，组建队伍人九千。

中办表彰年年有，采用篇数翻几番。
纵到底，横到边，纵横交错一线联。
省市县乡成一环，环环相扣无空间。
领导重视传佳话，渠道畅通史无前。

月通报，年评先，各项制度都健全。
群雄逐鹿勇无边，千难万险只等闲。
特色信息内容鲜，八仙过海齐夺冠。

讲实效，重前瞻，预警信息要超前。

深入基层搞调研，决计攻克"老大难"。
解剖麻雀觅根源，险情消失保平安。
出信息，出决策，更要坚持出人才。
全省上下总动员，开展信息质量年。

深加工，严把关，系列反馈不迟延。
讲深度，不空谈，精品一篇又一篇。
化解矛盾及时雨，消除病害胜仙丹。
山区老农点头乐，矿山煤哥乐开颜。

"信息胜过邮递员，咱们有话它给传。
上通中央最大的官，下接咱的苹果园。
卖粮难，卖果难，实话实说不必瞒。
信息上报没几天，红头文件已下颁。
优惠政策一条条，中央帮咱解疑难……"

七旬老妪泪湿衫，头顶状纸口喊冤：
乡长仗势凌弱女，又抓老伴关入监。
几番上访无人问，省城来寻"包青天"……
信息快速编增刊，领导阅毕催查办。
国徽高悬法无边，歹人落网下黄泉。

一桩桩，一件件，桩桩件件看得见。
紧紧贴住"需求线"，生机勃勃花更艳。
信息创办二十年，一步一曲永向前。

乘游船尽赏西湖美景

十人一船环湖游，三面青山一面楼。

竹林亭亭碧波漾，水路弯弯景点稠。

苏堤六里烟波卧，风景妖媚眼底收。

远眺断桥雷峰塔，近观雕画思悠悠。

法海无法遭人咒，义蛇有义诠温柔。

三潭印月云霞美，九溪烟树莺放喉。

曲院风荷酒香诱，南坪晚钟响神州。

龙井一杯细品味，悠哉淡化几多忧。

游上海豫园观感

曾闻"奇秀甲江南"，金秋专程游豫园。

明朝嘉靖潘氏建①，私园归民细修缮。

亭台楼阁游廊环，花树古木趣盎然。

假山水榭迷人眼，画栋垂檐龙盘旋。

垂柳千丝池平垣，亭上观江眺风帆。

九龙池，古戏台，积玉峰，九狮轩，

点春堂外赏春妍，动观流水静观山②。

七十二孔玉玲珑，孔孔相通见水烟。

龙墙凿爪躲祸端③，皇权专利见一斑。

令人敬慕小刀会④，反帝反封敌胆寒。

步移景易玄中玄，浮想联翩不一般。

尘世喧嚣人多烦，劝君偷闲豫园观。

漫步赏匾乐如佛，听涛观景醉似仙。

信步漫吟

Xin Bu Man Yin

①豫园是明朝四川布政使潘允端为其曾任刑部尚书的父亲潘恩安享晚年，历时28年修建而成。

②静观厅名取自古语"静观万物皆自得，动观流水静观山"之意。

③潘允端筑龙墙，而在当时龙只有皇帝和皇室人员才配有龙的图案。有人告潘有野心，皇帝派人来查，潘急中生智，让人连夜将龙的五趾敲去两个，得以保全性命。

④1853年，上海爆发小刀会起义，园内一厅堂曾被用作指挥部。

不羡财富不攀官，心洁如童最开颜。

珏山抒怀

珏山秀媚泽州藏，三门洞开纳吉祥。

飞崖悬瀑银练舞，两峰奇立气轩昂。

真武行宫玄帝殿，瑞霭轻托半空翔。

舍身崖上念孝媳①，天池岭前议宋江②。

青龙潭上情人岛，伴侣相偎话西厢。

天然水池乳卖泉，北魏遗墨留诗行：

"山吐天边月，溪流石上云。"

十字尽绘美境美，绝句绝称世无双。

灵龟朝圣添雅兴③，子母神柏动地苍④。

待到中秋十五夜，皓月如盘嵌正央。

丹河有声传佳话，青莲无语念贤良。

汉辟道场朝圣地，屏护魏晋壮太行。

八方游客慕名至，惊叹无愧玉中王。

休道七月日胜火，缆车凌空爽心凉。

韶山冲瞻仰伟人毛泽东

2012年12月25日，与省委机要交通处李政处长、侯晋副处长在湖南调研期间，恰逢毛泽东同志诞生107年百姓纪念活动，故专程赶往韶山冲，湖南省委给我们安排了隆重的纪念仪式，不仅瞻仰了广场上矗立的伟人毛泽东的全身铜像，而且敬献了花篮。有感而发。

①传说古代有一美丽、贤惠的女子，长期侍奉卧床不起的公公而获孝顺佳名，却遭到妯娌间的谗言诋毁，一气之下舍身跳崖，以示清白。

②《水浒全传》第九十三回"李逵梦闹天池岭"中讲李逵用梦中仙人之法帮宋江破敌。珏山金顶东侧的天池岭上至今保存有石城山寨，传说梁山后代曾在此安家落户。

③一座小山状似一昂头向上的巨龟，向珏山正顶玄武帝君朝拜。

④传说一百多年前，青莲寺大雄宝殿前台基上种的一棵古柏枯死，寺院住持准备次日将其砍伐。不料，当晚一株幼柏依母柏根部挺然而起，树干上下一般粗，紧抱母柏盘旋而上。主持以为神意，不忍砍伐，遂保持至今。

隆冬腊月寒气浓，　驱车径奔韶山冲。
脉狂跳兮心难宁，　自诧何故老返童？
诚谢湖南办公厅，　一诺千金助成行。

新建广场凝民意，　伟人耸立花丛中。
面目慈祥亦从容，　书生意气寰宇惊。
最是令人敬仰处，　一世无私惠苍生。

旗猎猎兮松葱葱，　人流涌动掀浪峰。
昼夜狂欢烟火亮，　八方汇聚皆宾朋。
一日之隔双圣诞，　民意自成新民风。

今日遂我三生愿，　亲将花篮敬毛公。
银色飘带凌风舞，　礼兵庄重步履轻。
满场肃穆静无声，　耳际鸣响《东方红》。

饮水思源泪满盈，　毕恭毕敬三鞠躬。
展厅再现毛泽东，　触景焉不倍伤情。
衬衫补丁摞补丁，　一双皮鞋伴终生。

乐在与民同甘苦，　援朝献子毛岸英。
反腐含泪签命令，　刘张大案得执行。
打铁自在本身硬，　换得风正气也清。

三国曹操马踏青，　割须代首猎虚名。
主席一语惊四海，　腐败杀我毛泽东。
上梁正则下效行，　两袖清风少蛀虫。

历史从来泾渭明，　功过自有后人评。
人民领袖人民爱，　福泽百姓惠黎生。

穿历史兮越时空，伟人永驻民心中。

游宁波溪口蒋氏故居杂感

十月秋爽宁波行，夕阳欲坠脚步匆。
蒋氏故居凡眼过，心如波涌实难宁。

风云人物随风去，遗迹无声却有声。
兴衰功过民为秤，留待后人细点评。

武岭匾下观笔锋①，少年尚武修武功。
北伐一战成斐名，焉能得志叛孙公？

文昌阁前赏乐亭，修塔沐浴为美龄。
孝母宠妻人之情，缘何剿共屠工农？

六脚床前疑念生，床头床尾镜面平。
鉴史倘能衣冠正，何愁天下不归公？

蒋氏大院东南行，周家独房嵌院中②。
儿时伙伴尚能容，国共合作咋不成？

"以血洗血"碑前凝③，经国手书令人惊。
杀母之恨痛犹在，奈何日后亲东京？

"寓礼帅气"匾前停，父子情深亦由衷。
纵然将门多虎子，逆舟自毁阴霾中。

314

Xin Bu Man Yin

①城楼前后"武岭"二字系蒋介石和其老师亲笔所书。
②蒋经国生母毛氏被日军炸死后，在死难处立碑，亲书"以血还血"四字。
③雪窦山曾是蒋介石西安事变后幽禁张学良之地。

雪窦山青耸乳峰，如乳似雪泉水淙。

浙东名瀑千丈岩，囚张丑径难洗清。

剡溪水碧五彩呈，诗仙名句万口咏[①]。

九曲环绕胜仙境，客死孤岛难善终。

湖光照影影虚空，武岭毕竟非武陵。

失民心者失天下，中正终究逊泽东。

剡溪有声花漂零，雪窦无言古槐青。

夕阳西下留不住，小镇溶入暮色中。

百年一歌耀青史

——献给中国共产党建党100周年

一

一九二一不平凡，党旗亮世绣锤镰。

漫漫长夜帷幕启，魑魅魍魉俱胆寒。

赤脚奴隶兴共产，神圣农工开新天。

白匪猖獗灭"红祸"，血雨腥风黯故园。

沉痛教训血斑斑，枪杆里面出政权。

南昌枪响敌胆颤，武装割据井冈山。

突破围剿驱日寇，遵义正舵挽狂澜。

八年抗战缚苍龙，民族希望在延安。

蒋氏倚美打内战，党发号召民支前。

三大战役传捷报，摧枯拉朽建政权。

①李白有"湖光照我影，送我至剡溪"的诗句。

天安门上开国典，中国人民站起来。
社会主义我们来，赤手空拳建家园。

二

云开雾散日临空，世界欣见东方红。
抗美援朝驱虎豹，敢叫巨兽现原形。
重重封锁巍然立，处处围堵信步行。
孤立图谋化泡影，入常联大耀五星。

顶天立地不屈躬，日新月异国繁荣。
自力更生开伟业，排难克艰建奇功。
一星两弹破讹诈，四海五湖扫赤贫。
中华巨龙腾翔起，扶摇直上九天重。

奥运健儿夺金杯，香港澳门次第归。
座座新城齐矗立，条条高铁共翱飞。
东西一夜沐春雨，南北须臾遍地金。
更喜农家开店旅，轿车大奔进山门。

三

改革开放聚热能，科技助推国势雄。
飞船屡屡游苍穹，登月取壤上瑶宫。
北斗造福全世界，蛟龙海底逍遥行。
天眼开启观宇宙，天问登陆探火星。

航母南海筑金盾，卫国利器有东风。
南极建起中国站，杂交水稻济苍生。
数字程控进展快，三峡工程世界惊。
跨海大桥港珠澳，人造太阳核聚能。

一带一路应时生，责任大国赢美名。

信步漫吟

Xin Bu Man Yin

快车搭乘不羁限，造福各国求共赢。
抗疫奏响英雄曲，封城防御作牺牲。
大爱不分肤色异，命运一体天下同。

四

昔日承辱国弱贫，割地赔款城下盟。
香港租英添奇耻，澳门定限起哭声。
八国列强掠宝库，东洋倭寇屠南京。
华夏幸得共产党，富国强军惠黎民。

而今看我军威壮，威慑妖魔护和平。
高尖军技筑铁垒，克敌制胜砺忠诚。
心中有党守如铁，史上无敌攻必赢。
且看熊罴张恶爪，三军将士挽强弓。

国庆七十看阅兵，装备一流天下惊。
坦克隆隆大地抖，银鹰架架掠长空。
枚枚导弹高昂首，队队铁流正步行。
最是戎装美女靓，英姿飒爽壮军容。

丰功伟绩党中央，尽扫雾霾烁辉煌。
沥血拼搏勤奋斗，呕心复兴苦图强。
铁腕反腐初心在，造福人民使命当。
百年一歌耀青史，圆梦中华续新章。

咏伟人毛泽东

毛公辞世赴瑶台，国人呜咽世界哀。
四十五年思未断，形象不朽矗宇寰。
走下神坛归平凡，根基原本在民间。

信步漫吟

Xin Bu Man Yin

立党为公功盖天，重温党史理性瞻。

少年怀志离韶山，为救苍生命几愚。
一大建党上红船，生死度外救轩辕。
火红党旗绣锤镰，矢志不移共产观。
发动工运下安源，虎穴狼窝若等闲。
秋收暴动抓枪杆，挫后改编在三湾。

井冈火种可燎原，红旗不倒红半天。
首创游击斗敌顽，攻如猛虎守如磐。
何健反动又凶残，开慧喋血染杜鹃。
万里长征步履艰，雪山草地忍饥寒。
绝地逢生危转安，围追堵截巧周旋。

用兵如神毛委员，中外军史皆称罕。
遵义会议挽狂澜，拨正船头出险滩。
三军会师喜开颜，长缨在手箭在弦。
延安宝塔矗山巅，军民开垦南泥湾。
丰衣足食破封锁，自给自足路径宽。

张杨捉蒋扣西安，国共合作重庆谈。
民族大义高于天，只身独往下龙潭。
足智多谋更凛然，舍生忘死气宇轩。
抗战驱倭整八年，东洋终把降书签。
蒋氏独裁又贪婪，挑起内战起狼烟。

全民动员踊支前，潜力无比民是源。
三大战役传捷报，百万雄师下江南。
摧枯拉朽天地翻，蒋氏覆巢逃台湾。
北京建国锣鼓喧，"人民万岁"响云端。

翻身当家握主权，昔日奴隶坐江山。

工农联盟肩并肩，腰杆挺直不弓弯。
千年陈规全推翻，官是人民勤务员。
人民至上高于天，人人享有公民权。
人民代表议国是，民心民意重如山。
六亿神州尽舜尧，众志成城建家园。

山能移来海能填，人民威力大无边。
西方封锁何所惧，核弹讹诈化笑谈。
一星两弹壮国威，抗美援朝敌胆寒。
爱子岸英赴朝鲜，长眠异国不回还。
睡狮醒来慑虎豺，一扫羸弱上千年。

反对掠夺反霸权，入常联大捍尊严。
开国创业多艰难，切记饮水要思源。
擦亮眼睛绷紧弦，谨防外敌和内奸。
妒我崛起心不甘，刀笔蘸毒是非颠。
灭史总在灭国前，沆瀣一气毁祖先。

习总远瞩又高瞻，初心使命路不偏。
领航开创新时代，复兴中华续史篇。
指挥抗疫赴一线，反腐铁腕不回旋。
脱贫致富奔小康，稳稳把舵导航船，
承前启后凤梦圆，振兴中华在明天。

缅怀毛泽东（接龙诗）

立党本在济苍生，尽扫妖魔四海同。
武略帷幄伏将帅，文韬笔砚压枭雄。

超凡智慧绝前古，盖世神机拓远程。
欲问人间情何在，黎民至爱拜毛公。

毛公谢世舍家园，百姓年年祭圣贤。
纪念堂前如潮涌，韶山故里似浪掀。
人民领袖人民爱，万世丰功万世传。
使命初心今承继，不息奋斗建轩辕。

轩辕史上蒙屈冤，坠落殖民陷苦渊。
忍看生灵多涂炭，哀听亡魂啼饥寒。
韶山日启东方亮，井岗星火映赤天。
历尽艰难开新宇，人民做主把身翻。

身翻莫忘步维艰，处处悬崖道道关。
五次围剿旗猎猎，长征万里赴延安。
多年抗战洋倭败，三大围歼蒋氏衰。
鸭绿江边驱恶虎，千秋伟业稳如磐。

如磐巨厦耸云天，治国安民担在肩。
俭朴终生绝己欲，清廉毕世戒奢贪。
人民至上做公仆，立党为公践誓言。
享誉寰球赢爱戴，美名璀璨史无前。

无前伟业守亦难，几经磨难涉险滩。
新帅把舵方向正，初心使命作罗盘。
反腐利剑斩妖孽，脱贫致富路畅宽。
抗疫赢得世界赞，两个百年谱新篇。

新篇续写到今天，七十一年放眼观。
"东亚病夫"成梦魇，东方巨龙舞翩跹。

笑蔑恐吓底气壮，冷觑制裁志愈坚。
强军富国重科技，险峰再高敢登攀。

登攀有志志冲天，理想信念胜金钱。
胸前党徽红灿灿，每逢饮水总思源。
开国元勋焉能忘，人民救星驻心间。
缅怀历史眼睛亮，奋斗不止践誓言。

春晖

——应约为《新探》杂志封面配诗

帽檐上镶嵌的闪闪路徽，
映照着"安全车站"的金匾、金杯，
娇美的脸庞缀着刚毅，
凝聚出"以严治路"的巾帼英威。
一双明眸穿透雨雾烟尘，
两色"帅"旗舞动铁龙腾飞。
铁道线贯通运输命脉，
小车站撑起半天春晖。
当安全报捷的锣鼓在中间站擂响，
你把这难忘的日子刻上心扉：
刻上书记、局长的关怀信赖，
刻上段里领导的汗浸征衣，
刻上爱人的无私奉献，
刻上宝宝的委屈泪水。
——这是诗的抒发，
这是爱的丰碑……

时代精神　道德家园

——社会伦理类6首

永远固守精神文明的道德家园

（一）

如同秋天里熟透的红高粱，

饱绽笑颜染赤黄土高原；

如同冬雪中高洁的劲松，

昂然挺立于太行、吕梁之巅；

如同人生旅途中晶莹的清泉，

汩汩活水源自机关党员干部心田；

如同馨香醉人的花圃，

四季绽放于三晋文明之苑。

啊，省直机关开展文明创建，

至今已整整30周岁。

让我们为您献上五彩的花篮，

让我们向你倾诉爱慕的心言。

今天，

反奢靡之风无需搞盛大庆典，

且用诗句来倾诉由衷的赞言……

（二）

从1983年的那一天，

省直机关率先扬起了文明创建的风帆。

因为它最明白这个方略的深刻内涵，

也最清楚这项工程的长远和艰难。

于是群策群力壮志如磐，

于是科学谋划远瞩高瞻，

于是攻克难关敢为人先，

于是不屈不挠奋力登攀。

决计用华夏五千年的文明之风，

荡涤一切黄赌毒的侵蚀和伤害。

30 年创建孜孜不倦，

30 年推进步履稳健，

30 年不断总结经验，

30 年回首收获可观——

精神文明的累累硕果

香彻全省一百多个厅局内外……

（三）

有人曾对文明创建提出质疑，

说它充其量是件华丽的装饰衣，

既不能御寒，也不能充饥，

是劳而无功、多此一举的务虚。

君不见，

在商品大潮扑面而来的今夕，

有人经不住变革风浪的洗礼，

将金钱视作终生迷恋的唯一，

把理想信念、道德情操，

统统抛向九天云外、五洋之底。

航道偏移，纸醉金迷，

毫不利人，极端利己……

君不见，

见利忘义的鬼斧魔钺，

戕杀了多少昨天的有功之士，
今天的如花倩女，
扭曲了多少人的党性原则和人生伦理，
酿造了多少令人扼腕叹息的人间悲剧。
那身为"父母官"的市长和市委书记，
居然利用党和人民赋予的神圣权利，
结织成贪赃枉法的官家体系，
上下勾结，沆瀣一气，
鲸吞国资，营私舞弊，
视人民群众生死于不顾，
只图满足自己的私欲。
最终，带着肮脏的铜臭气，
栽进了自掘的地狱……
君不见，
那正值青春妙龄的年轻女会计，
从大学殿堂步入金融岗位才一年有余，
就利用职务之便斗胆涂改票据，
数十万元公款存入私账，
疯狂地贪享人生乐趣。
最终法绳缚体，咎由自取，
带着深深的懊悔
痛哭流涕地伏法就毙……
君不见，
金钱扭曲了"灵魂工程师"的"垂直线"，
金钱玷污了"白衣天使"的"温度计"，
金钱让神圣法律的天平失衡，
金钱让和睦家庭的伴侣分离，
金钱使人格和天良丧尽，
金钱让魔鬼披上袈衣……
为金钱，假酒假药伤人性命；

为金钱，抱人爱子，卖人娇妻；

为金钱，猪肉注水，鸭嘴填泥；

为金钱，杀人劫道，伤天害理；

为金钱，卖国投敌，窃取机密；

为金钱，出卖人格，出卖肉体……

这桩桩件件触目惊心的事例，

能说创建是小题大做、纯属多余？

（四）

这就是我们所从事的文明创建，

这就是30年鏖战的壮丽史卷。

这不是一般的工程施工，

这是关系民族生存的非凡壮举。

必须一砖一石砌好根基，

而不能投机取巧，随意舍取。

精神、物质是中华腾飞必不可少的双翼，

深化改革不能厚此薄彼。

这项跨世纪的宏伟工程，

需要全民动员，全员参与。

要像抓理想信念那样始终不渝，

要像抓改革开放那样坚定不移。

离开它，我们就失去了人生的路灯，

缺了它，我们就迈不开前进的步履。

"全心全意为人民服务"的宗旨，

是30年抓文明创建遵循的根本依据。

我们的一言一行、一举一动，

都要自觉纳入人民公仆的服务区域，

都要与人民群众的感情融为一体。

让我们永远固守精神文明的道德家园，

不断丰富和扩大创建区域。

信步漫吟

Xin Bu Man Yin

为了中华在世界的崛起，

为了三晋父老早日走向富裕，

让我们紧紧地挽起手臂，

沐浴"群众路线教育"的雨露甘霖，

重固精神文明的道德大堤，

再奏振兴中华的豪迈金曲。

永远与人民群众融为一体，

唱响"同心共筑中国梦"的时代主旋律。

尊严

　　报载贵州罗甸县有位乡村教师李兹喜，任教13年，全年的工资收入是学生家长凑份子的365斤苞谷，按当时每斤8角钱的市场价计，其日薪相当于8角钱，月薪相当于24元，年薪288元。而某保险公司老总年薪高达6000万不说，还公开宣称自己的贡献足对得起这6000万的报酬。看后愤慨万千，有感而发：

一个是贫困乡村的小教员，

年薪不足三百元；

一个是金融保险的大老板，

年薪高达六千万。

前者如蜡烛燃尽默默无言，

后者称俸禄当得大言不惭。

这两人收入悬殊竟然差下二十多万倍，

这天壤之别怎不让人触目惊心、目瞪口呆？

我无论如何不明白，

这究竟是谁家的分配原则？

我义愤填膺问苍天，

这哪里还有半点公平可言？

这难道就是所谓革故鼎新不吃大锅饭？

这难道就是所谓引进西方酬薪制的具体体现？

这难道符合中央倡导的改革利益共享？
这难道就是所谓多劳多得的时代最新版？

要知道我们头顶得是共和国的同一蓝天，
要知道我们是工农联盟的人民民主政权。
古人尚知患不在贫而在不均，
莫非我们今天就敢熟视无睹、铤而走险？
拉开一定的收入距离固然应该，
但必须要把好科学公平和合理兼顾这道关。
要知道我们的权力是人民赋予的，
我们永远是劳动人民中的一员，
不能富贵忘本、见财忘义、欲壑难填，
不能见钱眼开、为富不仁、贪得无厌，
不能在非法强拆的平民废墟上建筑个人的别墅庄园，
不能面对几千万贫困人口尚在啼饥叫寒

我们却充耳不闻，视而不见，
开着上百万的宝马轿车，
心安理得去吃几十万元的超级豪宴。
请看看古代诗圣杜甫的情怀：
"安得广厦千万间，
大庇天下寒士俱欢颜，
风雨不动安如山。
呜呼，何时眼前突兀见此屋，
吾庐独破受冻死亦足。"
对比之下，
不知道我们有何感言？

我们应当多想想，像李老师这样的个体和群体，
多想想我们还在社会主义的初级阶段。
有多少真正的共产党员，

不计报酬，不讲价钱，
甚至献出生命也毫无遗憾。
李老师他们为让山区早日旧貌换新颜，
俯首甘为人梯，无悔无怨，
不惜青丝褪尽，白发新添。
期待得是明天的太阳更圆、更暖，
渴望得是用知识开垦出丰收良田。
期待得是人人美满幸福，
渴望得是家家和谐平安。
我们不能麻木不仁、袖手旁观，
我们不能离开中国国情去胡吹乱侃。
拉大差距绝不符合共同富裕的改革初衷，
两极分化弹得更不是社会主义之弦。
我们并不主张仇富情绪蔓延，
但要切切谨记老百姓是共产党生命的源泉。
离开了全心全意为人民服务这个出发点，
就失去了最起码的发言权，
就是对党的宗旨的最大背叛。
让我们在深化改革的攻坚阶段，
更加与人民心相印、肩并肩，
使党的事业更加兴旺，
使人民活得更有尊严。

无言以对小悦悦

2011年10月21日零时许，
在广东佛山广佛五金城里，
连遭两车碾轧后的两岁女童悦悦停止了呼吸。
录像显示出事时共有十八人路过此地，
却没有一人向120或110报急。

只有拾荒的陈阿婆挺身而出，
终止了这骇人听闻的人间悲剧的延续。
一个天真无邪的两岁女童，
尚未步入人生花季，
就这样悲哀地永远离去……

指责路人道德沦丧把恻隐之心抛于五洋之底？
还是怨世情冷漠缺少礼仪之邦的人际关系？
似乎有几分在理，然而又不完全切题。
唯有一点确定无疑——
这记载着人类21世纪不文明的耻辱印记，
会在相当长的时间里难以褪去；
这让人痛定思痛的个例，
应当引发我们共同来沉思、寻觅：
究竟是什么使我们如此冷酷麻木？
究竟是什么使我们与动物几无差异？

我依稀看见小悦悦在去天国的路上那么孤寂，
美丽的双眸里含着难以割舍的泪滴。
她想问问那些爷爷、奶奶、叔叔、阿姨：
"你们不喜欢悦悦吗？我不淘气。
为什么不愿早点儿把我抱起？"
为什么？为什么？
他们无言以对可怜的小悦悦，
他们回答不了你提出的这个问题。

从两岁前你呱呱坠地，
父母为你取名悦悦之日起，
就是想让你一生充满快意，无忧无虑，
就是想让你享尽人世间的幸福甜蜜。

谁料想灾难降临得这么急剧，
罪恶的两车肇事后居然双双逃匿，
忍看含苞未放的小花喋血凋谢在苍茫暮色里。
十八双成人的手啊，竟这么无情无义，
只有陈阿婆把冰冷的小生命揽在怀中，
用体温驱赶令人窒息的冷漠寒气……

小悦悦啊，对不起！
我们之所以无法回答你提出的问题，
是不想让你洁白无瑕的心灵落半点纤尘，
是不忍让你天真无邪的童年染丝毫铜臭气。
在无言以对小悦悦的愧疚之余，
我们是否应当严肃而认真地反思和考虑：
南京彭宇案的司法判决，
产生了多么后患无穷的负面效益；
在物欲横流前人可以有这样那样的私欲，
但人性的底线万万不容失去；
社会腾飞要靠精神、物质文明的双翼，
价值取向必须泾渭分明而不能扑朔迷离；
洁身自好本无可厚非，
人类特有的道义和良知则亟须承继；
助人为乐的雷锋精神没有过时，
极端利己的腐朽观念必须摒弃；
生活富裕不能充实精神的空虚，
中华民族传统美德还有待我们去下气力凝聚。

远在天国的小悦悦啊，
我们知道你不肯这么永久地瞑目安息，
一定带着疑问还在那里哀哀地哭啼。
你的泪水是否可以化作润物细无声的春雨，

把那些尘垢久封的心灵荡涤……

良知与尊严

九月十七日十八时许，
福州，福大东门公交车始发区，
一位年过七旬的拾荒老人，
拖着疲惫不堪的步履，
想搭乘123路公交车回家歇息。
熟料横遭拒载，
只因他提有一编织袋塑料垃圾。
司机态度生硬地呵斥他下车，
口气没有半点商量的余地。
尽管众乘客表明我们并不嫌弃，
尽管有热心人已为老人投币。
但司机依旧一脸恼意：
"如果他上车，我就走！"
言罢当真弃车而去。
在愤怒旅客再三抗议，
公交集团派出的第二辆车，
竟故伎重演，变本加厉，
抛出垃圾袋后把车门紧闭，
无论众人怎样分辨都置之不理。
任老人在车后无奈地叹息和颤栗。
就这样在创建和谐社会的大背景下，
上演了一场让文明城市蒙羞的丑剧。

这真让人大惑不解，匪夷所思。
请问同属劳动人民阶层的两位司机：
该不该这样鄙视和欺凌弱势个体？

心步漫吟

Xin Bu Man Yin

能不能这样将职业尊严漠然抛弃？

"以人为本"的核心是人与人之间的尊重，

"老吾老以及人之老"是最普通的人际关系。

职业道德若被嫌贫爱富所取代，

健全人格就会粘满市侩的铜臭气？

情感的心田一旦失去爱露滋润，

就会杂草丛生，荒芜贫瘠。

"良知是维护人的尊严的最后一道屏障"，

莎士比亚的忠告多么值得寻绎。

而良知甘受贫富贵贱驱役，

世态炎凉也就必然日益加剧。

如果人与人都这样冷若冰霜，

那社会就失去了和谐、温馨和道义。

请问公交集团领导：

公共汽车的"公共"二字

包不包括像老人这样的个体？

乘客为上的"上"字

又具体体现在哪里？

公共汽车公然拒载公民，

那公民还有什么可保障的基本权益？

这并非简单的"道德缺失"所能掩匿，

也绝不是一句"罚款处理"即能代替。

"为什么人的问题"是最根本的问题，

离开了这个方向标一切将无从谈起。

透过表象，寻觅真谛

问题恰恰出在霉变的集团大树根须。

应当认真坐下来考虑：

跑偏的方向盘如何校正？

关闭的道德门如何开启？

在反对形式主义、官僚主义的今天，

理论学习更应紧密联系实际。

公交车是文明的窗口，

百姓的评判在这里汇聚。

转变行风不是一句抽象的空话，

为民惠民要体现在点点滴滴。

找准病症，根治顽疾

才是社会对你们最真切的希冀。

一个夭折胎儿的哭诉

读《人民日报》2005年4月9日载《昆明一难产妇无钱住院，急救车掉头就走》一文有感。

4月4日,春城昆明

一页黑色的记录：

一个在母腹中挣扎6小时之久的女婴，

因打工爸交不出3000元出生费，

而活活窒息在母腹。

钱不够——救护车见死不救掉头上路；

怕罚款——女医生铁石心肠弃之不顾。

任母亲子宫破裂，血流如注，

任婴儿窒息死亡，天国落户。

冰冷的话令人发怵，

麻木的心如此冷酷。

一个无辜的生灵就这样悄然消失，

一个幼小的生命就这样可怜无助。

道义焉存？

天良何在？

沉默不语的西山在冲冠发怒，

温情脉脉的翠湖在呜咽哭诉。

这，哪里看出半点"救死扶伤"的职业本色？

这，哪里还能体现出半分"为人民服务"？

"绿色通道"莫非是泥捏纸糊？

"白衣天使"难道是吟诗作赋？

在金钱与生命的天平上，

莫非就这样轻重悬殊？

庄严的共和国宪法刚刚修正颁布，

"以人为本"的方略正赢得举世瞩目。

昆明市发生的这桩奇闻，

必将激怒千家万户。

听，夭折胎儿正用无言的哭诉，

警示我们还须着力荡涤不文明的污垢。

青蛙对着岸边索求回答

河水哗哗，青蛙呱呱，

河水载着母亲哀伤的泪水，

青蛙对着岸边索求回答。

两个孩子不慎落水了，

渴求生存的小手在水面乱抓，

母亲"救命"的呼喊震碎山崖。

小鸟焦急地扇动翅膀，

秋风怜悯地不忍再刮，

危在旦夕啊，千钧一发。

七条大汉隔岸观察，

不聋，不哑，不呆，不瞎。

母亲将求救的双膝跪下，

磕头捣蒜求他们下水救伢。

"救人也行，钱要现拿。

钱不到手，求也白搭。"

母亲流干眼泪未把七人感化，
母亲跪断双膝他们不吭不哈，
母亲磕破额头染红鬓发，
母亲喊破喉咙声声嘶哑：
"先把我儿救出水洼，
回家必定取钱酬答。"

眼睁睁，孩儿沉入水底，
哀凄凄，母亲急疯气傻，
悠悠哉，七人安然踱去，
愤愤然，激怒万户千家，
为什么啊，见死不搭救？
为什么啊，会水也不下？

"自家为自家，上帝为大家。"
"生命诚可贵，金钱作等价。"
多么可悲的人生哲学啊，
造就出冷血动物满脑沉渣。
勤劳善良的炎黄后裔，
岂容这般无情之种夹杂；
文明著称的千秋华夏，
岂容这种不义之徒践踏！

开除他们的人籍，难道过分吗？
保留吧，保留吧，
但愿死童的血能重新绽开尔等
早已凋谢的文明之花；
但愿稚童的死能重新萌发他们
早已枯死的美善心芽。

信步漫吟

呵水哗哗，青蛙呱呱，

河水载着母亲哀伤的泪水，

青蛙对着岸边索求回答……

时代楷模　太岳风骨

——赋2篇

北山绿化赋

三晋首邑，狼孟古城。大美阳曲，太原北屏。
探幽访古，溯源觅踪。遗迹故址，灿若繁星。
民族交汇，兵家必争。王朝逝去，天下大同。
曩昔北山，沟壑纵横。狂风肆虐，沙尘漫空。
荒山蛮地，草木难生。泥屯涧水，飞鸟绝踪。
张君爱平，凤愿在胸。祖孙四代，种树称雄。
认购北山，气盖苍穹。自筹资金，自主经营。
一十七年，坚持始终。锲而不舍，铁骨铮铮。
深研细钻，拜师问津。千难万险，矢志破冰。
屡败屡试，终获真经。一棵成活，信心倍增。
栽柏种松，初现葱茏。连行成片，乐在其中。
日灼霜侵，沐雨栉风。衣宽人瘦，面庞黢红。
四季如一，不舍初衷。砥砺而上，虎山笃行。
欣逢盛世，环保惠民。北山绿化，借得东风。
绿源公司，欣然加盟。实力雄厚，合作共赢。
省市县乡，合力助攻。全民发动，义务造林。
生态建设，勇当尖兵。全国基地，首批荣膺。
机关员工，学习雷锋。捐资种树，蔚然成风。
修路接电，通达光明。水平梯田，千亩层丛。
深井灌溉，效率骤增。树种繁多，规模成型：

四十万株，白皮苍松。十万国槐，次第成荫。

杉杨柏枫，竞绿媲红。枣樱桃杏，果硕柸荣。

连翘山茶，良药养生。花椒谷菽，馨香味浓。

珍稀鸟类，二十余种。野猪山羊，亦来作邻。

远近游客，登山踏青。天然氧吧，血汗结晶。

人皆盛赞，凡者爱平。凡则不凡，利国利民。

荒山变宝，宜居宜生。造福百姓，赫赫其功。

堪比愚公，青史留名。众皆美惊，痴情爱平。

一生无悔，倾心造林。咬定青山，尽瘁鞠躬。

妆点山河，竭力殚精。时代楷模，吾辈精英。

其功其业，恒久传承。江山锦绣，国运昌隆。

沁源赋

踞三晋之中南部，掎长治之西北端。循太岳之周麓，溯沁河之发源。春秋归晋，上党秦属；西汉置县，谷远籍延。疆舆代易，北魏名迁。感光阴之浩浩，接风物之绵绵。勘其岭分二水，汾沁流涓。润浸膏壤，灌溉良田。物华天宝，论郡城而殊造；地杰人灵，酝文化而双全。护持生态，崇尚自然。今博荣于百强县，昔获誉于小延安。承风流之勋业，绘壮丽之锦篇。

惟稽山川之坟典，索人物之遗踪。漫奇闻而演变，虽百景而不同。盘古运斤，羲和驭日；女娲炼石，黄帝驭龙。龙脊翻岭，龙爪裂峰。访关圣之庙宇，遥追威武；步夫子之讲坛，想拟从容。马刨泉掬玩以澄澈，盖海洞惝恍于幽空。仰悬壶之仁者，缅尝草之神农。楼标格于文昌，庵纪述于介公。须眉琼壁，百寻雕石；梨花故寨，八面来风。琴高仙去而音渺渺，刘秀兵过而岭蒙蒙。继有物理大家，任君之恭。开基钦安，为政达聪。章君沁生，国防称雄。宋君乃德，创业轻工。张玉平辟荆擎纛，史书瀚弃医从戎。书山觅径，赵树理为文独造；报刊耕耘，李沁生抡笔冲融。

美哉沁源！绿水润以沃丘，群山环以阆苑。护生态之家园，创魅力之名县。绝谷葱茏，松林浩瀚。雾笼牧坡，露筛草甸。高峰耸碧，映霞锦于朝暾；群鸟回林，撩风烟之照晚。香沁肺肝，簌簌风花；幽摒尘喧，潺潺溪涧。若夫登陟危崖，勉临陡坂。眺百里而图开，隐万家而秀揽。正旅客之频来，入桃源而忘返。脱麻鞋而潭嬉，分野云而峡剪。林海莽莽而行迷，山径茵茵而忽转。移步换景，虽朝夕而情不同；荡心豁眸，序四季而妆随变。更闻油松之王，并张如伞。名曰九杆旗，龄推七百诞。株相骈而挥旗，杆挺拔而发箭。曾荣膺于地方志，古今咏歌；幸选录于吉尼斯，中外称罕。

妙哉沁源！环保常持，养生每择。天明净而镜磨，地无霾而居适。天地氧吧，身心歇息。绿肺共美梦以张，温泉将疲乏而释。高原啸傲而驰奔，花海徜徉而呼吸。北药之首，代搜采而入医；迁鸟之园，岁往来而在籍。观其苍鹭凌空而盘桓，金雕攫风而翔集。黑鹳好娱而逍遥，褐鸡自珍而隐逸。至若特产繁呈，物情闲觅。增色日常，风靡饮食。上党驴肉，呛鼻醇香；首锅肥牛，品涮第一。莜面绵弹而脂降，烩面滋阴而味忆。菇菌延寿而永葆贞，片汤暖身而强免疫。既鲜活于农庄，又丰茸于宴席。允为示范，正共展以征程；无限商机，更携争于佳绩。

壮哉沁源！合民风世风之厚底蕴，当自然精神之双文明。一川锦绣，皆收眼底；八景宛如，联缀画屏。乃访太清恍惚而飞雨溅，石台朦胧而夜月盈。琴山苍茫于落照，沁水惆怅于秋声。灵空山虚怀而涵境，绵山界郁气而缅情。青果泉寒而影幻，龟山雁过而弦惊。由溯斗争艰苦，爨火饱经。烽烟洗礼，史册留名。壮士身危，围城甘洒以鲜血；日寇胆丧，此役望惧于红缨。陈赓善领于攻坚战，主席遥赞以英雄城。遂教红色渊源滋养，民族气节催生。培沁源精神之昂昂，铸太岳风骨之铮铮。故谓文化沁源，典事有据，桐筑凤鸣也。

迩来城磐巍石，世卷浪潮。沧桑渐换，改革扬飙。县委敢担以重任，幕府远瞻以高标。精准施策，统筹促交。集合投资，督工程而规划；率先挂帅，抓基建而赶超。特色小镇如雨后春笋，工业新区似迎风花苞。欲分流以商旅，护支柱以煤焦。喜安居而积勋业，创经济而竞歌谣。噫！初心不忘，使命频招。拓新城以名片，奏时乐以箫韶。协上下之精诚，加鞭前路；恢沁源之意气，圆梦今朝。

（此文获“沁源赋”全球赋文学大赛征文二等奖）

信步漫吟

Xin Bu Man Yin

评论文章摘选

让民声化作诗句从心底迸出

——简评何其山同志近期发表的诗作

爱莲　一木

何其山同志是省作家协会会员、省诗词协会理事，山西中华文化促进会常务理事。他自幼酷爱文学，在各类报纸杂志上发表过不少报告文学、诗歌、散文、小说、剧本、文学评论，并有作品获奖。在企业主办过文学刊物，现在省级某部门任公务员。用他自己的话说，正是由于他对各种文学体裁都感兴趣，都曾花大气力尝试着写过一通，所以大半辈子挖了很多口井，却没一口挖出深水来。要说下大气力挖井，何其山当真如此，要说没挖出水来，则是谦辞。而且我看过他早年在太铁任文协专职副秘书长期间创作并获得第二届"杏林杯最佳电视剧"先后在北京、山西电视台播过的《铁道骄子》，知道他的配乐散文《西厢千古传佳话》早年获得过"全（铁）路优秀站车广播奖"，他创作的《考女婿》曾获得过山西省"国土杯"电视小品大奖赛三等奖。他新近在"省直机关精神文明建设30周年赞"征文活动中创作的《永远固守精神文明的道德家园》获得诗歌一等奖，并由我省著名音乐广播主持人姜飞在颁奖会上现场朗诵。他编纂的《飞舟撷浪》一书，由人民日报出版社出版发行。他的辛勤耕耘多是在繁忙的工作之余，是一种业余爱好使然。但我个人认为，他以往创作的作品，特别是诗词，虽然大多合辙押韵，读起来也朗朗上口，但总觉着缺乏激情，过度注重词句的雕琢而淡漠了情感的表达，他自己也非常认同我这样的评价，他说自己写的诗，如果连自己都感动不了，那就一定是残次品。我有时甚至怀疑他是个"完美主义者"，因为他对自己创作和发表过的作品，总是感到不满意、有缺憾，这也是他早已整理好了一本厚厚的作品集却迟迟不肯出版的原因。

听取同行意见，何其山同志在写作的谷底苦苦沉默了一段时间后，开始新的尝试和耕耘，他跳出了个人情感的小圈子，把眼光投向大众，去关心和体味他们的疾苦。角度变了，作品也有了新的起色，给人以耳目一新之感。作品也开始更多地贴近生活现实，铅华脱尽，毫不矫情，将自己的情感与人民的喜怒哀乐有机融为一体，去绮绮靡，少粉饰，其诗句虽朴实无华，却真正是从心底迸发出来的真情实感，是在坚持以人民为中心的创作导向，为人民抒怀，替人民代言。比如他在《先锋队》副刊发表的《价值》一诗中这样怒斥道：要知道我们的权力是人民赋予的/我们永远是劳动人民中的一员/不能富贵忘本、见财忘义、欲壑难填/不能见钱眼开、为富不仁、贪得无厌/不能在非法强拆的平民废墟上建筑个人的别墅庄园/不能面对几千万贫困人口尚在啼饥叫寒/我们却充耳不闻，视而不见/开着上百万的宝马轿车/心安理得去吃几十万元的超级豪宴。这些朴素、深情、毫不晦涩的诗句，是非曲直，泾渭分明，抨击时弊，义愤填膺。再如他在《大秦风》杂志上发表的《良知与尊严》一诗中质问：该不该这样鄙视和欺凌弱势个体/能不能这样将职业尊严漠然抛弃/"以人为本"的核心是人与人之间的尊重/"老吾老以及人之老"是最普通的人际关系/职业道德若被嫌贫爱富所取代/健全人格便粘满市侩的铜臭气/情感的心田一旦失去爱露滋润/就会杂草丛生，荒芜贫瘠/"良知是维护人的尊严的最后一道屏障"/莎士比亚的忠告多么值得寻绎/而良知甘受贫富贵贱驱役/世态炎凉也就必然日益加剧/如果人与人都这样冷若冰霜/那社会就失去了和谐、温馨和道义。语言质朴，喻析深刻，议论犀利，情真意切。再如他在《太原日报》副刊上发表的《无言以对小悦悦》一诗中这样写道：这记载着人类不文明的耻辱印记/会在相当长的时间里难以褪去/这让人痛定思痛的个例/应当引发我们每个人沉思、寻觅/究竟是什么使我们感情如此冷酷麻木/究竟是什么使我们价值取向这般扑朔迷离？他大声疾呼：在社会急剧变动中人可以有各种各样的私欲/但人性的底线万万不容失去/洁身自好本无可厚非/人类特有的道义和良知则亟须承继/助人为乐的雷锋精神没有过时/唯利是图的腐朽价值取向必须摒弃/生活富裕不能替代精神空虚/中华民族传统美德还有待我们去下气力凝聚。作者此时发出的呼唤和呐喊，分明就是民众忧虑和期盼所在，关注百姓的冷暖和心声，已成为他写作自觉的意识和向往，心相通则言由衷，言由衷方情相融。作者发表在《山西画报》省直文明创建专号上的《永远固守精神文明的道德家园》一诗中剑锋直指当今人民深恶痛绝的丑恶现象：金钱扭曲了"灵魂工程师"的"垂直线"/金钱玷污了"白衣天使"的"温度计"/金钱让神圣法律的天平失衡/金钱让和睦家庭的伴侣分离/金钱使人格和天良丧尽/金钱让魔鬼披上袈衣……/为金钱，假酒假药伤人性命/为金钱，抱人爱子，卖人娇妻/为金钱，猪肉注水，鸭嘴填泥/为金钱，杀人劫道，伤天害理/为金钱，卖国投敌，窃取机密/为金钱，出卖人格，出卖肉体……他奋力呼出大众企盼的心声：让我们永远固守精神文明的道德家园/不断丰富和扩大创建区域/沐浴"群众路线教育"的雨露甘霖/永远与人民群众融为一体/唱响"同心共筑中国梦"的时代主旋律。

如果说上边几首诗多在鞭挞社会的阴暗面，那他发表在《太原日报》副刊上的《吴斌赞》则是一首充满激情、弘扬正能量的佳作：肝脏破裂，肋骨骨折的剧痛使你浑身战栗/但没影响你完成换挡、减速、停车等系列应急程序/直至拉下手刹、打开双闪/叮嘱大家安全下车后才陷入深度昏迷……/他引吭高歌：一分十六秒，是"十年零投诉"自然而然的凝聚/一分十六秒，是"百万公里无事故"的必然顺递/一分十六秒，是职业素养在关键时刻的当然展现/一分十六秒，是高尚情操在特殊环境绽放的天然花絮/你走完了自己48年的人生之履/用无言的行动给生命价值作了最完美的定义/"平民英雄"是大众对你的最高褒奖/"吴斌日"是杭州市民对你的刻心铭记/"最美司机"是百万网友对你的由衷赞誉，省委书记遗体告别深深的三鞠躬/表达的是党和人民对你的崇高敬意/万人含泪夹道为你送行的场面/分明是我炎黄子孙憎爱分明的火种延续/千载传承的中华美德/是和谐社会向上向善的凝聚力和向心力……这些滚烫的诗句，并无多少华丽的辞藻，有些甚至稍嫌直白，但发于心，源于义，激荡起人们情感的浪花和民众的共鸣。

诗言志。在今天，这个"志"就是"中国梦"。就是要求文艺工作者自觉地与人民为伍，为时代讴歌，在诗坛上展现正能量，而不是哪个诗人自己所谓的矫揉造作、傅粉施朱、故弄玄虚和无病呻吟，更要打破"大诗人写了小诗人看，小诗人写了没人看"的诗园窘态。让诗歌真正贴近生活、贴近民众。我想，何其山同志或许正是在这个方面进行了一点有益的尝试。

部分诗友短信摘选21则

◎其山：我没有看错您，您就像现代的杜甫！你的诗越写越好，越深，越广，越走入社会，走入群众，走入人心，与社会同呼吸，与人民同呼吸，与时代同呼吸！您痛恨不平，痛恨霸凌，痛恨惘法。这是思想境界的提升，是诗人的高岸，是诗风诗质的高进，是时代的韵声！给你点赞，点高赞！你弘扬正义，用口诛笔伐的形式让这些不讲文明，不守规矩，违反人间起码道德操守的不肖之徒们，也知道知道具有社会主义觉悟公民的强大社会威力！——刘维静（太铁宣传部长）

◎细看，您的文字洗练，主题集中，意境高远，才华横溢，睿智机敏。作品源于生活，高于生活，善于在生活中捕捉一般人不注意或看不见的事物，特别抓住精彩感人的细节，发掘出灵魂闪光的聚点，也就是见微知著、洞察世情，把生活中的凡人小事，注入笔端，以艺术的感染力，激荡和震撼时代，与国家和人民同呼吸与共命运。您最大本事就是以小抓大，以平出奇，以凡人小事写出生活愉趣、人生真谛，勾勒出恢宏壮阔的时代优美画卷和火热动人的生活。文字简中见奇，看似平淡却很有味道，很有情愫，用笔到位，情思暇接。不管古今，不管往事与现实，不管一个体与大时代衔接巧妙，启人心智，荡人魂灵，让人从平淡优美的叙事、纯真意切的抒情、富有哲理的时代拷问，在理性的思维中获得特有的精神享受。愉悦人心，快乐人生。——牛崇辉（山西史志院专家）

◎你的诗读来如沐春风，让人赏心悦目，感同身受。还是要好好出

信步漫吟

Xin Bu Man Yin

本诗集，肯定会好读又好看。——王彩云（院校干部）

◎今天又将你的新诗作拜读了一遍，写得非常好，思想深刻，切中时弊。蛮悍的狗主人、屈死的外来者、可怜的卖菜妪、炫富的新贵，个个活灵活现，有的令人可恨，有的令人同情。而这些人、这些事，就发生在我们所处的时代，令人深思、沉思。有些诗作若能加上注解、说明出处，可能效果会更佳。——李益荣（国企书记）

◎拜读大作，硕果累累，美味佳肴，获益匪浅。——陈戈（铁路干部）

◎品自高洁，诗书连产，妙笔生花，让人妒煞。——范志平（企业干部）

◎文如其人。欣赏您的作品，感觉均是建立在现实生活和真实感情基础之上的，有血有肉，有思想。拜读诗集时，其中有些诗句，犹如在几前畅聊，情投意合，无缝对接。《咏秦岭太乙峪》这首诗气势宏大，是以前诗的突破。——林香（大学教师）

◎你写的两组讽喻诗关注社会现象和弱势群体，并诉诸笔墨，殊为不易。其中《慰妻谣》是一首夹叙夹议的长诗。夹叙夹议宜于为文，写诗就难了。作者不畏中断叙事，探索新的表现方式，甚是难得。该诗包含了反思、悔悟、交流等多个层面，有情有理，情理共茂，且用语通晓，佳句迭出。如"产房坟地一眼收""爱炬长燃须加油""福祸终须夫妻兜"等，提炼到位，表达精准，不失为警语良言。——马旭（作家）

◎好友其山兄善于观察，勤于思考，热于总结，乐于动笔，且诗兴浓烈，意味深长，生动感人，令人敬佩。每首诗词文字都如此优美，可见具有深厚功底。成功归于不断汲取知识且日积月累，持之以恒，向你学习。——范世林（法院领导）

◎贴近社会，融入情感，生活气息浓烈，歌颂美好生活，支持点赞！——溪水听婵

◎佳作《珏山抒怀》给我留下了很深的印象。我的老家就是晋城泽州，听父亲说老家缺水，旧社会这里的人一生就洗三回澡，出生时洗一次，婚嫁时洗一次，临终前洗一次。我印象中的老家全是贫穷落后。可是这首诗歌却生动地描绘出了家乡的山美水美景色美，诱人前来观赏，完全颠覆了以往我对家乡的偏见，让我重新爱上了"珏山秀媚泽州藏，三门洞开纳吉祥。飞崖瀑布银练舞，两峰奇立气轩昂"和"山吐天边月，溪流石上云"的仙界一般的可爱家乡。——原海平（公务员）

◎久闻才高八斗、学富五车。我的老书记推荐我常看您的诗词，真乃笔落惊风雨，诗成泣鬼神。满眼浓华收不尽，龙章凤函笔生花。——龙门书院（齐）

◎词风隽永，意境清幽。本词阅读量已突破50000，祝贺荣膺精华和热点类，欣赏佳作。——梁本德（平台主编）

◎一丝一弦情切切，聆听妙音回荡，心驰神往。——绍琴晚韵

◎每每品读老师精美诗词，文采飞扬，学习欣赏，支持点赞。——阳光明媚

◎把时间和享乐都奉献给了诗山韵海，把目标和成就都交与了千阙成书。用一生的艰苦奋斗换取到苍颜老态。殊不知，乐在其中，醉在途中，活在众生的羡慕和钦佩中。以诗以文，感及他人。充分印证了书山有路勤为径，学海无涯苦作舟。——王克美（国企干部）

◎好词！现实主义作品。赞！！——钟国才（诗人）

◎感人肺腑，催人泪下，笔下是我国工人阶级的光辉形象和杰出代表。伟岸、正直、挺拔、刚毅，无名无利，默默奉献，我们读者的泪水就是对他们诚挚的敬意。——田野（国企领导）

◎情景交融，令人神往、陶醉。拜读欣赏，其山不仅思想纯正，人品高清，而且人生与他的诗词一样精彩和丰富，唯有敬尊。——王雪平（科研专家）

◎月儿弯弯照九州，几家欢乐几家愁。这种反差在诗人的笔下再次呈现出来，令人感慨万千。赞！——文韵（刊物总编）

◎每每拜读您的佳作，心中涌动着敬佩之情，您无论在岗时，还是退休后，笔耕不停，思考不断，把身边的趣事，生活的感悟，用诗的形式记录下来，自喻自乐，丰富了生活，找到了乐趣，同时启迪了他人！欣赏您的大作，敬仰您的人品，您是一位充满活力的语言大师，更是一位正直优秀的共产党人。故以一首藏头诗表达内心之情：

其言绝妙穿古今，山峰峻秀胜美景。

好花培植惊四艳，人生精彩夕阳情。——任兔平（原省机要局局长）

附二：

诗友同仁惠赠诗词赋联摘辑

郭新民先生赠诗一首

七绝·赠其山

作序思君寄语稠，吕梁夜雨涨心秋。

晨风约我登高处，遥祈其山更上楼。

郭新民，号宁武关人、仁伦堂主。当代诗人、书法家、画家。中国诗歌学会常务理事，山西省文联原副主席。著有《一棵树高高站着》《花开的姿势》《开玫瑰花的裙子》《郭新民抒情诗选》《今天的情绪》《醉汉与丁香》《郭新民短诗选》(中英文对照版)《治县之思》等各类专著十余部。曾获首届中国艾青诗歌奖、赵树理文学奖等各类大奖数十项。

杨俊明先生赠赋一篇
——拜读其山同学《泊舟听潮》感赋

继《漾舟掬澜》之后，其山同学又一力作《泊舟听潮》面世。开卷拜读，服膺拳然。耀耀乎，篇章晒晴炳焕，洋洋乎，言词通达文雅。"其为物也多姿，其为体也屡迁，其会意也尚巧，其遣言也贵妍。"(文赋)文章腾芳，词诗挺秀。抗志云表，至道嘉猷。志有所立，言无所苟。赞民事，抒其本原，"函绵邈于尺素"；颂党恩，尽其所能，"吐滂沛乎寸心"。故得之，藏焉学焉。

其山先生，吾之砚台，乃君子也。其孺，取多以文为美、为贵，博学而蕴，则独善其身。令德之广，行之道，乐在其中。先生从政，忠党为民而弥坚，先生从文，斟字酌句而弥专。赋闲后，笔力载耕，求其典坟而不倦，情田以耨，澡练精神而惟深。敦诗书不坠进德修业，阅礼乐是茂修身践言。勤奋不息潜研典籍，孜孜不倦究其精研。

大矣哉！其山也。仕者之心，忠党爱国，秉公廉洁。学者之心，润身浴德，勤勉思益。诗人之心，咏物粲粲！玉之美必由于琢，知之道者必克己志学焉。诗赞曰：（中华通韵）

其山才调为高贤， 耕耨诗书留美篇。
四纪①躬行终觉浅， 笔摇五岳万千言。

刘维静先生赠诗词十七首

十六字令·赠其山

山，
汝诗温润溪潺潺。
宛貂媛，
董吕都眼馋。

山，
距天还有三丈竿。
路盘桓，
难度更增添。

山，
景莫旁顾只管攀。
桂花宴，
嫦娥等你餐。

注：①四纪，即四十八年。古人讲十二年为一纪。其山同学写作已超四十八年。

读其山《耳光的感喟》有感

诗仁时人今陡生，关瞩国事不朦胧。
捆己捆人两境界，天壤之别泾渭明。
慷词大唱正义歌，广布美意抒心胸。
官大官小都是人，不可骄纵忘善从。
足妪欲肉是美举，疲己侍迟痛职荣。
众人面前脸一扇，匡己启人留美名。

读《诗文咏汾河》赠其山

其山蕤怀纵驰骋，汾河入唱堪聪明。
两岸让你描绘美，四季爽意好心情。
春吟阳丽百花开，夏咏原野万物荣。
秋颂实感果盈满，冬赋寂寞心暖融。
好诗都缘耕耘历，佳句不饰亦飞鸣。
待到时来机成熟，自有高贤锣鼓迎。

读《何其山同词牌自选诗二十二首》有感

家事国事一起讴，激情脉脉笔尖流。
不亏一杰诗盈子，潮头弄潮争锋酋。

诉衷情·读其山《讽刺诗九首》有感

笔犀义正诗如刀，仁心匡歪孬。揽聚国之案枭，利舌做狠嘲。
文人弱，实权少，难效报。但喜今朝，天降圣包，广网捉妖。

349

十六字令·赠其山同志

夸其山同志的诗写的很不错了，但他却轻描淡写地自虐为"玩玩而已"，就其"玩"字，以十六字令再赠一赋。

玩？
壮士隐怀是睿然。
躬身潜，
勃发源自泉。

玩？
胸底一磐胜钢坚。
终难舍，
文坛留美篇。

玩？
彩样玩出亦非凡。
如星闪，
谁知当年寒！

浣溪沙·读其山《清明节诗词悼亡灵》有感

字如清风句如阳。隽意高赞先烈煌。彰显诗人忖度良。
清明抒怀是常事，古为嘉言纳福祥。今为懿德做广扬。

藏头诗·得其山赠《泊舟听潮》大撰有感

书臻厚厚一大部，容纳半生之思悟。
广袤人间事多涉，博释深怀显智库。
鸟飞凤鸣声妙脆，语似撕绸悦耳酷。

花繁蝶翾蜂纷飞，香波阵阵醉浴沐。

忆秦娥·闻其山参加《辉煌百年》神州文学大赛获奖赠词一首

党恩深，子儒寒躬今厅身。今厅身，才著诗玑，珍获奖杯。喜悦非是歇脚村，乐奏堪是战鼓催。战鼓催，浑身披挂，纵马再威。

满江红·读其山《辛丑年诗词新作30首》而作

心潮澎湃，堪似那江河荡洪。隆隆响，一泻千里，夺路而行。春夏秋冬不减壮，千沟万壑脚不停。一鼓作气向前猛进，态持恒！ 新中华，党导颖；花锦盛，人聪明。天天都有，奇闻辉绩出。千歌万曲唱不尽，万诗千赋难尽情。请蘸足心墨巨笔挥，诗纵倾！

苏幕遮·读其山同志《鹧鸪天·高考观感五首》有感

念祖恩，中华魂。万千年来，生生不断根。子雄骄词写得美，柔情似锦，容腴使泪垂。

沁园春·读《神舟文学家园》隆重推荐何其山先生"文坛百家专辑"之诗七首

中华大地，龙腾虎跃，鲲纵鹏翔。瞧青山苍翠，江河奔驰；人欢马叫，日丽月朗。莺歌燕唱，百花绽放，原川无处不铋扬。崛梦励，祖国一统践，夏厦多煌。锦国昂然变样，新鲜事物，春笋蔚长。而诗子勤置，四时耕耘，笔笔激情，句句高亢。春咏农茂，夏唱工雯，秋冬歌军战备磅。那惬意，自是胸涛涌，澎湃驰漾！

七绝二首·读其山同志《辛丑年诗词再作50首》

刚刚退休两三年，诗歌繁创环连环。
山右从来不缺才，当年轼游今又还。

洋洋洒洒五十讴，琳琅满目不胜收。
闭屏眠目细思衬，咀嚼珍味享美馐。

踏莎行——读《中华诗词交流群》
诗人何其山个人专辑

思绪广骋，穿越天穹，日月七星一起颂。人间温暖她释洒，一扫黑暗永光明。大地缘莹，万物葱茏，松柏杨柳更拔挺。彩笔非是一般挥，不是彩虹胜彩虹。

读其山《中秋忆昔》亦赋《鹧鸪天》一首

昔年往事苦凄凄，谁家都有几多屈。
读后不觉心发颤，悲楚上心泪湿襟。
乾坤移，阳气聚，寒冷不涤自己去。
不忘昔楚真君子，酬时当勇献忠身。

苏幕遮·读其山同志《辛丑年诗词四续58首》抒感

气洁聚，宛洪溢。跨越平川，漫过洼地。雄泄千里山难御。强似万钧，寥天响霹雳。　　句绚迤，构奇丽。极具醉心，遣酌堪缜密。不亏曾师养严谨，广留懿慧，后裔亦受益。

高玉梅女士赠诗一首

赏读《漾舟掬澜》诗寄何其山兄

宁辞丑陋施朱粉，敢为不平擂鼓鸣。

二百佳篇非怪说，寻常往事见真情。

微澜一掬八音会，俊语万千三晋英。

漾漾晴波多趁意，飞舟撷浪又新程。

田同旭先生赠赋一篇

赠其山同学

何之其山兮《三坟》《五典》，名山流水兮百川成渊。《飞舟撷浪》兮少年滋味，饱经沧桑兮《漾舟掬澜》。《泊舟听潮》兮催人向上，三部曲唱兮尽美向善，青壮奋发兮激情澎湃，人生虽暮兮笔摇五岳。

孟国才先生赠诗一首

致何其山老师

沁源有幸识其山，不负人生数十年。

自愧才疏瓶墨浅，尚无雅句对高贤。

白景环先生赠楹联一副

贺其山荣获《辉煌百年》神州家园杯文学大奖

百年辉煌　辉煌百年

青史留名　其山如山

杨明科先生赠楹联一副

长发其祥祥光照　水合山成成就多

董树昌先生赠词一首

西江月·读铁珊先生诗文有感

盛世再三称颂，浮生多少笑谈。凭君笔下万千言，领略人间冷暖。
坦荡原无城府，慈悲何必机关。归来毕竟一身闲，且喜深杯酒满。

范世林先生赠诗一首

诗人文友何其山，年轻时期铁路干。
后以自身十八般，跻身山西省委院。
金子哪里都发光，发奋图强勇向前。
逐步实干显政绩，提升副巡令人美。
如今退休没能闲，每天自己找活干。
家务积极做奉献，户外活动不间断。
撰文写稿连成串，几乎每日有一篇。
频繁发表留纪念，朋友纷纷帮点赞。
文友相互在传看，作家协会有美言。
吾之学习好榜样，随吟小文予夸赞。

(北京诗歌网和网易先后发表)

赵培明先生赠诗一首

读何其山《清平乐·观雨景》有感

乱云飞渡仍从容，大雁飞翔伴耳声。

信步漫吟

Xin Bu Man Yin

观雨景色收眸底，冷眼向洋看苍穹。
登高望远静思量，风云变幻立巅峰。
其山老师诗词美，美不胜收显深功。

何兴斌诗友赠诗一首

中秋小语且寄君（新韵）

明月铺将作信笺，书来挂念了无边。
庭中若有光流泻，权作与君默默言。
无声明亮月中天，有义丰收心上田。
遥寄佳节愿一个，从来安好与君偏。
不求同步绿林间，惟愿相知明月前。
相遇今生便是幸，思来心里总甜甜。

吕仲宇先生赠诗两首

355

无题（藏头诗）

何处觅仙境，其魂缥缈中。
山青水毓秀，高妙点人生。

赞何郎

三晋一才俊，文坛享盛名。
诗成从李杜，词就比苏辛。
笔下生佳景，歌中出俊英。
行踪遍四海，吟唱吐丹心。

代步漫吟

Xin Bu Man Yin

356

水山缘水赋

三晋首邑猿孟古城大美陽曲太原北屏探幽訪古溯源覔蹤
遺迹故址燦若繁星民族交滙兵家必争王朝逝去天下大同
襄昔北山溝壑縱横狂風肆虐沙塵瀰空荒山蜜地草木難生

踽身刊首沨蘇浙紅杏出墻光
彩鍊讀者粉絲薈數英高才妙
手集仙鶴花研醇馥活泉澆樹
矗翠青金鳳落首戰贏來眾口
誇尚需鼎力再開拓

何其山 賀巴蜀文學蘇滬浙分壯
劍刊號閱讀量突破廿萬

高洪雲書

踏莎行 賀梁同餘詩集詩海情緣出
版 作者 山西太原 何其山
詩海通天情緣漫地花叢綻悠人驚
異梉風沐雨蓄芳扉披星戴月充元
氣才卓懷虛品高筆利耕耘藝苑拋
名利粉絲小憩賞新篇同餘久鍛成
真器 癸卯花月 啟著書

菊花怒放傲
冬雲綻毕返
有香馨風雪
身囿玉昆留
里詩家亮笔
吭芳魂 晚菊 何其山
壬寅冬 口紅書

作与漫吟

Xin Bu Man Yin

信步漫吟

Xin Bu Man Yin

惠民倡善此征文 使命初心宗
百算濟团扶貧赢 壯舉排艱克
險付艱辛解囊鼎 力及時雨送
熱驅寒大愛神聯 袂頌情今跨
躍吟詩作賦贊高淳

為高淳檢察院慈善總會諸仁文而作 乙黃秋月陽曇解存書

秋衣難禦浸膚凉 綠去紅消滿
目黃花麗香腮隨 季頌湖光山
色伴時殘氣溫驟 下檐披雪寒
意倏來窗覆霜梅 綻葡妍方露
悄雄姿傲骨笑群芳

山西太原 何其山 冬日覓景

萱堂辭世幾多年 夜半追恩惕未眠乳
液吮干滋子健 汗珠滴盡保家全含辛
茹苦恆持伍 澴血呾心久字虔隔斷陰
陽為补孝难表 跪辞渓涟涟

山西太原 何其山 母親節懷念意妙 國釗書

首航開啟　大飛機圓　夢藍天世　罕稀史頁　添輝民振　奮霸梟封　鎖自嘲諷

何其山寶京滬大飛機
首航成功癸卯○月
王泉領書於北京

紅情綠意秀姝出藝
苑詩壇添隽圖勃發
只緣驚艷露一朝間
古裨稀無

賀住吾麗如此紅妝綠意詩
集何其山詩陳文注書贈

大型客機飛京滬雙城翰暢惠
民路華夏九州均矚注江山圖
中華祥和龍騰霧科技揚威象
嫉妒心懷惱恨吞酸醋封鎖洛
空加恐怖自掘墓和平世界驅
屠戶

漁家傲賀京滬大飛機首航成功
何其山詞癸卯夏月陳美銳書

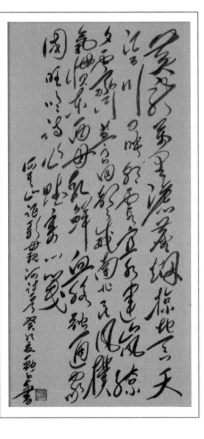

后　记

　　当这本诗集编辑完毕即将付梓之时，我的心里五味杂陈、悲喜交集。这是我退休8年间继出版《漾舟掬澜》《泊舟听潮》两本文学作品集后的一本纯诗歌专辑，作为我多年苦心孤诣、心血耕耘的小小收获，自然如十月怀胎后期待已久的婴儿呱呱落地般地无比喜悦。然喜悦中却夹杂着不少伤楚，欣慰中糅合进几分缺憾。在当今一些人眼里，总认为人老了，就跟不上时代前进的步伐了，与现代年轻人有一道无形的代沟，笔下所述也无非都是些过了时的"老掉牙"的东西。殊不知，从历史唯物观的角度来看，虽然我们和一些年轻人在认知上可能存在差异，受时代的影响，我们的精神世界和价值追求上或许也有现在一些年轻人所难以理解和认可的。这没关系，参考也好，借鉴也罢，总归作为我们所生活的那个时代精神风貌的自然折射，如实留下我们这代人的一些生活轨迹就管够了。所以笔者不敢奢求读者人人喜爱，权且看作是我——一个年近古稀的老叟回眸人生旅展客观心态的真实写照。借用文友褒奖的话："既是成长历程的真实记载，又是生活岁月的客观浓缩""平凡中见真，挚爱中见善，岁月中见美"，倘能达此，也就足矣。

　　我们这代人比起我们的祖辈父辈，应该算是幸运的一代，虽然也经历过风云变幻，品尝过甜酸苦辣，但毕竟太多地享受着先辈们用鲜血和生命换来的和平年代的阳光雨露。我们没有经临枪林弹雨的苦难年华，也没有叱咤风云的历史际遇，很难写出什么惊天动地的传世之作，唯有以简单朴素的平民生活、平凡寻常的人生履历和普通百姓的喜乐情愫来审视万物和抒发情感。但这就够了，从平民身上去展现我中华民族五千年的优良品质，从看似平凡的生活琐事中去寻觅不平凡的闪光点，然后将它借用诗词的形式表现出来，正像爱莲先生生前发表的诗评文章所言"让民声化作诗句从心底迸出"，这应当是每一个专业或业余诗词作者的

信步漫吟

Xin Bu Man Yin

神圣使命和创作价值。正是基于这样一种信念，我不余遗力地努力做了尝试，依据耳闻目睹和切身感受，即兴抒怀，陆陆续续写下数百首诗词作品，均是有感而发，是自己真情实感的由衷吐露和自然迸发。不怕各位见笑，我有时目睹社会上的一些丑恶怪象，如鱼梗喉，很是气愤，不吐不快，往往义愤填膺地一气呵成一首讽刺诗。当我发在网上，看到有不少网友点赞或留言肯定时，一种蓦然的欣慰悠然而至。做人民的代言人，为他们去鼓与呼，乃是我今生最大的夙愿。于是乎，暮年残月，不吝心血，老耍张狂，桀骜固执，信马由缰，笔言心声。我明明知道这是在做一件得不偿失、劳而无功的苦差事，赔钱、赔本、赔时间、耗精力，或许还会惹嫌招骂，但我无所顾忌，执意孤行。现今纸质出版物境遇不佳，而且正式出版一本书费用不菲，但我不为所动，因为我还有退休金，凭借这点儿经济实力支撑着我去一意孤行。况且每次自费出版图书，老伴都是积极的支持者，愿意出资帮我去圆我的文学梦。于是助长了我"老年聊发少年狂"，像唐吉诃德一样地执着和狂热。好在我的做法得到不少诗词大家和诗坛文友的肯定和鼓励，我省作家协会杜学文主席就曾把我的创作称作是不计名利的"纯粹的创作"，还有文友在报刊上撰文称赞我的作品"发于心，源于义，激荡起人们情感的浪花和民众的共鸣"，"既是个人感悟的荟萃，更是家国历程的实录"，更有不少诗人作家馈赠诗词和墨宝，热情鼓励我这个心高才浅的庸俗之辈，着实让我受宠若惊。尤其是著名书法家赵长文先生为本书提写书名；我省诗词学会主席武正国先生和《中国美术家》杂志社社长，中华诗词学会会员、中国诗词和楹联学会会员杨俊明先生热忱为诗集作序。语言之谆谆，情谊之切切，有鼓励，有褒奖，有期盼，更是激励和鞭策。诸如此类，不一而足。我在感动之余，更加坚定了让这本诗集尽快出版来馈报各位老师和同仁厚爱的信心和勇气。

需要说明的是，本人对古典诗词可谓酷爱有加，对现代诗词也钟爱有余，于是没有集中精力攻克其中之一，去求精求粹求突破，而是随着个人喜好，想写什么就写什么，没有高远目标，也没有什么最终目的。特别是兴致来了，一挥而就，甚至个别地方还不受常规羁限，有违韵律，有伤大雅，还望各位师友不吝赐教。

诗集分古体诗词、现代诗词，有1000首之多。分了十多个栏目，有些分类或许不大科学，恐会贻笑大方。只是为了方便阅读，粗糙划分而已。还望各位方家包容原谅。好在当今文苑诗坛繁花似锦，争妍绽放，作为自己心血滋润的一株小小花卉能够有幸跻身其中，为生活的百花园添一笔红、涂一抹绿，也就心满意足了。

郭新民、边新文、原荣立、徐建宏、董树昌、杨俊友先生是我结交多年的文学导师和挚友，在我踌躇彷徨之际，是他们给予了我诸多精神上的巨大鼓舞和热情相助，鞭策我最终完成这本诗集的。还有山西经济出版社和编辑司元先生倾力做了大量的编校工作，在此谨表诚挚的谢意。

2023年5月于龙城新景小区宅内

363